小説　雲のむこう、約束の場所

新海 誠＝原作
加納新太＝著

角川文庫
20983

目次

序章

泣きながら北にはせゆく塔などのあるべき空のけはひならずや

宮沢賢治《みやざわけんじ》

小田急《おだきゅう》ハルク前の横断歩道で信号待ちをしながら、ぼくはふと空を見上げた。

高いビルに四方をぐるりと囲まれた新宿《しんじゅく》駅西口の狭い空は、早朝ということもあって、あまり鮮やかではなかったけれど、灰色の街の中では充分に青くて、夏がやってくる気配を感じさせた。

ぼくは夏の気配というものを、何か濃厚な空気のかたまりのようなものが、空からゆっくりと降《お》りてくるイメージで捉《とら》える。

ぼくは目を細めて、その夏のかたまりを幻視しようとした。

その瞬間、十六年前のあの年の、あの特別な夏の記憶が、胸の中によみがえってきてしまったのだ。

肺がきゅっと収縮するような、涙ぐみたくなる感覚がぼくを捉えた。信号がグリーンに変わったのにしばらく気づかなかった。ぼくはあわてて歩き出し、周囲の人の群れから少し遅れて、西口改札に向かった。

通勤時間帯のターミナル駅だ。大勢の人の背中が、ある流れを作って次々と自動改札に吸い込まれていく。それをなんの驚きも感動もなく眺める。こんなにたくさんの人がひとつの街にいて、それぞれの人生があるということに驚かなくなったのは、そういえばいつのことだろう。

ぼくは自分が、背中に疲れを背負っているのを自覚する。三十一歳になったぼくには、三十一歳なりの疲労がしみこんでいる。それほど深刻なものではない。しかし取るに足りないものでもない。

ふいに、今日は仕事に行きたくないなと思った。

少しだけ自分自身がおかしかった。まるで子供じゃないか。でも思えば、本当に子供だったころ、学校の授業をさぼったことがあっただろうか。なかったような気がする。結局ぼくは、うまく大人になることができなかったんだろうと思う。誰かがうまく大人になれないのは、子供の時間に子供であることに失敗したからだ。大人であることにどれだけの価値があるのかは知らない。けれど少なくとも、成熟しきれない自分への疑念はしこりのようにわき腹に留《とど》まりつづけている。

ぼくは今日の予定を思い出してみた。とりあえず人に会う予定はなかった。さしせまった仕事がなくもないが、まあなんとでもなるだろう。ぼくは駅のコインロッカーに仕事用の鞄《かばん》を放りこんで鍵《かぎ》をかけた。ポケットから携帯電話を取り出し、職場に連絡を入れようとして……。

思いなおして電源を切り、ポケットに戻した。どうせさぼるなら、徹底的に子供っぽくさぼりたい気がした。

行く先は迷わなかった。中央線で東京駅まで出た。窓口で青森までの切符と八戸《はちのへ》行き東北新幹線の特急券を買い、八時五十六分の「はやて」に乗り、狭い座席に身をうずめて、三時間ほど、うとうとと眠った。

八戸で特急列車に乗り換え、青森駅に着いた。三十分の時間待ちをして、津軽《つがる》線のディーゼル列車に乗った。本州の北の果て、津軽半島の先まで向かう小さな路線だ。

なつかしいローカル線。二両編成。一日にたった五本。

何ひとつ変わっていない。ガラガラに空《す》いた車内には、不思議に優しい雰囲気があった。ここ津軽地方に住む人たちが、このたった一本の線を利用している。そんな路線独特の親密さがあるのだ。

その中でぼくは、ほんの少しの疎外感を覚えた。

それはぼくがすでにこの地にとって異邦人だからだ。この親密さの中に、ぼくはもう、含まれてはいない……。

離れたボックスシートに、中学生のカップルがいた。ぼくはそれをほほえましい思いで眺める。母校の制服だ。制服も昔から変わっていない。話の内容が聞こえてくる。いかにも子供っぽい、他愛のない会話だった。でも彼と彼女はとても楽しそうにしていた。――なんの留保もなく。

かつてはぼくにも、なんの留保もなく輝いていた時代があった。

くだらないことが、たまらなく楽しくて、宝物だった。

大切な友達が一人いて、美しい女の子が一人いた。ぼくらは三人で、この列車に乗っていた。重くて遅いディーゼル車に、もっとゆっくり走ってくれと願っていた。思いかえすと、遠い世界の物語のように感じる……。

そうだ。

ぼくは遠くに来てしまった。

あのころぼくは、少しでも遠くに行こうと必死で手を伸ばしていた。

あのころのぼくが必死で来ようとしていた場所が、ここなのだろうか。

わからない。


終点ひとつ手前の、津軽浜名《はまな》駅で降りた。

小さな自転車置き場を横目に見ながら集落のある方向とは反対に向けて歩き、作りかけのまっいに開通することのなかった新津軽海峡線の高架下をくぐった。

そこからは少し上り坂だ。

やがて、廃墟《はいきょ》になったプレハブ造りの工場に出た。その敷地を横切り、破れたフェンスを身をかがめてくぐり、裏手にある小さな山を三十分ほど時間をかけて登った。

木々が密集したところを抜けると、急に景色がひらけた。

目の前に、まるで牧場みたいな、一面ライトグリーンに輝く野原が広がっていた。

若い下草が見渡すかぎりに生えて、青い匂いを風の中に放っている。広い広い、どこまでも薄緑の世界。

ぼくはゆっくりと草の中に足を踏み出していった。さらさらと草のこすれる音が、ぼくの耳をそっとくすぐった。

ずいぶん遠く、右手のほうに、朽ちた駅が野ざらしになっている。コンクリートのプラットホームが三列並んでいる。そのホーム同士を立体的にむすぶ木造の跨線橋《こせんきょう》が見える。跨線橋は壁や床がところどころ破れている。作りかけのまま放置され、結局一度も列車が発着することのなかった廃駅だ。

何もやってくることなく、どこへも行くことができない場所。

この場所に、かつてぼくの全てがあった。

見上げると、空は広すぎるくらいに広かった。濃い青空に、ぶあつく立体的な雲が浮かんでいた。こうべをめぐらし、ぐるりと振り仰ぐと、空も回転して、まるでぼくの周りに青色が集まってくるみたいだった。

その空高くに、一機の飛行機が飛んだ。

小さな純白の飛行機だ。

（ヴェラシーラ……）

ぼくは、それを幻視した。

実際にそれが、現実の空に飛んでいるわけではなかった。それはぼくの古い記憶の中でだけ飛んでいるのだ。どんな航空カタログにも載っていない、載っているはずのない不思議な形の機体だ。

ヴェラシーラ。

ぼくたち三人の力の結晶。哀しいくらいに美しい飛行機。

「すごい……」

耳元でサユリの声がした。

いや、気がしただけだ。彼女はもういない。記憶の残滓《ざんし》が、空間に触発されて、再生されたにすぎないのだ。

でもぼくは、ほとんど実体みたいに彼女の姿を捉えることができた。幻の彼女が草を踏む足音がして、うしろから小走りでぼくを追い抜いて振り返った。短い制服のスカートが揺れて、セミロングの黒い髪が揺れた。

「ひこうき!」

サユリが嬉《うれ》しそうに言う。彼女は十六年前の、中学生だったころの姿のままだ。どうしてその姿で現れるんだ。もっと大人になった君の姿だってぼくは知っているのに。

肌に風を感じて、現実感が戻ってきた。

飛行機も、サユリの姿も、吹き消されるみたいにふっとかき消えた。

ぼくは、彼女の幻が立っていた場所をぼんやりと眺めつづけた。

しばらく茫然《ぼうぜん》と、その場にたたずんで、下草の緑と空の青とを見ていた。地面がふくらんで丘のようになった先に岬が見えた。その向こうに海が見える。海の色はひんやりとした蒼黒《そうこく》だ。深くて暗いが、へんに透明感がある。それが夏の津軽海峡の色なのだ。さらにその向こうには、半ば空の色に同化した灰青色の北海道の大地がかすんで見える。

違和感があった。

あるべきものが見当たらない違和感。

そうだ。塔だ。

かつてこの場所から海を隔てた北海道を望むとき、霞《かすみ》がかった空の向こうに白い塔が立っていた。

津軽半島から見えるくらいだから、おそろしく大きくて高い塔だ。少年向けの科学雑誌で見た軌道エレベーターの想像図みたいな、空に定規で引いたような、美しい純白の垂直線。まるで別の世界の別の文明から運んできたような、夢みたいな巨大な建造物。それが見えない。

あれはもうないんだ。

失われてしまった。

緑の草々が風に揺れて水面みたいに波打ち、サユリの気配をまた、運んできた。

「いつも予感があるの。何かをなくす予感。世界は本当にきれいなのに——」

そう。いつも何かを失う予感があると、いつか彼女はそう言った。中学生だったぼくには、まだ実感が持てるはずもないことだったけれど、それでもその言葉は、不思議にぼくの心を震わせた。

それは、あの戦争が始まる何年も前のことだった。北海道がまだエゾと呼ばれていて、他国の——敵国の占領地だったころの話だ。すぐそこに見えるのに、決して行くことのできない場所。手の届かない空の果て。

約束の場所。

そうだ。ぼくたち三人は、あの夏、ここからあの塔を眺めて、小さな約束をしたんだ。

今はもう遠いあの日、あの雲の向こうに、彼女との約束の場所があった。

塔が失われたのは、ぼくのせいだ。

サユリももう、ぼくのそばにはいない。

サユリ……。彼女は今、どうしているだろう。どうしてぼくは今、サユリと一緒にいることができないのだろう。

草がさらさらとこすれる音を聞きながら、ぼくはうつむいて、指を折って数えた。この十数年の間に、ぼくが失ってしまったもの、損なってしまったもの、捨ててきてしまったものを。数えてみれば、たいした数ではないように思えた。それなのに、どうしてこんなにも重たいのだろう。

ぼくは震える足どりで歩き出し、鉄のレールが敷設《ふせつ》されたまま放置されている場所まで行った。二つの線路が合流し、再分岐するところがあった。そこに着くと、赤錆《あかさ》びたレールに腰を下ろした。そして少しだけ泣いた。ぼくはひょっとして、失うべきでないものばかり失ってきたのかもしれなかった。でもそれは、ぼくがぼくであり、彼が彼であり、彼女が彼女であるかぎり避けようがないことだったのだ。ぼくらの道行きは、乗り換えも行き先変更もきかないものだったのだ。

日の色がかすかに赤みを帯びるまで、そうしてじっとしていた。やがて頭を振って哀しい気持ちを振り払うと、ゆっくり立ち上がり、ズボンについた赤錆《あかさび》を軽く落とした。「今」に帰る時間だ。ぼくは海の向こうを背にして、そっと足を踏み出した。

夏の章

1

時間を十数年さかのぼる。

ぼくは青森県の外ヶ浜町《そとがはままち》というところで生まれ育った。津軽半島の先端だ。日本の北の果ての果て、とでも言ったほうが感じが出るのかもしれない。

とにかくなんにもないところだ。あるのは海と山とまばらな民家と畑と、竜飛崎《たっぴざき》の津軽記念碑くらいだ。スーパーマーケットすら、車で数十分走らないとない。自動車がなければ、まったく生活が成り立たない場所だ。

昔は磯釣りでにぎわっていた時代もあったそうだけれど、ユニオンとの国境が目と鼻の先にあるせいで、国交断絶後、情勢が緊迫してくるにつれて、釣り客はすっかり減った。それどころか浜名港の漁業すらこの先どうなるかわからないありさまだ。

とはいっても、元から全く栄えていない場所だから、住んでる人たちにはそれほど危機感もなくて、のんびりしたものだ。

世間の人が青森に対して抱いているイメージというと、雪国、太宰治《だざいおさむ》、寺山修司《てらやましゅうじ》、米日軍の三沢《みさわ》基地、ねぶた祭り、そんなものだと思う。

雪国というのはその通りだし、実際に大雪がどかどかと空から落ちてくるのだけど（本当にどかどかという感じなのだ)、でもぼくが個人的に抱くこの土地のイメージは、濃いグリーンだ。津軽半島というのは、低めの山が、海のへりまでえんえんと広がっているような土地だ。雪が消えたあとの夏場には、山の木々が、絵の具のビリジアンをもっと煮詰めたようなきれいな濃色になる。その一方で若い草や芽は、明るい淡緑色をして太陽を受け止めている。そんな濃緑色と淡緑色のコントラストを家の窓からよく眺めたものだ。そうしていると、ほっとするような、優しいような気分になって、もやもやしていた気持ちも晴れやかになって、ぼくはすっかり安心するのだった。

そういう牧歌的な土地ではあるけれど、その一方で世界情勢的には、青森はここ十数年の間、ずいぶん注目されつづけてきた。

それはもちろん、津軽海峡を隔てたすぐ先に、ユニオン占領下のエゾ地があるからだ。世界の半分を覆う、巨大な共産国家群ユニオン。その国とこの日本を分ける、ここは国境の地なのだ。

青森では、中学一年になると、社会科の授業に特別枠があって、近代の日本・ユニオン間の歴史をたっぷりと教えこまれる。自分の住んでいるご当地で起こっていることを、ちゃんと理解しておけというわけだ。

授業じたいはつまらなかったけれど、そのわりに、習ったことは変に身についている。一九四五年、ソ連が日ソ中立条約を破棄し、十月までに北海道を制圧。日本が主権を回復した一九五〇年以降も、旧北海道、新名エゾはソ連占領下に置かれつづける。一九五六年、フルシチョフが共産党二〇回大会で、ロシア、東欧、西アジアの全ての共産主義国を統合する「ユニオン圏」の樹立を宣言。一九六〇年代後半、エゾ内でナショナリズム運動の気運が高まる。それへの対策として一九七三年ユニオンは日本との国交を中断。翌年の一九七四年には正式に国交断絶となり、日本は南北に分断されてしまって現在に至る。テストの記述問題では完全に定番の設問だったから、ユニオン関連の近代史は今でも年号まできっちり暗誦《あんしょう》できてしまう。

いや、授業やテストのおかげばかりではなかったかもしれない。

このあたりには、七三年のある日突然国交が途絶えたせいで、北海道と本州に離れ離れになったまま、いまだに再会できない家族というのがたくさんいる。

イトコと会えないというのはざらだし、祖父母がエゾにいるというクラスメートもたくさんいた。ぼくも、伯父《おじ》という人が南北分断のごたごたで行方不明になっている。

そういった、リアルな現実がいやおうなく目の前にあるから、自然と近代史が身にしみてしまったのかもしれない。

それともうひとつ。塔のことがある。

塔について話す。

ぼくは塔が好きだった。

ぼくが生まれたとき、あれはもうエゾの真ん中に立っていた。ぼくはあの塔を毎日遠くに見て育った。

　ぼくらが住んでいた町ともいえない町から北のほうを眺めると、はるか北海道の大地に、白くて細い、シャープペンシルの芯《しん》を無限に長くしたみたいな塔が立っていた。

　あれは今思い出しても、不思議な光景だった。

　毎日見ていたのに、不思議だという気持ちが少しも薄れないのだ。

　とほうもなく高かった。下からすうっと、なぞるように視線を上へ移していく。どこまでもどこまでも高く伸びて、遠く細くなって、やがてかすんでしまう。頂点というものはない。いや、実際にはあるのだろうけど、目で捉《とら》えることはできない。

　ぼくは小さいころよく、塔が宇宙にまで伸びて、別の惑星につながっている光景を夢想したものだ。本当に、そんなふうに見える塔だったのだ。

　ぼくが住んでいた津軽半島からは、空がある場所であれば、北の方向にいつも必ず塔を目にすることができた。空に太陽があり、月があり、雲があり星があるみたいに、塔は常に必ずそこにあった。

　太陽や星と違う点があるとすれば、それが間違いなく人の作り出したものであり、行こうと思えばそこにたどり着くことができる場所だということだった。実際にはそこは軍事的緊張状態にある他国の領土であり、行くのは相当難しいことではあったのだけれど。

　でもぼくは、それでも行ってみたいと思っていたんだ。

　あの塔に。

塔がぼくをはじめとする多くの人々の心を揺さぶった理由のひとつは、それがいったい何を目的として建てられたものなのかさっぱりわからないという点にあった。

何者なのかわからないもの。でもとほうもなく圧倒的なもの。

人々は、あるいはぼくは、大いにロマンをかきたてられた。

もちろん、実際的な使用目的もなく、単にロマンチシズムのためのものとしてそのような建築物が多くの費用を投下して建造されるということはありえなかった。

ユニオンは、何か理由があってあれを作ったのだ。

何かある。

そう、何か大変なものが。想像もつかないようなことが。

あるいは、何かすばらしいものが。輝かしいものが。全てを変えてしまうような圧倒的なものが――。

何もわからないから想像はふくらみ、想像は願望へと変化した。行ってみたいというぼくの思いは、行くしかないというものに変わり、やがて「行かねばならない」へと高揚していった。「何があるんだろう?」という疑問は、「何かがある!」へと高まった。そこにはきっとあるにちがいないんだ。ぼくのためのものが。ぼくの世界を一変させてしまうような秘密が。

あの塔に行くのだ。ぼくはそう確信するようになった。それは動かしようのない信念となっていた。そこにぼくという存在の可能性の全てがある気がした。とにかくそこへ行かなければ、ぼくは他のどこにも行けないと思った。あそこに着かないかぎりぼくは、ぼくのために開かれているはずのあらゆる可能性を失ってしまうんだと感じた。ぼくは何者にもなることができず、ただ時間の経過とともに一本道を進んで劣化していくだけの存在になってしまうにちがいないのだ……。

塔に憧《あこが》れている人間は周りにたくさんいたけれど、そこまで思いつめている人はさすがに多くなかったと思う。でもとにかくぼくは、そのように確信していた。

そして拓也《たくや》もまた、そのように考えている数少ない人間の一人だった。

2

ほんの少しだけ、本当に心の片隅でのことにすぎないのだけど、ぼくはいまだに少しだけサユリのことを恨んでいる気がする。

ともかく、サユリが割りこんできたことによって、ぼくと拓也の関係が微妙なものになってしまったのは、まぎれもなく事実だからだ。

ぼくの家は、外ヶ浜町の三厩《みんまや》にあった。源義経《みなもとのよしつね》伝説で有名な義経寺《ぎけいじ》のすぐそばだ。拓也の家も同じく三厩で、歩けば十分くらいのかなり近い位置に住んでいたのだけど、中学に入るまでぼくらはお互いのことをぜんぜん知らなかった。学区の境界線が、ちょうどぼくらの家の間にあって、小学校が別々だったからだ。

ぼくは三厩小学校に、拓也は今別《いまべつ》小学校に通った。だから幼なじみというわけでもなかったのだ。つきあいがあったのは実質中学の三年間だけだ。でもぼくの中で彼は、常に他の友達とは違う特別な位置を占めていたし、それは三十歳を過ぎてしまった今も同じだ。

拓也とは、中学に入ったとき同じクラスになって、そこで初めて知り合った。

入学式の日に、クラス全員が一人一人自己紹介をするというのがあったはずだが、彼が何を言ったのか、どういうわけかさっぱり覚えていない。

覚えているのは、きっかけが飛行機だったということだ。結局、ぼくらの間は飛行機なのだ。あれは夏休みの前だから、六月ごろだったんじゃないかと思う。先生が教科ごとに交代する中学の授業にもすっかり慣れて退屈しだして、ぼくは机の下で航空雑誌を広げて読んでいた。

ふと、頭のうしろに何かがこつんと当たるのを感じた。

(なんだよ)

という気持ちをこめてそっと振り返ると、左手の手のひらに消しゴムのかけらを乗せて、右手の中指で弾《はじ》こうとしている後ろのほうの席のやつと目があった。そいつは振り返ったぼくを見て、にやりと笑った。

それが、あの白川《しらかわ》拓也だったので、ぼくはけっこう驚いた。

特に目立つことをしたわけでもないのに、入学早々、なんとなくスターみたいになってしまうやつというのはいる。

白川拓也はそういうタイプだった。

まず顔立ちがいいので、静かに女子人気を集めていた。それだけではなくて、雰囲気が落ち着いていて、大人っぽかった。人をひきつけるオーラのようなものがあった。運動もやたらよくできたし、それ以上に、むちゃくちゃに成績がよかった。入学早々の実力テストと中間テストの両方で、ぶっちぎりの学年一位をとったという噂もあった。あとになって本人に訊《き》いたら、それは事実だった。

（この世の中には、なんでもよくできるやつというのは本当にいるもんだ）

そう思ってぼくは驚いたし、素直に感心もした。けどまあ、それだけといえば、それだけのことだった。

ぼくはどこからどう見たって、なんでもよくできるというタイプではない。自信を持っている分野がなくもないけれど、駄目な分野はまったく駄目だし、どっちかというと苦手なもののほうが多い。だから拓也みたいなやつが近くにいても、なんというか、生息域がまったく違う、別次元のものだよなあと思って、比べる気にもならなかったのだ。

その拓也が、突然自分にちょっかいを出してきたというわけだ。さっぱり理由がわからなかった。

授業が終わると、拓也はすぐに席を立って、まっすぐぼくのほうにやって来た。

「それ、飛行機のだろ。ちょっと見せろよ」

と言って、机の中から端だけちょっと覗《のぞ》いている雑誌を指さした。

ぼくは、おう……とかなんとか言って、平綴《ひらと》じのぶあつい雑誌を取り出して渡した。彼は立ったままそれを片手で持ち、もう片方の手でぱらりと器用にめくった。まったく、何をしていてもさまになるやつだ。

「俺さ、前進翼機が好きなんだよな」と彼は言った。「航空ファンとしては月並みな趣味かも知れないけどさ。なんとなく意外性っていうか、レアっぽい楽しさがあるだろ」

「ああ、わかるよ、それ」とぼくは答えた。「F-FSWとかな。写真見ると、見慣れたF-16と全然違って、でもその違和感がへんに気持ちいいんだよな」

「そうだよな。スホーイのS-37とか、デザインがおもしろいよな」

「サンダーバード2号もな」

「あれはすごいよな」彼は笑った。とても好意的な笑顔だった。「YF-22と23。どう思う?」

それは米軍の次期主力機のコンペにかけられている二機の実験機だ。

「23かな」ぼくは答えた。

「V尾翼が気に入ったんだろ」

「当たり。どうしてわかった?」

「俺もそうだから」

こいつとは絶対友達になれる。このときにはもうぼくは確信していた。

彼は言った。「相当、飛行機好きなんだな」

ぼくは言った。「作ってるんだ。家で。模型だけどちゃんと飛ぶぜ」

「何!? マジか?」

彼は心底驚いたようだった。

「おい、ホントかよ。そういうことは早く言えよ。今日すぐ見に行ってもいいか?」

彼が急に身を乗り出してきたので、こっちもちょっとあぜんとしてしまった。

「今日すぐって……部活あるだろ、おまえもおれも」

「そんなもんはサボリだろ」彼は言下に答えた。「部活は毎日できるけど、俺が飛行機を見たいって気持ちは今すぐでないと劣化しちまうんだよ。俺はそういうのがすごく嫌なんだ。いいから学校終わったらすぐ連れてけよ」

結局ぼくは、入ったばかりの弓道部をさぼって、拓也を家に連れて行くことになったのだけれど、それは、

「今すぐでないと劣化しちまう」

という彼の言葉に、意外なくらい感銘を受けたせいかもしれなかった。

ぼくも、いつも、同じようなことを思っていたのだ。

昔から、思いついたことはすぐにやらないと気が済まないたちだった。ちょっと時間を置いて、アイデアを熟成させるということができないのだ。作ろうと思ったものはすぐに作らないと気が済まないし、そのためには食事だの睡眠だの宿題だのは二の次三の次になる。おかげでつまらない失敗をすることもいくらかあったけれど、そういう気質をあらためようと思ったことはない。

うちの庭のはずれにある、ガレージと便宜的に呼んでいるけどそう呼ぶのも気恥ずかしいボロい木造の納屋《なや》のシャッターをガラガラと開けると、

「スゲェ！」

そう言って拓也は目を丸くして興奮した。

「マジでスゲェぞ、これ！」

「そうか？」

ぼくは少し赤くなっていたと思う。「全部がおれが作ったものってわけでもないんだけどね」

ガレージはもともとぼくの伯父《おじ》のものだった。ぼくの父親の兄という人だ。実は一度も会ったことがないのだが、とても親しみを感じている。彼は飛行機マニアだったのだ。

彼は航空自衛官で、七三年の南北分断のゴタゴタのときに行方不明になった。ぼくがまだ生まれる前だ。死んでいなければ、きっとユニオンのどこかにいるだろう。

そういうわけで家はぼくの父親が継ぐことになった。そのときすでにこのガレージは中身ごとここにあった。ここには世界中のいろんな形をした飛行機のラジコンや模型、プロペラや風防やスティックといった実物のパーツ、そして設計図、分解図、自作模型用の材料なんかがたっぷり詰め込まれていた。旋盤やボール盤、プレス機なんてものまであった。ぼくにとっては宝の山だ。父は航空機にはまったく興味を持たなかったし、ぼくは一人っ子だったから、伯父の遺産を文字通り独り占めすることができた。

ぼくは小さいころからこの場所を遊び場にしてきた。というかほとんどここがぼくの部屋だ。

さすがにすきま風がひどくて寝起きはできないが、それ以外のかなりの時間をぼくはここで過ごす。そうすればずっとコレクションと一緒にいられるからだ。

ぼくは小学校に上がる前からずっと、飛行機と、航空模型に夢中だった。学校の工作の課題では必ず飛行機を作ったし、課題がなくたってたいていいつも何かしら飛行機を作っていた。ペーパークラフトや、ゴム動力のフリーフライトモデルや、フェザープレーンなんかを。できたものは、壁にすえつけた棚にきれいにディスプレイしているし、手に取ればすぐにでも飛ばせるようにしてある。ラジコン機のキットは当然作ったし、そのうちキットでは満足できなくなって、エンジンだけ流用したオリジナルデザインの機体を自作したりもした。電動機じゃなくて、4サイクルエンジンを載せたパワフルなものだ。それがちょうど去年、小六のときだ。

「これ自分で作ったのか……ハンパねえぞ、それ」

拓也は足を踏み入れ、上気した顔でせわしなく中を見まわした。まるでおもちゃ屋に行ったコドモの顔だった。というか、模型店でぼくがいつも浮かべているにちがいない表情、それとまったく同じ顔だった。ぼくはそれがすごく意外だった。彼はふだんは、まるで大人みたいに落ち着き払った態度のやつなのだ。せかせかしたところがなくて、何事にも動じない、仏像みたいに悟りきった男だと思っていたのだ。

だからぼくは彼の新たな面にひどく驚いたし、同時にすごく親しみを覚えた。

いや、親しみなんてものじゃなかった。この瞬間、ぼくはどうしようもなく彼を気に入ってしまっていた。

　彼は遠慮なくガレージの中を歩き回り、コレクションのひとつひとつを指さして説明を求めた。もちろんぼくは熱心に応じた。これはいつごろ、どんなことを思って作ったものだとか、ここに苦心したんだとか。あるいは何ヶ月かかって作ったんだとか、この部品はどこそこからこうやって手に入れてきたんだとか。

　ぼくは、自分がこれまでやってきたことを誰かに話したくてたまらなかったし、自分が作ってきたものがどんなにすごいかを正しく理解してくれる相手を切実に求めていたのだ。

　ぼくは、去年作った自作機を持ち出して、プロポを拓也に渡し、近くの農道を滑走路にして飛ばした。ぼくのうちの周りは民家がまばらにしかないから、航空模型をやるにはとても都合がよかった。

　離陸する瞬間、ぼくらは同時に叫ぶような声を上げた。

　飛行機を飛ばすとき、ぼくはいつでも高揚しているし、それに慣れることなどきっとないと思う。

　いつも、体が震える。作り物の、固い翼が空を飛ぶ。いつ見ても、何度飛ばしても不思議を感じる。背中をざわめきが駆け上がってくる。

　拓也は細かく説明しなくても操作方法を知っていたし、すぐにコツを飲みこんで自在に機体を操った。小さなエンジンが上空から、かん高い空気の振動をぼくらの元に届けてきた。両手で持てるほどの飛行機は、ときに高く、ときに低く飛び、オレンジ色がかった雲の高い空を悠々と旋回していた。

エゾの細いあの塔も、この日はくっきりと見えた。拓也は飛行機を北のほうへ向けて飛ばし、まるで塔にからみつかせようとでもするように細かく旋回させた。

見上げると大気は濃くて澄んでいて、丸い空がまるでレンズみたいで、心がすうっと吸い上げられていくような気持ちがした。

「今、作っているのは何なんだ？　次はどんなのにするんだ？」

ガレージの製図台の前に置いた丸椅子に座って、拓也がそう訊《き》いた。ぼくはラジコン機のメンテナンスをしながら、「うん……」とあいまいに唸《うな》った。

「まだ、構想段階で、製作には入っていないんだ。ちょっとややこしいこと考えてる。具体的にどう作ればいいのかわからなくて、なかなか実現できる見込みがなくてさ」

「なんだよ、秘密か」

「秘密ってわけじゃないけど……」

ぼくは少し言いよどんだ。

「実は飛行中に変形させたいんだ」

「変形？　F-14とか、そういう感じか」

「ああ、それもいいな。けど……」笑われそうなので言わないでおこうかとも思ったけれど、思い切って言うことにした。「できればスターウォーズのXウィングみたいに派手なのがいいな」

拓也は笑わなかったが、ちょっとあきれたようだった。「飛ぶのかよ、それ」

「〝みたいなの〟って言ってるだろ。全くその通りに作ったってそりゃ飛ばないよ。そうじゃなくてさ……なんて言うのかな。飛びながら、フォルムががらっと変わったら、きれいだしカッコイイだろうなって、そういうことなんだよ」

「ふむ……」

「でも、形が変わることに空力《くうりき》的な意味がなかったらしょうがないしね。まあ、いろいろ考えてはいるんだけど……」

ぼくはラジコン機を棚に戻すと、拓也のそばに行き、製図台の上に放り出してあった大学ノートを取った。思いついたことをスケッチしておくための落書き帳だ。ページをめくって、変形機に関するメモのページを開き、台の上に広げて見せた。

「設計思想じたいに関するアイデアはいくつかあるんだ。けど問題は制御機構なんだよ。どうしたってむちゃくちゃ複雑になる。そんなのとても作れる気がしなくてさ……」

「おい、ちょっと鉛筆貸せよ」

拓也は固まったみたいにじっとノートを見ていたが、やがてそう言って、ペン立ての中のBの鉛筆を取った。そして新しいページに何かさらさらと書きつけ始めた。

「何書いてんだ？」

「ちょっと大人しく待ってろよ」

ぼくがノートを覗《のぞ》きこもうとすると、彼は手で隠した。書いている途中を見られるのが苦手なタイプらしかった。

「例えばこういうことだろ」

しばらくして彼がノートをこちらに寄せてきたので、やっとぼくは内容を見ることができた。

そして驚いた。

そこにはぼくの設計を実現させるための制御系に関するアイデアがスケッチされていた。その場でフリーハンドで書いたものだから、細かい部分が省略されているし、一見落書きのように見えるが、矢印で注釈されたメモを読んでいくと、かなり実際的で、しかも斬新な設計であることがわかった。飛行中にフォルムが変わると同時に、重心の移動が行われて安定する機構になっていた。とてもエレガントなシステムだった。

ぼくは少し黙りこんで、それから彼の顔をまじまじと見た。

「……これ、本気でやったら本当に作れるかもしれない」

「そりゃあ、本当に作れるように考えたからな」

拓也はこともなげにそう言った。

ごく控えめに言って、ぼくは相当ショックだった。ぼくはこの分野にはすごく自信があって、同年代はもちろん、大人でもぼくに匹敵するモデラーはそうそういるはずがないと思っていたのだ。そのぼくがこの一、二ヶ月の間、ずっと解けなかった問題を、彼は一瞬で解いてしまったのだ。

「おまえ、何者？」

ぼくは愕然《がくぜん》として、ようやくそう言った。

「父親がさ、こういう、機械の設計関係やってんだ。門前の小僧ってやつで、俺、自分でも金属切り出したりしてるしな。自慢じゃないが、高専のロボコンなんて子供の遊びに見えるぜ」

「すげぇ……」今日、彼が何度も言ったそのセリフを、こんどはぼくが言う番だった。「おまえ天才かよ……」

「もっと誉めていいぜ」拓也は得意げに顔をゆがめて笑った。

ひとしきり感心したあと、ふと気づいて、

「でも……」とぼくは言った。

「ああ、でもだよな」

拓也のアイデアにはひとつ問題があった。それは当然、彼にもわかっていることだった。

ぼくは深く息をつきながら言った。

「こんな複雑なシステム、模型スケールに積むのはほとんど無理だよな……」

「そうなんだよなあ」

彼の書きつけたアイデアは、高度すぎ、要求精度も高すぎて、とても模型サイズで作れるものではなかったのだ。

「実機ならって話だよなあ……」

ぼくはなんの気なしにそう言って、自分の言ったことにギクリとした。

「そうだな。これを本当に作るんだったら、いっそ実機だよな。コンピュータ積んで制御させて」

　拓也は当然といった感じで言った。

　実機……。そのとき気づいてびっくりしたのだけど、ぼくは実機を作ろうとか、いつか作りたいと思ったことが、これまでなぜかなかったのだ。奇妙なことだった。

　いつか実機を作る……。

　そうだ、それがあったじゃないか。

　その考えはぼくを、これまでないくらいに興奮させ、酩酊《めいてい》させた。

「なあ、ものは相談なんだけどさ」

　拓也が声をかけてきたので、ぼくは首を振ってそちらを見た。

「うん？」

「夏休み明けに文化祭あるだろ、それ目標で、俺とおまえで何か作らないか？」

「ああ、いいな」

　それはいい考えだった。ぼくは一人で決めて一人で物事を進めていくことに、たぶん、少し疲れていたのだ。

　ぼくは尋ねた。「でも何かって、何をだ？」

「そりゃあ」彼はにやりとした。「俺とおまえが、まだ一度も作ったことのないようなものをだよ」

3

ぼくらが作ることにしたのはラジコンのジェットプレーンだった。ぼくがこれまで作った機体は全てプロペラ機で、模型用ジェットエンジンを使ったものはまだ一度も作ったことがなかった。

そう言うと拓也は、「それだ」とぼくを指さした。

「でもさ、模型用ジェットエンジンめちゃくちゃ高価《たか》いぜ。余裕で百万以上するだろ。中古だってウン十万っていう世界だぞ」

「知ってるよそのくらい」

拓也は涼しい顔をしていた。

「じゃあどうするんだよ」

「別に買わなくたって、どっかからどうにかして手に入れてくればいいんだろ？」

「なんだよそれ。どっかとかどうにかとか」

「ま、ちょっと俺に任せとけよ。心当たりがあるんだ」

数日後の日曜日、拓也は本当に模型用ジェットエンジンを持ってうちにやって来た。乗ってきた自転車の荷台には、航空燃料を詰めた小さなタンクまで積んでいた。エンジンは新品ではなくて、使った跡があったが、西ドイツのブランドメーカーの製品ですばらしく良いものだった。いつもカタログで写真を眺めてはため息をついていたやつだ。

　ぼくはかなり長いことそれをなでまわして、冷たい金属の感触を楽しみ、あらゆる角度から眺めてその美しく機能的な形を堪能《たんのう》した。鼻をつく燃料の匂いもぼくをうっとりとさせた。エアインテークの縁に指先を這《は》わすと全身に電流が走ったような気がした。世の中にはこんなにきれいで官能的なものがあるんだ。ぼくは時間が経つのや隣に拓也がいることも忘れそうになった。

　しばらくそうしていて、ふと、拓也を振り返って訊いた。

「でも、どうやって手に入れたんだ？」

　彼は少し困った顔をしていた。

「あー、それはな……聞きたいか？」

「おい、なんだよ」

「教えてもいいけど、聞かないほうがいいと思うぜ。知ったらおまえ、罪悪感を抱きながらこいつを使うことになるから」

「それって……」

　どうやら拓也は、あまりまっとうとはいえない方法で、これを手に入れてきたらしかった。

　ぼくはずいぶん微妙な表情をしていたと思う。拓也は悪びれもせずに明るい声で言った。

「いいじゃないか。今これはここにあるんだからさ。コイツも、死蔵されてるより、空を飛びたいって思ってるにちがいないさ」

そうして彼はエンジンをこつこつと叩《たた》いた。それは本当に殺し文句で、ぼくはそれ以上の追及をやめてしまった。

あとからだんだんわかってきたことだけれど、拓也には、ふだんの優等生ヅラからはかなりかけはなれた、悪党じみた部分があった。それが地なのか、ただ悪ぶっているだけなのかは、よくわからなかったけれど。

いくつか例はあるのだが、煙草を吸うというのもそのひとつだ。中一のくせして、彼はかなりのヘビースモーカーだった。

「表面的には、いい子をやってるからな。ストレスたまるんだ。見なかったことにしろよ」

二人でエンジンの採寸をしながら、そう言って彼はあまりうまそうでもなく煙を吹かしていた。そつのないやつだから、煙草を吸ってることは周りの人間には全く悟らせなかったが、ぼくの前では安心して平然と何本も立て続けに吸った。

おかげでぼくは、髪や服に匂いがついて親や教師に不審がられないよう、けっこう気を遣うはめになった。

「スーツなんかの皺《しわ》を伸ばすのに使う、スチーム噴出式のコテあるだろ。あれ当てると、煙草の匂いはきれいに消えるぜ」

拓也のその勧めに従って、ぼくは毎日せっせと父親のスチームをシャツとズボンに当てた。おかげで拓也とつきあっていた三年間、ぼくはずいぶんこざっぱりとした少年だったと思う。

「優等生って案外楽じゃないんだなあ……」

ぼくはため息をつきながら、しみじみと言った。

「でも、おれなんか、少しくらいストレスがあってもいいから、いっぺん優等生になってみたいような気がするけどな」

「それ、ダウトだな」

拓也は烏龍茶《ウーロンちゃ》の空き缶に吸殻をつっこんで、斜に構えた笑い方をした。

「そんなこと少しも思ってないくせに、よく言うぜ」

「なんでだよ。思ってるよ」

「いや、思ってないね。俺にはわかる」

拓也は自信たっぷりに決めつけた。それからふと、

「俺には、おまえのほうがうらやましいよ」

そう言ったので、ぼくは軽くうろたえた。

「おれがなんで」

「自分のペースで、自分の好きなことだけを淡々とやってるところがだよ。周りがどうだろうと関係なくて、自分は自分だからっていう感じでさ。そういうところがいいし、俺みたいなのって、そういうのに弱いんだ」

「へぇ……」

やけにしみじみとした言い方だったので、こっちも少ししんみりしてしまった。

「俺、目立つだろ。たぶんちょっと目障りなくらい」

のだ。

「うん」

ぼくは素直に答えた。確かに彼は、何をやっても注目を集めてしまうようなところがあった
「目立つってのは、周りの視線や評価に振り回されるってことなんだ。自然にあちこちからカタを寄せられて、好き勝手ができなくなるんだよ。それって、意外にしんどいんだぜ」

「うーん」

ぼくは唸《うな》った。初めて聞くような話だった。いろんな世界があるもんだ。立場が違うと、同じ世界の、同じ学校にいても、ずいぶん感触が違うものだ。

「だから、入学してから、おまえのことはわりと注目してたんだ。気になるやつだし、こわいやつだなって思ってたよ。地味で目立たないからって目を離してたら、突然でかいことやっちまいそうなプレッシャーがあるんだ。あせるよな」

「んん、そうか」

ぼくはエンジンに目を落として作業をしながら、ぼそぼそと相づちを打った。そうしながら、すっかり感心していた。

こういうところが自分の弱点なんだ、なんていう話を、まるで世間話みたいにてらいなく喋《しゃべ》る拓也は、これまでぼくが会ったことのない不思議な手触りを感じさせるやつだった。

こだわりのないサクサクした話し方も、ぼくを刺激した。

ぼくはかなり素朴な性格だし、少なくともあまり複雑な人間ではない。そういうぼくには、

この歳で、周りから求められている役割とそうでない自分を自覚的に使い分けて世間を泳いでいる彼の存在が、単純に驚きだったし、とても新鮮に思えた。

拓也には、確かにぼくをひどく惹《ひ》きつけるものがあった。

「けどなあ、煙草は体に悪いぞ」

ぼくは何か言わなければいけない気がして、そんな月並みなことを言った。

拓也は新しい煙草に火をつけながら、ちょっと嫌そうな顔をしたあと、突然身を乗り出して、フーッとぼくの顔に煙を吹きかけてきた。

「何すんだよ！」

ぼくが咳《せ》き込んで、煙を手で散らしながら言うと、拓也は心底おかしそうに笑った。

「いいじゃないか。一緒に肺ガンで死のうぜ」


ぼくらは、実在する飛行機のスケールモデルか、それに近いオーソドックスな機体形状を選ぶこともできた。

そうすれば飛ぶのはわかりきっていた。ぼくはけっこう苦労して独自に航空力学を勉強していたし、実際にオリジナルの機体を設計して飛ばしたこともあるから、その点に関しては自信を持っていた。航空設計の素敵さは、飛ぶように設計し、寸分たがわずその通りに作れば、絶対に間違いなく空を飛ぶという点にある。飛ばなかったとしたら、それは設計が間違っているか、実作のスキルが追いついていないか、どちらかだ。

ぼくはそのどちらにも自信があった。ぼくがふつうに作れば絶対に飛ぶ。でも、それは少しばかりつまらないことでもあった。冒険がしてみたかった。

見るからに飛行機っぽいものが空を飛ぶのは、当たり前だという気分もあった。「何か異様なものが飛んでる」感じが欲しい気もした。ぼくは、成功するかどうかちょっとわからないようなものを作ってみたかったのだ。

「全翼機なんてどうだ？」

拓也が『航空ファン』を開いて写真を指さした。「こんなやつな。UFOみたいで意外性がないか」

「形はおもしろいな。けど、わりに簡単に飛んじゃいそうな気がする」

「面倒なこと言うやつだな」拓也は片目だけ大きく開いて〝あきれた〟というニュアンスを伝えてきた。「飛ばすのが目的なのに、飛びそうなのは嫌だってんだから」

「しょうがないだろ、結果が見えちゃうのはつまんないんだから」

「生意気だよなあ」彼はくわえ煙草の中途半端な唇の開きで言った。「でも、その気持ちはわかる」

「わかるってか。本当に？」ぼくは訊《き》いた。

「もちろんわかる」彼は言った。「まだ見たことのないもの。まだ知らないこと。まだやったことのない体験。感じたことのない感覚。俺が欲しいものもそれさ。世の中には、本当に価値あるものってたった一種類しかないんだ。つまり〝未知〟さ」

「格好いいこと言うなあ……」

「リングウィング機はどうだろう」

「円筒翼か……」

ぼくはそれについて考えてみた。円筒翼機というのは、主翼が輪っか、あるいは筒状になっている飛行機だ。翼に端がないから、翼端失速が起こらない。平面翼に比べて翼面積が少なくてすむから、一見、こんなものが本当に飛ぶのかという小さな翼で飛ぶことができる。たとえば、イメージとしてはロケットに近いような形のものとか。でも……。

「めんどくさそうだなあ……」

ぼくはついぽろりと言ってしまった。

「望むところなんだろ？」拓也はその一言をつかまえた。「決まりだな」


そしてぼくらはその日から図面を引き始めた。当時の拓也は、あまり航空力学には詳しくなかったが、専門書を三冊貸してやると一晩で全部読んできて、模型を作るぶんにはなんの支障もないレベルにすぐ追いついてきた。ぼくがずいぶん時間をかけて覚えてきたことの道のりを一晩で詰めてきたのだ。秀才の底力ってのはすさまじいものだ。ぼくはそのことに、ほとんどおそれに近いあせりを感じたりもしたが、それでも自分と同レベルで話が通じる友達というのは本当にいいものだった。ぼくは、同年代で、自分と同じくらい旋盤やフライス盤を操れるやつを生まれて初めて見た。

「同じようなのがうちにもあるし、工作はチビのころからもともと好きだったから。今でも指が十本くっついてるのは奇跡みたいなもんだけどな」

そういってぼくを見てにやりと笑ったので、ぼくもつられて笑い出してしまった。あまりにも共感できると人間笑ってしまうものだ。ぼくの指が十本ついているのも奇跡に近いのだ。

空力設計は、やっぱりめんどくさかったけれど、二人がかりでやってなんとかした。もちろん、ぼくも拓也も、ただ飛べばよいというのは嫌だった。よく飛ぶうえにかっこよくなくちゃ話にならない。ああでもないこうでもないといろいろ紙に書きつけて、ようやく納得できる図面が引けたときにはもう七月が終わっていた。

ボディの素材は、カーボンファイバーと航空バルサにした。それを選んだ理由はいろいろあるのだけど、いちばん大きな理由はうちに売るほどあるということだった。顔も見たことのない伯父《おじ》さんに、ぼくは心から感謝した。

誰かとひとつのものを作るのは、楽しかった。

夏休みの間、ぼくらはガレージで、黙々と飛行機を作った。素材から形を切り出し、二人とも黙って真剣な顔つきでサンドペーパーをかけた。本気で何かを作り出しているときというのは、何も聞こえなくなるし、言葉も出なくなるものだ。

でも、そんなときにもぼくは、目でも耳でもないどこかで、パートナーを感じていた。拓也がどう感じていたかは、わからない。けれどぼくと同じことを感じていたらいいと思ったし、きっとそうだったと思う。

息抜きのときなんかに、ぼくらはお互いの話をした。家族構成だとか、同じクラスの誰かの話だとか、昔見ていたテレビ番組のことだとか、他愛のないことを。

ときおりは、作業を休みにして、電車で青森市まで遊びに行ったりもした。そして買い物をしたり駅ビルの食い物屋で飯を食ったり、プールで泳いだりした。友達になったばかりの相手と遊びに行ったときによくあるような、無意味にテンションが上がった感じは少しもなかった。まるで拓也とは何年も前から友達同士だったように、隣にいることがしっくりくるのだった。

東北の短い夏休みが終わる八月二十日にはボディのほとんどが完成していた。文化祭は九月二十五日で、それまでの一ヶ月間を、塗装と微調整とエンジンのメンテナンスにじっくり費やした。

機体色は鮮やかな青色だ。

「青がいちばん速そうに見える」

そう拓也は言った。ぼくはへえと感心した。彼の言うことだからきっと科学的か心理学的根拠があるんだろうと思ったのだ。そう訊いたら、

「いやいや、ただの個人的なイメージだけど」

というのでガクッときたけれど。でも青というのはいい色だ。ぼくは空自のブルーインパルスのブルーが大好きなのだ。

ぼくも拓也も、本番前に試験飛行をするのはやめよう、ということで意見が一致していた。ちゃんと飛ぶことがわかっているものを飛ばして人に見せても、それは本当にショーにしかな

らなくて、つまらない。見る人もそうだが、何より実際にやっているぼくらがつまらないのだ。ぼくらは、どうなるかわからないことをやってみたかったのだし、それを人に見せたかったのだ。

とはいっても、飛ぶかどうかと訊かれたら、飛ぶに決まっていた。それには絶対の自信があった。なぜならそれはぼくらが作ったものだからだ。ぼくと拓也が。

4

なんの自慢にもならないがぼくは雨男で、昔から社会見学や運動会のたびに雨（雪もだ）を降らせていたものだけれど、その年の文化祭は実によく晴れた。本当に文字通りの雲ひとつない快晴というやつだった。全天が夏のなごりの青すぎるくらいの青だ。

朝、南蓬田《みなみよもぎた》の駅から学校までの短い道すがら、軽く空を眺めて、ぼくは深く息を吸い込んだ。ぼくらの学校の周りには、小さな雑木林がちらほらと点在しているほかには、水田と畑と、まばらな民家しかない。山は低いのが遠くにあるばかりだ。だから青空が広がると、空がおそろしく広く感じられる。場所も日和《ひより》も、あれを飛ばすのにもってこいだ。目ほどの高さにアキアカネが一匹飛んでいくのを視線で追いながら、ぼくは深呼吸をして興奮を鎮めようとしていた。

ＨＲが始まる三十分も前だというのに、拓也はもう教室に来ていた。

「遅《お》せぇよ、浩紀《ひろき》」

「遅くねぇよ。おまえが早いんだよ」

周りには、教室の飾りつけを手直ししているクラスメートが二人ほどいた。ぼくらのクラスは食券制のありふれた甘味屋をやることになっていた。拓也は近づいてきて、彼らに聞こえないように小声で言った。

「機体、もう組み立ておわった」

「えーっ、もう？　おまえ何時に来たんだよ」

「一時間くらい前かな。なんかそわそわしちゃってな」

ぼくらの機体は何日も前から、ばらして少しずつ学校に運びこんであった。もちろん、工具一式と燃料もだ。

拓也はいったいどうやったのか、学校の隅にある使われていない木造の倉庫の鍵《かぎ》をひとつ、職員室から着服していた。倉庫の中は砂が入りこんでざらざらしていたが、人目につかないので煙草を吸うのに都合がよいということだった。そこにぼくらは飛行機を隠していた。

ぼくらのやることは、学校側にもクラスメートたちにも全くの秘密だった。つまり、ゲリラというやつだ。

特に先生たちには絶対に秘密だった。安全への配慮がどうとかこうとかうるさいに決まっているし、最悪、許可されない可能性もあった。ぼくも拓也も、大人に口を出されるのがまったく好きではなかったし、それが飛行機のことを何も知らない素人となればなおさらだった。ぼくらは他人にコントロールされるのはまっぴらだった。

ぼくらは自分自身を作り上げ、自分で自分をコントロールしたかったのだ。ぼくと拓也は、そういう感じ方においては、まるで双子みたいにぴったりと意見が合った。

HRが終わって、文化祭の開始が宣言されると、ぼくと拓也はクラスの店の当番を速攻でぶっちぎった。教室を飛び出して、あらゆる催し物を無視し、あらかじめ打ち合わせておいた通りに手分けして準備にかかった。

決行は午後一時の予定だったが、組み立てが先に済んでいたので一時間繰り上げた。

ぼくは拓也から鍵を受け取って倉庫に行き、組み上げた飛行機に不備がないか細かくチェックした。ぼくらは製作時から、ぼくが作った部分は拓也が、拓也が作った部分はぼくがというふうに相互にチェックすることにしていた。全く問題はなかった。きれいに組み上がっていた。

電源を入れ、エルロンやエレベーターや引込脚といった可動部分を動かして点検した。引込脚が多少もたついていたので調整した。

それからジェットエンジンに火を入れて暖めた。

あまり広くはない木造の建物内でそれをやるのは危ない感じだったが、しかたなかった。急激に空気がむっと熱くなった。排ガスの匂いが内部にたちこめ始めたので、軽く扉を開けた。倉庫は雑な造りで、すきま風があちこちから吹き込んでくるのだが、それがこの際かえってありがたかった。

その間、拓也は、滑走路の準備をしていた。

ぼくらの中学の校舎の裏は、アスファルトが打ってあって、教師用の駐車場になっている。

田舎だから土地が余っていて、おかげで広くてスカスカだ。

その駐車場の裏手から、まっすぐ一本道の私道が延びている。学校に用がある人間しか絶対に使わない道だ。

拓也は、青森市内に行ったときにホームセンターで買っておいた黄色と黒のビニールロープを駐車場の真ん中に張って通行規制をしいた。滑走路にする直線を、人や車が横切らないようにするのだ。

その滑走路は、私道に直結するように延ばしてある。計算上は、駐車場のスペースだけで離陸できるはずだが、もしものときは私道も使って距離を稼ぐのだ。あとから知って笑ったのだけど、几帳面《きちようめん》な拓也は、その道の出口にどこかの工事現場から拾ってきたトラ柵《さく》を置き、ご丁寧にベニヤで「本日文化祭開催のため通行止め」という看板まで作って立てかけていた。嘘にしても実に堂々としたものだ。

「当然やるべきことを当然のようにやってるだけですって顔でいれば、勝手なことをしてても案外不審には思われないものなんだ」

無断で通行規制をしいたらさすがに気づかれてとがめられるんじゃないか、と、計画段階のときにぼくが言ったら、拓也はそう答えた。

「だから滑走路は俺の担当なんだよ。おまえ、やましい気持ちがあるときに堂々としてるの、苦手だろ？」

その通りだったので深くうなずいて、ぼくは彼のプランに従うことにした。

拓也のポーカーフェイスは本当に効果があったようで、ぼくが機体とプロポと工具箱をこわきに抱えて校舎裏に着いたときには、彼は誰にもとがめられることなく滑走路を完成させていた。

「ここがスタート位置だ」

拓也はそう言って、ゴムの靴裏でアスファルトの上に見えない線を引いた。ぼくはそこにそっと飛行機を置き、エンジンを点火させ、再び暖気をした。

青とも赤ともいえないような透きとおった火が空気をあぶった。ときおり航空燃料の燃える匂いが鼻をついて、ぼくは否応なく緊張した。

さすがにそこまでくるとずいぶん目だったようで、ちらほらとギャラリーが集まり始めた。中には先生もいた。のんきなもので、無許可のゲリライベントだということに気づいてないみたいだった。いや、気づいていて知らんぷりしてくれたのかもしれない。

「おい、ロケットか?」

顔見知りの同級生が訊《き》いてきた。

「ちげーよ、飛行機だって」

「羽根ついてねえじゃん」

「ついてんだよ、これで」

「飛ぶのか? 一発芸じゃないのか」

「いいから黙って見てろよ。——拓也、繰り上げでやっちまおうぜ」

ぼくはいいかげんプレッシャーに耐え切れなくなって言った。

「そうだな。やるか」

拓也が手を広げて、ギャラリーをうしろに下がらせ始めた。ぼくは置いていたプロポを取り上げ、アンテナを伸ばした。そしてスティックを軽く動かした。機体内でサーボが動く気配がして、まるでストレッチのようにエルロンとエレベーターが動いた。それだけで周りから軽く声が上がった。

ぼくは深呼吸をした。

「やるぜ」

「行け」

スロットルレバーを倒した。

小さなジェットエンジンが何もない空間を蹴《け》った。

飛行機は押し出されるように一直線を走り出した。金属じみた高い音が鼓膜を引っかいた。軽く作られた機体はアスファルトの細かいでこぼこにも反応してぶるぶると小刻みに震動していた。不安になったが、ここでスロットルを絶対にゆるめてはいけないことはわかっていた。ぼくはただひたすら親指でレバーを押さえつけていた。

ふわり、と、空気のクッションに持ち上げられるみたいに、ふいに機体は浮いた。ぼくはいつもこの一瞬、自分の心臓が下からそっと持ち上げられたような心地がするのだ。

機体を上昇させた。

ふだん扱いなれているプロペラ機とは段違いにパワーがあった。とにかく速かった。旋回させ、こっちに呼び戻すように飛ばした。思った以上に敏感に反応するので、かなりヒヤリとした。

いつもの戦慄《せんりつ》が背中を這《は》い上がってきて、全身にくまなく伝わり、全細胞を痺《しび》れさせた。

校舎の上を横切るようにして、上空を大きく三回ほど旋回させてみた。

そのあたりでようやく、周りの声や音が耳に入るようになってきた。

目の動きだけでちらりと見まわすと、みんな馬鹿みたいに上を見上げていて、それがやけにおかしかった。校舎の二階や三階の窓から身を乗り出すように見ている人もいた。かなりの人数が注目していた。

ぼくは飛んでいる姿を間近で見たくなって、一回だけ、地面をなでるみたいに低空飛行させた。機体は一瞬で通り過ぎていき、ドップラー効果でゆがんだエンジン音だけがそこに残った。

ああ。

この感じだ。

この感じを、どう言ったらいいだろう。周りの彼らにはわかるのだろうか。

自分が二つある感じがする。

今ぼくは、ここにいるぼくであると同時にひとつの小さな飛行機になって風を裂いている。

ぼくが飛行機を操っているのではない。ぼくはぼくであり、同時に飛行機なのだ。ぼくは今、一時的に、二つの可能性を内包している。ぼくの半分は空を馳《は》せる生き物であり、もう半分は地を踏みしめる生き物だ。ぼくは空を飛ぶぼくを見上げると同時に、地を踏むぼくを見下ろしている。心地よい分裂。自己の多層化。ぼくはもうひとつのぼくに気持ちを送り、もうひとつのぼくからの気分を受け取る。これは本当に独特の体験なんだ。自分を仮託するのではない、ものと同一化するということでもない。自己の一部を可能性として分離するとしか表現しようのない体験。

二つのぼくが二様に酩酊《めいてい》した。

「おい、ボーッとするなよ」拓也の声がした。「そろそろ交代しろよ」

ぼくは機体を安定させ、プロポの受け渡しの姿勢をとった。

飛んだままプロポを渡すのは、ちょっとしたコツがいる。スティックを指でしっかり固定した状態で、隣にいる拓也に差し出す。拓也はぼくの指の上からスティックを押さえる。ぼくは片方ずつそっと指を抜く。それを一瞬でやる。あらかじめ何度も練習しておいたので、よどみなくできる。

指を引き抜くと、ぼくはちょっとぼんやりしてしまった。

自分の手を離れると、やっと飛行機を冷静に観察することができた。プロペラ機とはあきらかに違う鋭い飛翔《ひしょう》に、細胞がめざめる思いがした。細長いロケットじみた機体が、風の層をつらぬいていた。まるで皮むき器で皮をむくみたいに、円筒翼が空気をスライスしているのが感覚的にわかった。心の皮をつるりとむかれたような、肌寒い気恥ずかしい感動が全身を粟立《あわだ》たせた。

ぼくは思わず反り返って天を向いて、高揚感につき動かされるまま咆《ほ》えた。

声はエンジンの金属性の轟音《ごうおん》に混ざって、すぐにかき消えた。鼓膜を引っかくエンジン音のおかげで、いつのまにかけっこう多くの人間が窓から顔を出したり上を見上げたりしていた。あたりから軽い拍手が響いてきた。

ぼくは再びプロポを受け取った。自然に全身の筋肉が緊張した。スティックのクリック感が再びぼくの意識を変質させた。

しばらくいい気分でぶっ飛ばしていた。

やがて何か違和感がまとわりついてきた。

風邪をひく前兆みたいな、どこがどう悪いともいえない不調を感じた。

機体の反応がにぶくなっているからだということに気づくのに、少し時間がかかった。

「おい、なんかおかしくないか」

拓也がそう言った直後に、エンジンが咳《せ》きこんだ。

「やべっ」

急いで高度を下げつつ、機体を引き戻そうとしたがそのときにはもう遅かった。エンジンが止まった。機体はちょうど校舎を挟んだ向こうの空を飛んでいた。校舎の向こうに落ちて見えなくなった。

がしゃっとぶつかる音がした。

「体育館だ！」

ぼくと拓也は同時に叫んで同時に走り出した。

ダッシュで校舎をぐるりとまわってグラウンド側に出た。そっちに体育館があった。体育館の壁か窓にぶつかった気配がしたのだ。壁を見上げながらぐるりと一周まわってみた。飛行機はなかった。

遠くからぼくらを呼ぶ声がして、見まわすと、校舎の三階の窓から何人かが顔を出していて、体育館の屋根を指さしていた。

「上かよ!」

ぼくは校舎に向かって走った。拓也があとに続く気配があった。昇降口に駆け込み、階段を三段抜きで駆け上がって三階まで上がった。そして手近な教室に飛びこんだ。たまたま、使われていない教室だった。ほとんど過疎地といってもいい地方の学校だから、空き教室がかなりあるのだ。

窓に飛びついて身を乗り出した。

カマボコみたいな形をした体育館の屋根のカーブに、ぼくらの飛行機がひっかかっていた。

青い飛行機は、水色のトタン葺《ぶ》きの屋根に妙にマッチしていた。

まるで屋根がプールのウォータースライダーで、そこから今にも滑り降りようとしているみたいだった。やわらかい機首の部分がひしゃげていた。そこがひしゃげたおかげで屋根にひっかかって、地面に叩《たた》きつけられずにすんだようだった。

「あーあーあー」

そんな情けない声を、ぼくと拓也はほとんど同時に上げた。

それから数秒くらい、ぼくらは無言で呆然《ぼうぜん》と飛行機を眺めていた。

やがてなんだか気持ちがくすぐったくなってきた。

理由がさだかでない不可解なおかしみが腹の下からこみあげてきた。ぼくは少し困惑しながら、ほっぺたに力を入れておかしさをかみころした。そしてなんとはなしに拓也のほうを見た。なぜか拓也も同じような顔をしていた。

ぼくらはどちらからともなく、咳きこむように吹き出した。

しばらくひくひくと腹筋をひくつかせて声もなく笑っていたのだが、やがて我慢できなくなってゲラゲラと笑い出した。馬鹿笑いというやつだ。笑ってる場合じゃないのだけど、ヘンにおかしくてたまらなかった。ぼくと拓也はアルミサッシや机によりかかって、身をよじってヒイヒイ言うまで笑い続けた。

「ああ……」

笑い疲れて拓也はため息をついた。それから彼は言った。

「俺たちは最高のコンビだ」

それが、ぼくがこの三十一年の人生で聞いた、最も親密で心温まる言葉だった。

そのあとぼくと拓也は職員室に呼び出され、こっぴどく説教を受けた。先生は、二度と危険な真似を勝手にしないようにと言った。その日の真夜中、ぼくらは学校に忍びこみ、雨が降ったり大人に取り上げられたりする前に、体育館によじ登って機体を回収した。

5

サユリのことを思うとき、決まって頭の中に再現されるいくつかの場面がある。

そのひとつが、南蓬田の駅で、サユリを見かけた思い出だ。

南蓬田はぼくらの中学の最寄り駅だ。津軽線の中では大きめの駅だが、それでもホームは二つしかないし、改札は上りホームにひとつあるきりだ。下りホームに行くには、線路をまたいでホーム同士をつなぐプレハブ造りの跨線橋《こせんきょう》を上ったり下りたりしなければならない。ホームに立つと、目の前は民家と水田と雑木林。いってみればどこにでもある地方の赤字線駅だ。改札の前には木造の待合室があって、冬場にはストーブがカンカンに焚《た》かれるのが、雪国らしいといえばらしいところかもしれない。

ぼくらの中学の生徒は、自転車通学のやつらを除けば、ほとんどがこの駅を使って通学していた。ほとんどといっても田舎の中学だから、人数はたかが知れているけれど……。ぼくと拓也は、家から毎日四十分かけてこの駅のホームを踏んでいた。そしてそれはサユリも同じだった。

あれは確か、中二の終わりごろだ。ラジコンジェット事件から一年半もあとということになる。正確な日付は思い出せないが、たぶん、春休みに入る二日前くらいのことだったと思う。

ぼくらの学校の生徒は、三時半過ぎの電車を帰宅組電車、五時過ぎの電車を部活組電車なんて呼んでいた。ぼくと拓也は毎日部活組のほうに乗っていた。拓也はスピードスケート部、ぼくは弓道部に入っていて、それなりに熱心に活動していたのだ。

電車の時刻が来ると、毎日ぼくと拓也はホームの同じ位置で待ち合わせて、同じドアから乗車し、同じボックス席を占領した。どんなに寒い日でも、待合室には入らずにホームで待つのが暗黙のルールだった。ホームに立っていれば、駅の外からでも相手が待っているのが見えるのだ。

その日の夕方、ぼくはいつも通り駅の下りホームで電車と拓也を待っていた。天気は良くて、傾いた西日のオレンジ色がじんわりと青空を侵食していくのを、ぼくは制服の上に着たブルゾンの襟にアゴをつっこんで眺めていた。白い息がゆっくりと拡散しながら風に流れていった。

数人の女の子が、わいわい言いながら連れ立って改札を通ってきて、ぼくは思わず、そちらを注目した。

そうしたのは、つまり、サユリの声がしたからだった。

ぼくはサユリの姿を視界の真ん中で捉《とら》えたが、その直後、とりつくろうようにあわててそっぽを向いた。でも視界の端では彼女のことをずっと捉えつづけていた。

「あと何分?」

「まだ大丈夫よ」

サユリは友達とそんな会話をしていたような気がする。なにしろ列車の本数が絶対的に少ないので、ギリギリで乗りそこなったときのダメージがはかりしれないのだ。

あのころのサユリは、髪をおさげにしていた。地味だけど、似合っていた。あの日確か彼女は冬の制服の上に地厚のダッフルコートを着て、マフラーをふんわりと巻いていて――。

そして彼女は友達と楽しそうに笑っていた。

ぼくがこの場面をよく覚えているのは、そのことが珍しいからだ。

サユリたちはいったん改札を通ったものの、列車が来ていないことを確認して、すぐに待合室にひっこんでいった。ぼくは全身を弛緩《しかん》させて、ほっと息をついた。

入れ替わるように、跨線橋を降りてくるトントンというリズミカルな足音がした。拓也だった。彼は自販機で買った缶コーヒーを二つ両手に持って、ときどき熱そうに軽く宙に放り上げていた。階段を降りきってホームに立つと同時に、片方の缶をぼくに投げてよこした。受け止めると、冷えきった手にホットの缶はずいぶん熱くて、ぼくはあやうく落としそうになった。

ぼくらは前の日にちょっとした賭《か》けをしていて、缶コーヒーはその賞品だった。

拓也は缶に口をつけながら、何を見るというでもなしに向かいのホームを見て言った。

「浩紀、次、バイトいつ行く?」

「あー、そうだな……」

ぼくらはそのころ、学校に隠れてこっそりとアルバイトをしていた。

「部活が明日《あした》までなんだ。だからあさってかな。そっちは？」

「俺も明日の朝練で最後だ。じゃ、あさってで決まりな」

「おう」

　ぼくらの中学では原則的に、三年生いっぱいで部活動を引退することになっている。もちろん、建前は高校受験に集中するためだ。でもぼくと拓也は空いた時間をアルバイトにあてることにしていた。これまでは土日にしか働けなかったけれど、あさってからは部活がなくなるうえ長期休暇だ。みっちり稼げるというものだ。

　受験についてはほとんど心配していなかった。拓也の成績は折り紙つきだし、ぼくもそんなに悪いほうではない。それにぼくは、高校なんて入ればどこでもいいやと思っていたのだ。

　少なくともこのときは。
　二、三、アルバイトの通いかたについて打ち合わせをして、そのあとは静かに電車を待った。ぼくらは二人ともおしゃべりなほうではなかったので、そんなふうに黙っていることがけっこうあった。
　到着を告げるアナウンスがあり、ぼくは軽く身を乗り出して、一直線の線路の遠くに電車のヘッドランプが小さく見えるのを確かめた。列車はゆっくりと大きくなってきて、ホームに大儀そうにすべりこみ、きしんだ音をたてて止まった。向かいのホームの改札をサユリたちがあわてて通るのが車両側面の二枚のガラス越しに見えた。彼女たちが走って跨線橋を上り下りするばたばたした足音を、ぼくは無意識に、注意深く聞いていた。

拓也が空き缶をくずかごに投げ入れるからんという音が聞こえて、ぼくはコーヒーを半分飲み残していることに気づいた。あわてて一気飲みして、アンダースローで缶を放った。あやうくくずかごの縁に弾《はじ》かれそうになったが、なんとか中に入った。

向き直ると、友達同士で小突きあいながら列車に乗り込むサユリが視界の端に見えた。おいていくぜ、と拓也が声をかけてきて、ぼくは彼のあとからあわててドアに向かって歩き出した。

乗り込む直前、ふと赤く染まった空を見上げた。

列車の屋根越しに、細かい雲をまとわりつかせたあの塔が見えた。丸い空に突き刺さるようにして、ほんのり赤みを帯びてそれは立っていた。ぼくは眺めるばかりで手に取ることのできないものにばかり惹《ひ》かれるのかもしれなかった。

ぼくと拓也は列車のボックス席をひとつ占領し、向かいの座面に行儀悪く足を投げ出して座った。いつもなんとなく座る席で、いつもの姿勢だった。拓也はマック系のパソコン雑誌に目を落としていた。ぼくは毎週一日遅れで入荷するジャンプを読んで時間をつぶした。

ぼくらは、たいてい車内でも沈黙していた。黙っていることは自然なことだった。会話がないのが我慢できないという人がときどきいるけれど、いったい、何がそんなに不安なのだろうと思う。拓也と二人でいるときの沈黙は、ぼくを安心させた。電車の車輪が刻むリズムや、周りのかすかな話し声に包まれているのも心地よかった。外の景色がだんだんと翳《かげ》っていく様子や、周囲に民家がなくなって本当の真っ暗になっていく感じや、鏡みたいになった窓ガラスに映る自分のぼんやりした顔やそういったものが手の届くぼくの世界で、ぼくはそれらに親しみを覚え、守られているように感じていた。

その日、そこにふと不安の波みたいなものが差しこまれるのを感じて、全身がこわばった。それがなんなのか最初はわからなかった。やがてその波はひとつの声としてぼくの意識にのぼった。

それはサユリの声だった。周囲の話し声の中に、友達とおしゃべりをするサユリの声があった。他の女の子の声はくぐもっていて聞こえなかった。でもサユリの声だけは、はっきりとした輪郭をもってぼくの意識に届いた。白いノイズの中でぼくの意識はサユリの声だけを聞き、そしてどうしたらいいかわからない、身の縮むような落ち着かなさに包まれた。

ぼくは窓の外の闇に意識をひたして、平静になろうとつとめた。そして窓に映った拓也の顔が、雑誌に目を落としたまま、彼らしくなくこわばっているのを見た。

拓也の耳も彼女の声だけを聞いている――。

それは確信に近い予感だった。何か強くて苦いものが突き上げてきて、胸がぐっと収縮した。あごのつけねがこわばった。

いわれのない敗北感のようなものが生じた。それはやっぱり、彼がスマートで、ぼくなんかよりずっと女の子受けするやつだということが多分にあった。

でも、もちろんそれだけではなかった。

6

翌日、うんざりするほど長くて意味のない終業式が終わると、ぼくはジャージに着替えて弓道場に行った。部活は今朝の朝練までということになっていたのだが、もう少し弓を引きたい気分だった。

弓を引くのは、性に合っていた。

ぼくがあって、的がある。ぼくは意識を的に飛ばす。するとぼくと的の間に一本の鋭利な筋道ができる。

そのとき、周りの景色も音もなくなり、あらゆるノイズのない、彼我だけの世界が生まれる。ぼくと的とはひとつに重なり、入れ替わったような錯覚を覚える。その瞬間ぼくは的で、的がぼくに狙いをさだめている。

この一瞬がおそろしく清冽《せいれつ》なのだ。

そして乾いた音がして、遠い的が射抜かれていることに、ぼくは気づく。

もちろん、そういつもうまくはいかない。ノイズが消えないときもあるし、ゆがんだ筋道が生じるときもある。そんなときには、美しい射にはならない。

特に近頃は、まったく駄目だった。何かざらざらしたものが頭の中でずっと乱反射を起こしていた。体に染みついた技術があるから、矢はある程度は当たりはする。ただあの清冽な感触がやって来ないだけだ。

集中力がつきて、あきらめてその場にしゃがみこんだとき、弓道場の窓から、拓也がこっちを覗《のぞ》きこんでいるのに気づいた。

「見学に来たぜ。上がるところか」

「いや……一休みだな。どうも駄目だ」

ぼくらは閉まるまぎわの購買で三角パックのコーヒー牛乳を買い、グラウンドの隅の水飲み場のわきに座りこんだ。

「引退したのにまだ練習か。おまえほんとに熱心だよな」

三角パックにストローをぶっ刺しながら拓也が言った。

「別に熱心さでやってるわけじゃないんだけどな。おまえはどうだった？」

「何が？」

「今朝の部活。最後の練習だから、いろいろあったろ。ミーティングで挨拶《あいさつ》とかさせられたんじゃないのか」

「ああ、やった」それから衝撃的なことをさらりと言った。「あと引退記念に女の子から告られた」

「うわ、おまえまたかよ!?」

「おう」

拓也はそのときの話を淡々と話した。引き上げぎわに三人組の女の子から呼び止められ、後輩の松浦《まつうら》から手紙を渡されて……とか、そういう話だ。もちろん彼はそういうことを誰彼かまわず話す男ではない。そんな話をするのはぼくと二人でいるときだけだった。自慢げな口ぶりは少しもなかった。彼にとっては、それは別に自慢できることではないのだ。

ぼくはため息とともに言った。

「うらやましいやつだな。これで何人目だよ」

「何人目ってほどでもないさ。四月から数えて二人目だからな」

「充分多すぎだって」

「ま、そうかもな」

拓也はズボンのポケットをごそごそやって、ライターを取り出した。いつものクセで煙草を吸おうとしていることがわかったので、無言で彼の靴の足をつま先で蹴《け》った。ここが学校だということに気づいて、彼はポケットから手を引き抜いた。

「で？」

「うん？」

「断ったのか。いつもみたいに」

「うん」

ぼくは牛乳パックに息を吹きこんでブクブクやった。「もったいないなあ。松浦って、一年二組の松浦だろ。あいつかわいいのに……。マジでもったいないぜ」

ぼくはなんの気もなしにそう言ったつもりだったのだけれど、あとから考えると、無意識のうちに拓也に探りを入れていたのかもしれない。

「おまえさぁ、本当にそう思うか？」

彼がいきなりそう切りこんできたので、ぼくは一瞬ドキリとした。

「そりゃ、思うよ。あいつすげぇ人気あるぞ。それを振っちゃったんだろ？　ありえねーって思うだろ、普通」

「何が普通かなんて、どうでもいいよ」

彼はライターを手の中でカチカチと鳴らした。

「そんなに言うんなら、じゃあ、おまえがつきあったらどうだ？」

拓也は突然そんなことを言い出した。

「ハァ？　なんでそうなるんだよ」

「おまえだったらつきあうのか」

言われてぼくはぐっと詰まった。

「松浦可奈《かな》な。あいつ確かにかわいいよ。いい子だし。それは俺だってそう思うよ。でも、だからってつきあうとか、そういう話にはならないだろ」

「ん……」

「もっと違うものじゃないかって、俺は思うよ。もったいないとかもったいなくないとか、そういう問題じゃないよ。そうだろ、浩紀」

「……うん、その通りだよな」

ぼくはいくぶん声を小さくして言った。彼の言うことは完全に筋が通っていた。反面、ぼくの言ったことはひどく月並みで、安っぽかった。

「だからさあ」彼はぼくを覗きこむように言った。「おまえが松浦とつきあったらいいんだよ」

「いやいやいや、だからなんでおれが」

「おまえも松浦じゃだめか。ふーん。じゃあ誰ならいいんだ」

その瞬間、ぼくの脳裏にサユリの顔が浮かび、急いで意識をそらした。ぼくはへどもどした。

「いや……その、まあ」

「なんだよ、はっきり言えよ」

拓也は悪だくみをするときのにやにや顔をした。それでわかった。彼は、ぼくがさっきカマをかけた仕返しをしているのだ。ぼくはつっかえながら、わざとずれた答えを用意した。

「だから……松浦がだめってわけじゃないんだけど、かわいいし……いや、でもおれ、そもそもつきあうっていったって、何をどうすればいいかわかんないしさ。だからなんつーか……おれはいいんだってば」

拓也は気分よさそうに鼻を鳴らしながら、ライターをかちゃかちゃともてあそんでいた。そしてぼくがしどろもどろに答える様子を充分楽しんでから、こっちを向いてささやいたのだ。

「おい、おまえが告白されたんじゃないだろ」

「おまえが言い出した話だろ！」

「ははは、おまえこういうフリにはほんと弱いよなあ」

ふてくされているぼくの横で、しばらく拓也はおかしそうに笑いつづけていた。

この話は基本的にぼくらがよくやるバカ話のニュアンスで、だからその場は軽く流すことができたのだけど、あとから考えるとずいぶんきわどい話題だった気がする。

拓也は人望があって、クールで、オーラが出ていた。

それだけのやつならなんの悩みもなかったのだが、問題は、彼がいいやつで、ちゃんとした、まともなやつだということだ。まともな考え方ができるというのは、大事なことで、得がたいことだとぼくは思う。

そしてたぶん彼はサユリに惹《ひ》かれているのだ。ちゃんとしたやつが、ちゃんとした態度でサユリを思っているのだ。ぼくみたいにごまかしたり、思ってもいないことをその場しのぎで言ったりすることなく。

ぼくはそういう彼が本当に気に入っていた。かなり強い気持ちで彼のことを気に入っていたのだ。

ぼくはけっこう人あたりがいいから、わりに誰とでも親しくなれる。クラスにも、クラスの外にも遊び仲間がいるし、彼らとしょっちゅうバカをやって過ごしている。でも拓也といる時間はそれとはまったく違う特別なものだ。

ぼくは彼との間にある特別なつながりを損ないたくないのだ。その気持ちは、ぼくがサユリに惹かれる気持ちより強いのだ――少なくとも今はまだ。

ぼくは、その天秤《てんびん》が逆に傾く日がいつか来るような気がして、それが、たまらなくこわかった。

もうひとつ。

拓也は鋭いやつだ。たぶんもう、ぼくがサユリに惹かれていることには気づいているだろう。

つまりはこのとき、すでにぼくら二人のコンビは、ある種のあやうい緊張感をはらんではいたのだ。

*

ぼくと拓也が、初めて沢渡《さわたり》サユリに出会ったのは、二年生になってからのことだった。いや正確に言えば、狭い学校のことだから、そういう女の子がいることを知らないではなかった。ただ接点がなかった。それまでは、名前と顔がかろうじて一致するというほどの、知り合いともいえない同級生でしかなかった。別のクラスの女の子と親しくなるきっかけなんて部活動くらいしかないし、サユリは音楽部だったのだ。

二年に上がるときに、クラス替えがあった。ぼくは遊び仲間の何人かと別のクラスになってがっかりしたが、拓也と相変わらず同じクラスになれたのは喜ばしいことだった。新学期のクラス発表の貼り出しの前で、ぼくらは互いににやりと笑ってゴング直後のボクサーみたいにこつんとこぶしを合わせた。

そのクラスに、サユリもいた。

サユリはとても美しい女の子だった。けれど、男子の間で、沢渡はかわいいとか、美人だとか、そんなふうに噂になったことは一度もなかったと思う。

なんというか、サユリの美しさは、内にこもる種類のものなのだ。まるでヘッドフォンで聴く音楽のように、彼女の美しさは彼女の中だけで完結していて、外に向かって放出されない。だから注意深く、本当に注意深く意識を向けていないと、彼女の輝きに気づくことは決してできない。何をやっても自然にオーラを発散して耳目《じもく》を集めてしまう拓也とは好対照といえた。

当時のぼくはとても不思議に思っていた。どうしてみんな、彼女の美しさに気づかないのだろう? こんな、夢みたいな女の子が目の前にいるのに、どうして騒がないんだろう。

とはいっても、ぼくにしたところで、そんなサユリの輝きにすぐに気づいたというわけではなかった。気づいたのは、ちょっとしたきっかけで、彼女と親しく話をするようになってからだった。

二年の現国の教科書に、宮沢賢治の詩がいくつかまとめて載っていた。ぼくらの現国の担当は吉鶴《よしつる》という教師だったが、授業がそこに進んだとき、こいつが急にはりきりだした。まるで人が変わったみたいに鼻息荒く力説しだしたのだ。

そいつが言うには、宮沢賢治は至高の大詩人で、君たちは日本語が読めるからには、賢治の詩を全篇ぜひとも精読しなければならない。そして趣味全開の大講義が始まった。ぼくらはただただあっけにとられた。やつは、中学の授業だというのに、どこかの大学の紀要をプリントしてきて読ませたり、ゼミみたいなことをやらせたり、しまいには班を作って共同研究をしてレポートを提出しろと言い出した。

そのレポートを、ぼくと拓也とサユリでやることになったのだ。

そんな組み合わせになったのは、ただの偶然だった。ぼくと拓也は二人だけでチームを組むつもりだったのだが、たまたまグループ分けのときに、サユリが学校を休んでいた。ぼくら二人がクラス中でいちばん人数の少ないグループだったので、あとから半強制的に、彼女が組み込まれることになったのだ。

「あいつ、文学青年くずれだったんだなあ」

図書室の机にひじをついて、拓也がそう言った。あいつというのは、現国教師の吉鶴のことだ。

「ああ、げんなりだぜ。こんなの中学の課題じゃねーよ」

ぼくも同調して不平を言った。

サユリは、そんなぼくらを見て、息の混じった声でそっと笑った。

「宮沢賢治って、すごく熱心なファンが多いのよ。大好きで大好きでしょうがないって人が、いっぱいいるの。賢治だけが読みたくて、文学部に行っちゃう人もいるんだって。吉鶴先生がそうだとは知らなかったけど……」

「へぇ……」

ぼくは聞きながら、少しどぎまぎしていた。

サユリは、女の子一人でぼくらと一緒にいて、気まずさや気後れをまったく感じていないみたいだった。それはけっこう意外なことだった。女の子って、いつも同性の誰かと寄り添っていないと不安になる生き物だとぼくは思っていたのだ。でも彼女はアウェーをあまり苦にしないタイプのようだった。少なくとも、そう見えた。ろくに話をしたこともないぼくらに、さらりと自然体で話しかけてくることも驚きだった。

「でも、白川くんも藤沢《ふじさわ》くんも、吉鶴先生のこと好きでしょう?」

急にサユリがそんなことを言い出したので、ぼくと拓也は思わず顔を見合わせ、それからまじまじと彼女を見た。拓也はどうかわからないが、ぼくに関しては、その指摘は、図星だった。

「どうしてそう思う?」拓也が訊《き》いた。

「だって、なんだか同じタイプだって気がするもの。好きでしょうがないことがあって、いつのまにか夢中になっちゃうような感じがね、似てるかなって思ったの。だから、親近感があるんじゃないかなって」

「うーん」

ぼくは唸《うな》った。それはかなり鋭い指摘のように思えた。

「沢渡は、俺らのこと、前から知ってたのか」拓也が訊いた。

「うん」

「どこで?」

「だって、去年、あれ見たもの。えっと……」

サユリは右の手のひらを宙に飛ばすようなしぐさをした。

「……文化祭かぁ」ぼくはやっと納得した。

「うん。すごかったね。あれ、二人で作ったんでしょ？」

「そうだよ」ぼくは気分を良くしてうなずいた。

「今年はもうやらないの？」

「今年はやらない」拓也が答えた。「同じこと何度もやってもしょうがないしな。それに、二人でちょっと別のことを始めてるんだ。そっちで手一杯さ」

「別のこと？　どんな？」

「秘密」とぼくは言った。

「ざんねん」サユリは唇をすぼめた。それからふいに訊いてきた。「ねえ、男の子の友達同士って、どんな感じ？」

「あァ？」

いきなり何を訊くんだ？　というニュアンスで、ぼくは訊きかえしてしまった。

「白川くんと藤沢くんって、すごく仲がいいよね。いつも一緒にいるし。そういうのって、どういう感じなのかなって、気になってたんだ」

「そういうの、自分たちではわからないし、いつも一緒にいるわけじゃないよ」拓也が答えた。

「浩紀には浩紀の友達がいるし、俺も同じだ。それにさ、つるんでるときの感じって、男子でも女子でもおんなじようなもんじゃないかな」

「そうかな……」サユリはいくぶん声を落とした。「わたしは、違うような気がするんだ」

そうは言ったものの、彼女はそれ以上追及する気はないようだった。

ぼくは、「ふーん」と気のない相づちを打った。

正直に言うと、ぼくはこのとき、ちょっとだけサユリを邪魔者のように感じていた。無遠慮というほどではないけれど、気兼ねなくいろんなことを尋ねてくる彼女に、ちょっとした危機感があった。

はっきり言ってぼくは、拓也とだけいるほうが気楽だったし、そこにサユリが入ってくることで、今ここにある何かが、壊れてしまうんじゃないかという気がしていた。ぼくと拓也は、二人だけですでに完璧《かんぺき》なコンビだと思えたし、そこに異質なものを、つまり女の子を混ぜるのは、微妙なバランスを損なってしまうことのように思えたのだ。

今になって思えば、それは——ぼくはちっともカンが鋭いほうじゃないけれど——実に正しい予感だったわけだ。


翌々日は日曜日で、ぼくたち三人は午前中の部活動が終わったあと、拓也の家に行ってレポートの続きをやった。彼の家は父子家庭で、父親は日曜も別棟の仕事場にこもっているので、気楽に集まることができて都合がよいのだった。

サユリは、自分の家が中小国《なかおぐに》にあって学校に近いから、そこでやろうと言い出していたのだが、それはぼくと拓也がさりげなく、やんわりと断った。男二人で女の子の家に行くなんて気恥ずかしくてできるもんか。けれどサユリはそういうことを気にしない性質《たち》らしくて、大人のいない男の子の家に来ることについて、まったく抵抗感がないようだった。

「かわった子だよな……」

ぼくと拓也はあとになってそんなふうに確認しあった。やっかいな思春期のまっただなかにいるぼくらにとっては、それはわりに不思議なことだったのだ。

拓也の家は、ぼくの家とよく似た和風の古民家で、ぼくとサユリは仏壇のある部屋に通され、拓也が隣の部屋からよっこらしょと低くて大きな座卓を運んできた。ぼくらはノートや図書室から借りてきた資料をそこに広げた。

サユリは少しだけ足を横に崩して、ちょこんという感じで座った。そうしているサユリは、この部屋の風景にやけにしっくりとなじんでいた。彼女はまったくなんでもないというように、ごく当たり前にそこにいた。ものすごくリラックスしているように見えた。

ふとサユリは膝《ひざ》に手を置いて肩をすぼめるような格好をして、軽く首をかしげた。

「なんだろ、こういうの、前に夢で見たような気がする」

彼女は、そう言った。

そんな、やけに無防備な雰囲気の前で、ひょっとしてぼくの心の中にある振り子のようなものは、ゆらりと揺れ出していたかもしれない。

宮沢賢治は好きだ、と彼女は言っていた。

レポート作業は、主にサユリ一人のおかげで、ものすごくはかどった。

サユリはびっくりするくらい頭がよかった。ぼくも拓也も基本的に頭のつくりが理系で、数学や理科に関しては相当成績がいいのだが、サユリはその逆で、文系科目の秀才だった。古鶴がコピーして配った、どう考えても中学生の手に余る近代文学の専門的な論文を、彼女はそれほど苦もなく読んで内容を要約してくれた。ぼくらはすっかり感心して、ほとんど彼女のいいなりにレポートを書いた。

でもぼくが本当に感心したのは、本を読んだり、それについて話しているときのサユリが、実に生き生きとしていることだった。それ以外のときとは別人みたいに思えるほどだった。彼女が好きな本について話すとき、そこには同情があり、親しみがあり、共感があった。

「わたしね、賢治って、なんだか、よくわかるんだ」

このくらい真剣に読んでもらえれば、宮沢賢治も本望だろうとぼくは思った。

「宮沢賢治ね……」ぼくははっきりいって読んでもちんぷんかんぷんだったので、頭の中のにごったものを吐き出すみたいに息をついた。「おれ、誰のどの本が好きとか、そんなこと考えたことすらほとんどなかったよ」

「二人はいつも、どんな本を読むの?」

「俺はパソコン関係とか、物理の本とか、そんなのばっかりだな」拓也はそう言ったあと、親指でぼくを指さした。「こいつはマンガばっか」

「マンガばっかりじゃねえよ」

「じゃあ、いちばん最近読んだ本を言ってみろよ」

「あー」ぼくは少し考えて、『詳説・研磨技術』と言った。言ってから、あまりぱっとしたものでもないなと思って、自分でがっかりした。

「なあに？　それ」サユリが不思議そうに訊いた。

「つまり、刃物の研ぎ方の本」ぼくは言った。「ボール盤の先んところをグラインダーで生き返らせるテクニックとか、あとまあカッターとか包丁とか……」

「包丁研げるの？」サユリは思いのほか驚いていた。

「包丁はふつうに研げる。それは驚くようなことじゃないよ。誰でもできる」

「でもわたしできないもの。なんかすごいなあ。男の子って、そういうものを読むんだ。それでいろいろ役に立てたりしてるんだ……」

「いやいや、こいつのは特別。普通そんなもの読まない」拓也が冗談めかして言った。「こいつちょっと変なんだ」

「おまえの趣味だって変だろ！」

サユリは息の混じった声で笑ってぼくらを見ていた。彼女はいつもそういう、くすぐったくなるようなかわいらしい笑い方をした。

「おもしろいなあ。わたしは、文芸だけだなぁ。そういうのなら、なんでも読むんだけど」

たぶん彼女のことだから、本当になんでも読んでいるんだろうと思った。

ぼくはふと、疑問が生じて、言ってみた。

「沢渡はさ、どうして本なんか読むんだ？　ていうのはつまり、おれなんかは必要にせまられて調べものをしたりするわけだけど……」

「何か役に立つわけでもないのに、ということ？」

「そう」

「どうしてかな……」サユリは軽く考え込んだ。「読んでるときに、ふっとやって来る感じが欲しくて、そうしているんだと思うけど……」

「感じって？」

「消えてなくなる感じ」

「消える……？」

「ええっと……まず周りのいろんなものが全部。それとわたし自身が」彼女はそんなことを言った。「本を読んでいる今の自分がふっと消えて、本の内容だけがそこにあるっていう状態になることがあるの。そういうのってないかな？」

「どうかな」拓也が言った。「何かに夢中になってるとき、そういう感じがすることはあると思う」

「そうだよね」サユリは言った。「でもそれとはちょっとだけ違う感じもするの。こっちとあっちの世界を入れ替えてるみたいっていうか……」

「なあ、こんなのを読んでも、そんなふうに夢中になれる？」ぼくは文庫本の『春と修羅』を顔に伏せてうしろにごろりと転がった。「おれには、何が書いてあるのかもさっぱりだぜ」

「うん。なるよ」

「マジ？　雨ニモマケズ風ニモマケズでうっとりするわけ？」

「それも嫌いじゃないけどね」サユリはくすくすと笑った。それから真顔になって暗誦《あんしょう》した。「手は熱く足はなゆれど　われはこれ塔建つるもの」

「塔？」

ぼくはぎくりとして跳ね起きた。

「うん、塔」彼女はうなずいて、文庫本の詩集をめくった。「滑り来し時間の軸の　をちこちに美《は》ゆくも成りて　燦々《さんさん》と暗をてらせる　その塔のすがたかしこし」

「なんだ、それ」拓也が訊《たず》ねた。

「『手は熱く足はなゆれど』っていう作品。賢治がなくなるまぎわの詩。わたしはこれがいちばん好きだな」

「今の部分、どういう意味なんだ？」

「それが、よくわからないの……。たぶん、これから自分は滅びないものになる、というようなニュアンスかなあと思ったんだけど……」

「なんか、北に建ってるあれみたいな話だよな」ぼくはぽつりと言った。

「そうだよね。あの塔も、百年くらいずうっとあそこに建ってそう」

サユリは、麦茶の入ったガラスの器を指でつついて揺らした。

「本というのは、滅びない記憶なの」とサユリは言った。「たとえば宮沢賢治は、百年たってもこうして本が出ていて、わたしたちがそれを読んでいて、吉鶴先生みたいな人までいて、存在感があるよね。それっていいなあと思うんだ。わたしなんて、きっとすぐに、誰からも忘れ去られて、思い出されなくなるんだろうなあって思うの。今はまだ、学校で友達やみんなといて、毎日が楽しいけど、卒業したり学校が別々になったりすれば、みんなすぐにわたしのことなんか思い出さなくなるんだろうなあって……」

ぼくはびっくりした。拓也もおんなじような顔をしていた。そういうシリアスなことを急に、まだそれほど親しいともいえないぼくらにするりと言い出したのが意外だったのだ。

サユリの口調は、特に哀しいとかさみしいとかいうのでもなく、やけに淡々としていた。それだから逆に、素直な気持ちがあらわれている気がした。

素直さというのは、こわいものだ。冗談や軽口は、人を追いつめない。けれど本心が素直に出た言葉というのは、やけに人をあせらせる。

何か言わなければいけない空気を感じて、「そんなことないんじゃないかな……」とぼくは言った。

「ううん、でも、そうなの。だって、わたしもきっと、いろんな人やいろんな友達のことを忘れちゃうから。それは今からわかっているし、だから他の人がわたしを忘れちゃうこともわかっているのよ。それはしかたのないことだとは思うんだけど……」

ぼくは、あまり顔には出さなかったつもりだけど、衝撃を受けていた。いや、女の子って、そんなずっとあとのことを今から考えるものなんだろうか。変なものだな。ぼくなんて、今日これからどうするかとか、明日《あした》は何をしようかとか、そんなことしか考えてないけどな。

とにかく、サユリがそんなことを言ったのには、相当のインパクトがあって、それだけでぼくはサユリのことをかなりあとまで忘れないだろうという気がした。ぼくはここで、「沢渡のことは、ずっと忘れないと思う」とでも言うべきなんだろうかと考え、ずいぶん迷ったのだが、そんなお芝居みたいなセリフはなかなか言えるものじゃなくて、黙った。

でもぼくは、たぶん言うべきだったのだ。

何日かあとの現国の授業で、サユリは先生に指名されて、賢治の『永訣《えいけつ》の朝』を声に出して読んだ。ガラス細工みたいに透きとおった彼女の声は、みぞれと雪のイメージにつつまれたその詩に、いやによく合っていた。

ずっとあと、何年もあとになって、ぼくは思った。サユリはこのころからずっと、ぼくらに助けを求めていたのだと。彼女はここではない別の場所へ、〝約束の場所〟へ連れ出してくれと叫んでいたのだ。どうしてぼくらだったのかは、わからない。ただはっきりと言えることは、あのころ、彼女をどこかへ連れ出すだけの力を持っていたのは、おそらく「ぼくら」だけだった。彼女はそれを感じ取っていたかもしれない。なにしろ、おそろしく感じやすい子だったから。

でもぼくらはあまりに幼すぎて、自分のことしか考えていなかった。それは年齢を考えれば、しかたのないことではあった。けれどそれでもぼくは思うのだ。もし、彼女の声なき声に早く気づいていれば、サユリも拓也もぼくも、きっともっと別の結末にたどり着くことができただろう、と。

そう思うと、たまらなく悲しい気持ちになる。

＊

水飲み場で拓也と別れて、ぼくはまた弓道場へ戻った。

まだ弓を引きたりない気分だった。

誰もいない弓道場の床板を踏みしめて、ぼくは的をにらんだ。全神経を集中して一連の動作をし、矢をつがえた。

(かわいいからってつきあうとか、そういう話にはならないだろ)

(もっと違うものだろ)

(じゃあ誰ならいいんだ？)

拓也の正しい言葉は、今のぼくには雑念として反響する。

ぼくの射は曲がっている。きっとそれは、ぼくがまっすぐでないからだ。

「沢渡」

的に矢の当たる心地よい音がした。当たってはいる。だが何かが間違っている。

終業式とHRしかなかったその日、生徒はみんなさっさと帰ってしまって、午後三時過ぎの南蓬田駅にはほとんど人がいなかった。

ぼくはブルゾンのポケットに手をつっこんで、ぶらぶらと跨線橋《こせんきょう》を渡った。ホームに降りる階段の手前で、窓から下の景色をなにげなく見下ろしてふと立ち止まった。

ホームに、文庫本を読みながら一人で列車待ちをしている女の子がいて、それはサユリだった。

ぼくはいっきに緊張した。

そのまま立ち止まりつづけているわけにもいかなくて、ぼくはそろそろと歩き出した。なんとなく、足音をなるべく立てないように階段を降りた。

降りたすぐのところで、線路を向いて立ち、ぼくはそのまま気づかないふりをした。

ぼくははっきりいって、こわかったんだと思う。ぼくとサユリには、特に共通の話題もない。そうしてすぐに気詰まりになることや、そのことで退屈な人間だと思われてしまうことや……いろいろなことが脳裏をよぎって、ぼくは臆病《おくびょう》だった。

それからサユリ本人のこともこわかったように思う。サユリには、ぼくという人間をいやおうなく変化させてしまう強い力が感じられた。彼女の近くにいると、彼女の白くて小さな手がぼくの中に差しこまれて、まるでレゴブロックをがちゃがちゃと差し替えるみたいに心が組み替えられてしまう、そんな予感があった。たぶん、いつものように拓也が一緒なら、話ももっだろうし、気楽に声をかけることもできたのだろうけれど……。

そう、拓也のこともあった。拓也に対して、ぼくは少し遠慮したい気持ちがあった。いや、それを口実に、単に彼女を避けたかっただけかもしれないのだが。

ぼくはそんなふうに、彼女から十五メートルほど離れたところに立って、そっぽを向きながら、彼女をめいっぱい意識しつづけていた。

サユリが本のページをめくる乾いた音がした。ぼくはそれにつられて彼女のほうをちらりと見てしまった。

サユリは昨日と同じダッフルコートとマフラーにあごをうずめていた。天気のいい午後の澄んだ空気に、ときおり彼女の白い息が混じっていった。けっこう寒い日だったのだけど、彼女はあまり寒そうにはみえなかった。本に夢中になっていると寒さなんて感じないのかもしれない。ぼくは、彼女の立ち方はきれいだなと思った。立ったまま本を読む人にありがちな、首の落ちたような姿勢の悪さは少しもなくて、みごとに背中がのびていた。彼女は黒目がちの大きな目をしていた。それがときおり軽く動いたり、まばたきをするのに、ぼくはなんとなく見入ってしまっていた。そして……。

その目がふとこちらを向いて、ぼくに気づいた。

「藤沢くん」

サユリは合掌するみたいに本を閉じながら、笑顔になってぼくの名を呼んだ。なんの屈託もないというのはこのことかというような、ぱぁっとその場の雰囲気が一変するような笑顔だった。ぼくは自分が赤面するのを感じた。顔をほてらせながら、ぼくはその笑顔をどのように受け止めたらいいのか戸惑った。サユリが小走りにこちらに寄ってきたので、ぼくも二、三歩ほど歩み寄った。そしてほんの五十センチの距離にサユリが来た。その事実にぼくは狼狽《ろうばい》した。

「気づいてたなら、声かけてくれればよかったのに」彼女はぼくの狼狽には気づかず言った。

「今かけようと思ってたとこだよ」ぼくはそうとりつくろった。「沢渡、帰り遅いんだな。次の電車、おれだけかと思ってたよ」

「うん。練習してたら遅れちゃった」

「バイオリン？」

「うん。わたし不器用だから、どうしても他の人より遅れちゃうんだ」それから不思議そうに訊《き》いた。「今日は白川くんと一緒じゃないの？」

「ああ、おれも部活寄っててさ」

「藤沢くん、ときどき一人で弓、引いてるよね」

「なんで知ってるんだ？」

ぼくはますます落ち着かなくなって、線路のほうを向いた。

「弓道場のあたり、わたし、よく歩くもの。そうすると部活の時間でもないのに矢の音がするから、窓から覗《のぞ》いてみたことがあるんだ」

「おれ、雑念多いからさ。他の部員がいると、うまく集中できなかったりするんだ。結局下手なんだよな」

「わたしと同じだ」

笑みを含んだある雰囲気が横から伝わってきた。電車が近づいてくる気配を感じたので、線路の果てを目で追った。白いディーゼル車がゆっくりとホームにすべりこんでくるのを、ぼくはじれったい気分で見つめていた。ぼくはサユリがこっちを見ている視線をずっと感じつづけていた。

ぼくとサユリは、列車の最後部のドアから乗り込んだ。

サユリは座席には座らず、乗客スペースと運転席を隔てる壁にもたれかかった。ぼくは彼女の隣で同じようにした。

「藤沢くん、明日からの春休みはどうしてるの?」

「拓也と一緒にバイトするんだ」

「バイト? いいなあ。わたしもしてみたいなあ……。ご両親には?」

「内緒だよ。沢渡は、親に黙ってこっそりってのは、苦手か」

「うん、たぶん、隠し切れなくなっちゃうと思う。バイトって、どこでするの?」

「浜名の軍事下請けの工場。誘導弾組み立ててる」

「いいなあ……。わたしは、部活くらいしかないなあ……」

「引退しないの?」

「うん、もう少し」

「そっか」

「うん」

そこで会話が止まってしまった。

たぶん、ぼくはもっと、彼女についていろんなことを訊くべきだったんだろうと思う。冷静になって考えれば、いくらでも話題はあった。今、部活で弾いている曲のこととか、どんな音楽が好きなのかとか、他にも家族のこととか。

でもぼくはなぜだか黙ってしまった。

沈黙の中でぼくは、電車のがたんがたんという定期的な振動を聴いていた。レールの継ぎ目を車輪が踏む音だ。それは最初、気詰まりな時間のカウントダウンのように聞こえていたが、やがて自分の心音を聴いているような気がしてきた。

電車が揺れて、彼女の肩が軽くぼくに触れた。

その瞬間に——それがやって来た。

ひとことでいうと、それは引き寄せる力だった。ぼくはそれをサユリに感じた。それはたとえば海にできる渦のようなものだった。ぼくはそのとき圧倒的な渦に引き寄せられる小さな船のようなものだった。ぼくの中にある、全ての情緒を生み出す部分が、彼女の中に吸いこまれて閉じこめられるのを感じた。それはぼくにバミューダ・トライアングルを連想させた。あるいはブラックホールを。

もちろんそれは、ぼくが一方的にそういうものを感じたというだけのことだ。けれどその一瞬はあまりにも強引に、ぼくの中身を変化させてしまった。それまでの自分がまるで別人のように感じられた。理不尽なことだけれど、ぼくはサユリに対してほとんど憎しみに近いものを抱いた。ぼくはこんな急激な変化を望んでいはしなかったのだ。ぼくは自分の意思で、自分自身をゆっくりと変えていくことを好んでいたのだ。たとえばそれまで使えなかった道具を上手に使えるようになるとか、正しい射法が身につくとかだ。ぼくは彼女に支配されたのを感じた。そしてその苦しみに必死で耐えた。

　中小国駅に近づいたことを告げる車内アナウンスが響いて、嵐のような苦しい気分は少しだけやわらいだ。けれどその気分は消えることはなくいつまでも水面をわきたたせていた。きっとこの気分は、慣れることはあっても、消えることはないだろうと思えた。

「もう着いちゃう……」

　電車が制動をかけはじめて、彼女はそう言った。どういう意味だ、とぼくは心のあえぎの中で思った。ぼくと二人で電車に乗ることになって、たいした話もなくて、退屈じゃなかったのだろうか。ぼくがそれを訊きたいと思って、でもそれを訊くのはきっと無粋なことなんだろうとも思ってまごついていると、彼女は軽くぼくの顔を見上げた。

「藤沢くん、あのね」

「……うん？」

「わたし昨日ね、こうやって藤沢くんと一緒に帰る夢、みたんだ」

　ぼくは息を呑《の》んで、そのまま凍りついた。

　心臓が止まるかと思った。それはいったいどういうことなのだろうと思う。わからないけれど、ぼくと二人でいるのはそれほど悪い感じではないという意味ではあるのだろうか……。いわゆる脈ありというところなのかもしれなかった。嬉《うれ》しくないわけがなかった。頭に血が上った。電車が止まった。重い音をたててドアが開いた。サユリはくるりと身を翻《ひるがえ》し、軽やかにステップを降りてコンクリートのホームに立った。ぼくは半ば引き寄せられるようにドアの手前まで行った。彼女はまた回れ右をしてぼくのほうを向き、軽く手を上げて微笑んだ。

「バイバイ。また新学期ね」

「……ああ」

まるでドラマみたいなタイミングで、ドアが閉じた。ぼくとサユリの間にドアのガラスが挟みこまれた。何も訊けなかったが、彼女がわざと訊かせなかったようにも思えた。残念なのと、ほっとする気持ちとが半々だった。のっそりと電車が動き出して、ぼくの空間とサユリの空間がゆっくりと横にずれていった。

ぼくは電車最後尾の正面ガラスにはりつくようにして、サユリの姿を視線で追いかけた。彼女はホーム端の石段から、線路に降り立ったところだった。中小国の駅はホーム同士をつなぐ跨線橋《こせんきょう》もなくて、線路を直接横断するようになっているのだ。

サユリはすぐに改札のほうには向かわず、しばらく気分よさそうに線路の中をこちらに向かって歩いた。それからレールの上にぴょんと飛び乗って、平均台みたいにバランスをとって歩き始めた。そんなふうにスタンド・バイ・ミーごっこをしているサユリを離れ行く電車の中から見つめながら、彼女のことを本当にきれいだと思った。

彼女の姿が充分に小さくなってしまってから、ぼくは彼女が出て行ったドアの前まで行って、ガラスに額をつけてため息をついた。ぼくの中にはあいかわらず嵐のような気持ちがあった。ふと車窓の景色を見ると、ちょうど進行方向にエゾ地の塔が見えていた。

その塔の姿は、ぼくの心に別の渦潮を巻き起こした。ぼくは自分では制御できない混乱を体いっぱいに抱え込んで何度も荒い息をついた。うつろな目で塔を眺めていると、そこにレールの上を歩くサユリのイメージが重なってきた。イメージの風景の中にいるサユリは、まるで塔へ至る一本道の線路をどこまでも歩いていこうとしているように見えた。

7

サユリの気配がいつまでも胸の中に残っていて、その日は明け方近くまで眠れなかった。ぼんやり曇った頭を抱えて起き出したときには、両親は仕事に出たあとで、祖父もどこかに出かけていた。ぼくは台所で適当に朝飯を作り、テレビを見ながら半分寝ぼけたまま食った。

ニュースでは、何日後かに行われるアメリカとユニオンの閣僚級会談の話題が報じられていた。焦点はおそらく日本の南北問題になるとのことだった。ユニオンは、米軍が三沢基地の戦力を増強していることを懸念していた。一方アメリカは、エゾ領の例の塔について建造目的を明確にし、軍事施設ではないことを証明するための査察を受け入れるようユニオンに求める方針だということだった。

（冗談じゃねえぞ。あっさり種明かしなんかしてくれるなよ）

少しあせりを覚えた。日本にとってユニオンは敵国なのだけど、こと塔に関してだけは、ぼくはどうしても心情的にユニオンの味方になってしまう。

家を出て電車に乗り、津軽浜名で降りた。駅の自転車置き場に置きっぱなしにしてあるママチャリをひっぱりだし、畑の真ん中を通る道を立ちこぎで走った。

橋を二つ渡ったところで道は小山を避けるためのカーブになっていて、それを越えると蝦夷《えみし》製作所が見えてくる。

ぼくは勢いをつけたまま敷地内に滑りこみ、大型トラックが余裕で一回りできるような駐車スペース（というか草ぼうぼうのだだっ広い庭）をぐるりと一周し、事務棟の前に自転車を止めた。

一番上まで開け放たれたシャッターのところから工場に入っていくと、社員の宮川《みやがわ》さんと佐《さ》藤《とう》さんが、ツナギの作業着のままダルマストーブのそばに腰かけていた。

「こんにちは。やった、お茶の時間ですか」

「ああ、こっち座れよ」宮川さんが言った。

ぼくが返事をして、壁に立てかけてあったパイプ椅子を起こしていると、先に来ていた拓也がお茶の盆を持って給湯室のほうから姿を現わした。

「遅《お》せえよ浩紀」

「ごめん」

拓也は古いテーブルの上に茶碗《ちゃわん》を配り始めた。佐藤さんがさっそくお茶請けのかりんとうに手を伸ばしながら、愉快そうにぼくに言った。

「浩紀、聞いたぜ」

「何をです?」

宮川さんが言った。「おまえたち、海自のチャッカー、盗んできたんだって?」

「違いますよォ」

お茶の支度を終えてパイプ椅子に腰かけたぼくと拓也は、ぴったりのタイミングで異口《いく》同音に言った。

「盗んだんじゃないですよ。天ヶ森《あまがもり》で拾ったんです」

拓也がぼくのあとに続けた。「訓練で落ちたやつが、雑木林に放棄されてたんで、もらってきました」

「やっぱり盗んだんじゃねえか」佐藤さんがつっこんできた。「でも考えたな。あれのエンジンなら、ちょっと非力かもしれんが、まあなんとかなるだろう。おまえたち結局、いちばん金がかかるパーツをタダで手に入れちまったのか」

「足がつかないように気をつけろよ」と宮川さん。「まあ、最近はドローンを飛ばした訓練は多いから、ひとつ二つ紛失したところで問題にはならないだろうけど」

「そうそう。ここはただでさえ公安から目をつけられてるからな。とばっちりでばれたら、つまらんぜ」

「公安が来るんですか」ぼくは訊《き》いた。「ここって米軍に協力してるんでしょ。なんで怪しまれてんですか」

「そりゃおまえ、爆発物作ってるからだろ。テロリストに横流しでもしてないかって、勘ぐってるのさ」

「あと、社長の顔が見るからに怪しい」

宮川さんの話を受けて、佐藤さんが小声で混ぜ返した。ぼくらが笑おうとした瞬間、

「人聞きの悪いこと言ってんじゃねぇよ」

事務所に続くアルミのドアが開いて、その社長の岡部《おかべ》さんが入ってきた。

ドスのきいた野太い声だ。丸刈り頭に無精ひげにくわえ煙草という、いかにもこわもてのオッサンという人で、ツナギ姿でなければその筋の人にしか見えない。

「で？　俺がなんだって？」

佐藤さんが小声で「やべ」とつぶやいた。岡部さんはぼくらのほうを向き、今日のバイトは悪いが無しだ、と言った。

「おまえらに作業させるつもりだった資材が着かねえんだ。明日《あした》また来い。材料費以上にこき使ってやるからな」

「えー」ぼくらはまた同時に言った。

「えーじゃねえだろ」

「はい」

「ほれ、今日はもういいから、上に行ってこい」それから彼は二人の社員に言った。「おまえらは怠けてるんじゃねえ、仕事しろ仕事」

雑草が伸びた蝦夷製作所の庭をななめに横切り、どう考えても違法設置だと思われる巨大な無線アンテナ群をすりぬけたところにある金網のフェンスの破れ目を、ぼくと拓也はくぐった。製作所の敷地を横切ってその裏手に出るのが、「上」へのいちばんの近道なのだ。まともなルートを通ろうとすると、ぐねぐねとした迂回路《うかい》をずいぶん歩かなければならない。

小さな墓場の中を通りぬけ、無人のお寺のわきの道を通って、ぼくらはやがて山に入る。未舗装の山道をまっすぐに登っていく。歩きにくいし、傾斜もきついが、短時間で目的地に着く。

ぼくらがアルバイトを始めたのには、もちろん現実的な理由があった。

まだエゾが北海道と呼ばれていて、この国の一部だったころ、津軽海峡の下にトンネルを掘るという計画があったそうだ。ドーバー海峡の下にあるような長い長いやつだ。

結局、その計画は、南北分断によって中断されたのだけれど、ここ袴腰岳《はかまごしだけ》周辺には、まだ工事のなごりの廃駅やレールが、ところどころ残っている。

ぼくらは無言で坂を登る。息が切れてきて、息の白さが増す。それでも歩きつづけると、突然、木々がとぎれて視界がひらける。

山頂だ。そこはみごとなまでになだらかで広い。この季節は残雪で真っ白だ。白い地面が遠くまで広がり、それがある地点で途切れて、その向こうに空。

ぼくらはここでいつも立ち止まる。ここから見る空は真北にあたるのだ。塔が見える。ぼくらはそれをしばし見つめる。

広い雪の原っぱのやや右寄りに目をやると、背の低い朽ちた建築物が、ゆったりと空間をとって、いくつか並んでいる。

三列のプラットホームとそれらをつなぐ跨線橋と木造の駅舎。

廃棄された駅だ。

雪原の中にぽつりとあるその建物群は、写真で見た南極の観測基地を連想させる。トンネル計画の駅のひとつだ。建設途中のまま放棄されてしまったものだ。完全に見捨てられていて、誰も近寄らない。

ぼくたちはここで、一年生の秋からあるものを作っていた。蝦夷製作所で働くのは、そのパーツ代を稼ぐためだ。

ぼくらは雪を踏みしめて白い野原の真ん中を歩いた。雪はいっときよりずいぶん減って、ところどころに錆《さ》びた線路が見え隠れしていた。

「だいぶ溶けたな。早く再開したいな」

ぼくがそう言うと、

「これでもう、雪が降らなきゃいいんだけどな」と拓也が答えた。真冬の間は雪に閉ざされてしまい、ここにはほとんど来られなかったのだ。それと資金難という事情もあった。

廃駅の横に、工事用重機をしまうために作られたらしい車庫がある。ずいぶん急造りな感じがする木造の建物で、たぶん一時的なものだと思う。ぼくらは「格納庫」と呼んでいる。そこに近づいていった。裏口にまわり、ポケットから鍵《かぎ》を取り出しながら拓也が言った。

「とにかく残りの材料を揃えないと、なんともならないよな。メインエンジンはいいとして、外装用のナノネットも、セルモーターもまだ揃ってない。大物は超電導モーターだろ、最後には大量のケロシンだ。明日からのバイトだけじゃ、追いつかないかもな……」

「なんとかなるよ。夏休みもあるしさ」ぼくは言った。

「そうだよな」

ぼくたちは薄暗い格納庫の中に入っていった。

ボロい格納庫は、壁板がきちんと合っていなくて、あちこちの隙間から外の光が差しこんできていた。そのかすかな光で、中央に置いてあるそれの形がうっすらと浮かび上がっていた。

拓也が、壁の配電盤のレバーを上げた。

ばつっという音が響いて、四つのハロゲン投光器が青白い光を発した。光源は四方からひとつのオブジェを照らし出した。

ところどころをビニールシートに覆われた、アルミの骨組み。

まだ、骨格しかない。けれど一目見れば、それは翼をたたんだ大きな鳥だとわかる。

飛行機。

ぼくらはそれを作っていた。本物をだ。他のどこにもないワン・オフの航空機。

ヴェラシーラ。

のちにこの飛行機はそう名づけられることになる。〝白い翼〟という意味だそうだ。機体の色は白にするのだとあらかじめ決めていた。なぜなら、あの白い塔へゆくのだから。

そう。ただ飛ばすんじゃない。目的地があった。

手が届くほどの距離に見えているのに、行くことのできない場所。

ぼくたちは、見知らぬエゾの地と、そこにそびえる巨大な塔を、どうしても目前に見てみたかった。

ぼくらは、作りかけの、骨だけの翼を眺めて、じんわりと満ちてくる心地よい感慨に浸った。複座のコクピットに二人で乗り込んで、スロットルを吹かし、体にGを感じて飛び立つその日を夢想した。

つまりぼくらは国境の向こうのあの塔まで飛ぼうとしていたんだ。このヴェラシーラで。

＊

ぼくらが飛行機を作ろうと決めたのは、あの一年のジェット機事件のすぐあとだった。

（次は実機だ）

その思いは、予感として、ラジコンを作っているときにすでに二人とも持っていたと思う。

それまでできなかったことができるようになる。自分の手に負えるフィールドが拡大する。

そういう実感がもたらす快感は、すごいものがある。その高揚にぼくらはつき動かされていた。

「やろうぜ」

「おう」

ぼくと拓也の間にあった具体的な意思確認は、その一言ずつだけだった。よくよく思えば、中学生が材料から集めて、実際に乗れる飛行機を作ろうというのだから、いい根性だ。

あのジェットラジコンを体育館の屋根から回収した帰り道、機体を自転車の荷台にくくってとぼとぼと歩きながら、ぼくと拓也はずいぶん言葉少ない相談をした。言葉少なだったのは、べらべら喋《しゃべ》って確認する必要がほとんどなかったからだ。

「どこまで飛んでやろうか」とぼくが言った。それによって、設計がずいぶん変わってくる。

「それについては、俺、行ってみたい場所があるんだ」と拓也が言った。

「おれにもある」とぼくが言った。

それだけだった。それはあそこのことなのだ、とは二人とも言わなかった。ぼくたちは相手のことをすでによくわかっていたし、同じものを目指していることはカンを働かせるまでもなくわかっていた。

真夜中だったから、北の方角を向いたところで、それは見えはしなかった。でもぼくと拓也の心では、真っ暗闇のイメージの中で、純白の塔が真夏の太陽みたいに光条を発していた。

どうして塔なのか、と当時のぼくが尋ねられたとしたら、たぶん全然うまく答えられなかっただろうと思う。今訊《き》かれたってうまく説明できるかどうかあやしい。
あの憧憬《しょうけい》、あの焦燥は、間近にあれを毎日見て育ったのでないとわからないかもしれない。毎日、十何年、あの塔を見て育つというのが、どういうことなのかという話だ。

塔はぼくに、直線というものがどんなに美しいかを教えてくれた。

距離にして、この津軽半島から三百五十キロメートルは離れている。ずいぶん遠くにあるわけだが、それにしては、近くにあるように見える。いや、近いというより、まるで迫ってくるようだというのが正確な表現だ（それは錯覚ではなくて、「巨視的量子トンネル効果」という量子物理学的現象だということをあとで知った）。ときおり、まるでその美しさを見せつけられているようだと感じるときがあった。

あの美しい場所では、いったい何が行われているのだろう。

どんな輝かしい、すばらしいものが集められているのだろう。

そう思った。

もしあの塔が地続きにあったら、ぼくはもっと早く、何がなんでもそこに行こうとしたにちがいない。電車が通っていれば電車で。そうでなければ自転車で。自転車が通れないような道があったら歩いて。たとえ何日かかっても。

でも現実には、ぼくと塔との間には、海と、国家的断絶が横たわっていた。

目に見える場所に美しいものがあって、何かがあるのに、ぼくはそれらから隔てられていた。疎外されていた。仲間はずれにされているとすら感じた。

だから、ぼくは、異議申し立てをしなければならないのだ。

手に入れなければならなかったのだ。

中学一年の冬のある日、ぼくはちょっとした機会があって、拓也の部活の練習を見学した。

彼はスピードスケート部だった。さすがに学校にスケートリンクはないので、部員はマイクロバスで、湖を利用した遠くのリンクに行く。

そこはけっこうな山の上で、眼下に津軽海峡と、その向こうの塔が実によく見える場所だった。

ぼくはマイクロバスのスライドドアにもたれて、拓也が滑り出すのを見ていた。スタートのピストルが鳴って、拓也は氷をエッジで蹴《け》って、滑るというより半ば走るようなダッシュを開始した。

ぼくは、拓也がまっすぐ塔をにらみつけながら走り出していることに気づいた。スピードが乗りはじめて上体が深く前傾しても、拓也の視線は塔に固定されていた。

やがてカーブにさしかかり、塔は彼の視界から外れていったが、きっと彼は、塔が背後にあるときも、イメージの中の塔に向かってダッシュしていたと思う。

一周のトラックコースの四分の三を滑ると、拓也の視界に再び塔が入る。すると彼は、心なしかムキになったように力をふり絞って氷を蹴るのだ。そしてゴールし、体全体に乗ったスピードをゆっくりと落としていく、その間にも彼はずっと塔を眺めている。

ぼくはそれに気づいて、ちょっと涙ぐみそうになった。

同じだよ、おれもそうだよと、大声で言いたいような気持ちだった。

同じような強さで、同じことを考えているやつを見つけたときの感動は、ちょっと言葉にはできないものがある。そのときぼくは拓也が他人だという気がまったくしなかった。もう一人の自分がいるみたいだとすら思った。

「絶対に行こうな」

シューズだけ履きかえてバスのそばに戻ってきた彼の背中を叩《たた》いて、ぼくはそう言った。

拓也は驚いた顔でぼくをまじまじと見たあと、

「ああ、絶対な」

そう言って照れかくしのように笑った。

実機を作るにあたっての問題は、大きく分けて二つあった。つまり、資材の調達と滑走路だ。

当初ぼくらは、うちにあるガレージを片付けて、パーツ単位で少しずつ作っていくつもりだった。

その場合、どこまで、どうやって機体を運んで、どこから飛ばすのかが問題になる。

広くて、長い直線が取れる場所が要る。なるべく北海道寄りの場所。民家や町の上を飛ばずに、まっすぐ海をめざしたい。

一時は、どこかの高速道路をジャックすることや、設計をまるまる変更して水上機にすることも真剣に検討したほどだ。

例の廃駅を見つけたのは、本当に偶然だった。

「廃線のレールを流用できないか」

そんなことを思いついたのもやっぱり拓也だった。まったく、いろんなアイデアを持ってるやつだ。

滑走路化するのに都合のいい直線を探すために、ぼくと彼は二人で映画みたいに線路の内側をあてもなく歩いた。その年の初雪が降る直前のことだ。そしてあの山の上にたどり着いたのだ。

廃駅を見つけたときには、飛び上がって喜んだ。

なだらかな丘を這《は》い、複雑に交差する錆《さ》びたレール。

切替機。

三本の島型プラットホーム。

それを立体的につなぐ、朽ちかけた屋根付き陸橋。

全てがぼくと拓也を夢中にさせた。秘密基地みたいだった。近くの湖からの増水で駅が半ば水没し、島型プラットホームがほんとに島になっているのも格好がよかった。水の中にはちゃんと魚が棲《す》んでいて、釣りもできそうだった。

ぼくらはおおはしゃぎでひとしきり探険してまわった。跨線橋《こせんきょう》を駆け上がり（駆け上がったら床が抜けかけたのでそっと歩き）、ホームから水面へ石を投げ、横倒しになった廃バスから座席を取り外して外に放り出したりした。

ぼくは前から一度やってみたかったささやかな夢を実行した。線路のレールを枕にして昼寝したのだ。生きた線路でやったら大変なことになるが、ここには人目もないし、なんの気兼ねもいらない。

そうしたら拓也が線路に沿って、自分を列車に見立てて走ってきて、ぼくのわき腹にケリを入れてきた。彼の鼻息は荒くて、まるで機関車みたいで、それは走ったからだけではなかった。

「なに興奮してんだよ」

「燃えるだろ、こういうの。おまえわかんないのか」

「わかるに決まってるだろ！」ぼくはそう答えた。

そうしてぼくらは、この廃駅で飛行機を作ることにしたのだ。地理的に、直接海に出られるし、直線のレールもある。ここから飛ばすなら、ここで作るのがいちばん手間がかからない。

もうひとつの問題、資材の調達に関しては、しばらくなんの見通しも立たなかった。必要なものは山ほどあった。まず何よりジェットエンジン。フレーム用のアルミと、カーボンナノネット。超電導モーター。どれも高い。資金を揃えなければならない。でもそれ以上に難題なのは調達ルートだ。未成年のぼくらが、そんなものをどうやって取り寄せればいいんだ？

突破口はやがて見つかって、きっかけとなったのはやはり廃駅だった。世の中、ひとつうまくいくと連鎖的に何もかも転がりだすということはあるものだ。

何度も廃駅に出入りしているうちに、山道をまっすぐ降りて、蝦夷製作所の裏側に出るのが最もてっとり早い下山ルートだとわかった。製作所の敷地内をこっそり通り抜けるのだ。そこから先は、舗装された道を通って駅まで楽に着ける。錆びた金網のフェンスが一ヶ所破れていて、ぐるっと敷地内にすぐに侵入できる。

そうしていて、ある日従業員に捕まった。名前はあとから知ったがそれはこの会社で最年少の佐藤さんで、彼はぼくらを厳しい顔で所長室まで引っ張っていった。見つかったときに逃げようとしたのだけど、彼は拓也の足をひっかけて転ばし、あっという間に組み伏せてしまったのだ。ぼくは一人で逃げるわけにもいかず、しぶしぶ降参した。

ちょっとばかり敷地内に忍びこんだだけの中学生への待遇としては、ずいぶんやりすぎじゃないかと思ったけれど、そんなことを言おうものなら何をされるかわからないようなぴりぴりした雰囲気だった。

所長室はプレハブ造りの建物の二階にあって、社員用のスチール机がいくつも並んだ、いわゆる事務室といったほうがいいような部屋だった。先頭の机に、そのときはまだ名前を知らなかったが社長の岡部さんがいた。くわえ煙草で新聞を広げていた。

うしろから背中を押され、ぼくらは軽くつんのめった。佐藤さんが、例の裏からの侵入者です、と言った。岡部さんはあァ？　という声をあげ、新聞を置き、くわえ煙草のまま立ち上がった。

デカイ人だった。百八十センチはギリギリないかもしれないが、それに近い身長があった。腕も棍棒《こんぼう》みたいに太かった。ぼくらは見下ろされた。

「なんだおまえら」彼は投げつけるような勢いで言った。「一分で言い訳しろ。答えが気に入ったら何もしないで帰してやる」

ぼくと拓也はおぞけをふるってあわてて説明した。敷地を通ると廃駅に行くのに都合がいいこと、滑走路を探していて廃駅を見つけたこと、あの場所で実寸の飛行機を作ろうと思っていること……。

「飛行機だ？」岡部さんは胡乱《うろん》そうに言った。「ああ、ひょっとしておまえらか。中学でジェット機振り回して大目玉食らったバカってのは」

ぼくは思わず訊《き》きかえした。

「なんで知ってるんですか」

そう言ってから、うっかり訊きかえしたことで怒られるんじゃないかと思って首をすくめたが、岡部さんはくわえた煙草を灰皿に押しつけながらにやにや笑っていた。

「大人には大人の情報網ってのがあるんだ。南蓬田中の教員は知り合いばっかりだ」

拓也が小さい声でゲッというのが聞こえた。ぼくも同じ気分だった。

ともかく話は通じそうだと判断したらしい拓也が、唐突なことを言った。

「あの、ここって軍需工場なんですよね」

「おぅ、そうよ。こわいおじさんたちがおっかねえおもちゃを作ってるところだ。子供がフラフラ近寄ってきていい場所じゃねえな」

「アルミ売ってもらえませんか」

いきなりなんてことを言い出すんだとぼくは驚いた。

「アルミだぁ？　そんなもん、なんにするんだ」

「飛行機の材料にします」

佐藤さんが口を挟んだ。「飛行機って、おもちゃじゃないのか」

「おもちゃじゃありません。二人乗りのちゃんとしたやつです」拓也が少しむきになって言った。

いきなりの急展開にポカンとしていたぼくも、ようやく頭に血がめぐってきた。こんな近所で資材が調達できるとしたら、むちゃくちゃに好都合だ。ぼくは拓也の尻馬《しりうま》に乗ることにして、

「それとできれば、超電導モーターとか、小型のジェットエンジンとかも！」と声を大きくした。

「待て待て、ジェットエンジンだ……？」

岡部さんはデスクのへりに尻を置いて、新しい煙草に火をつけた。

「設計図持ってるか。ちょっと見せてみろ」

ぼくはブルゾンのポケットから、細かく折りたたんですりきれはじめた図面を取り出して渡した。ぼくと拓也が秋口から全精力を傾けて設計したものだ。岡部さんはデスクの上でなすりつけるように皺《しわ》を伸ばし、じっと検討し始めた。

「主動力が二系統……円筒翼……生意気なこと考えてやがるな。おい佐藤、ちょっと見てみろ」

「はい……うわ、なんだこりゃ。趣味的だなあ。これは、でも、うーん」

「なんだよ」

「一応飛びそうだ」

「当たり前ですよ！」ぼくと拓也は同時に言った。

「宮川を呼んでこい。あいつがいちばん詳しい」岡部さんが言った。佐藤さんが小走りで出て行くと、ぼくは訊いた。

「ここって、飛行機も作ってるんですか」

「いや。さすがにそこまではやってねえよ。だが似たようなものはいろいろ作ってるな」

佐藤さんががっしりした体格の従業員を連れて戻ってきた。宮川さんだ。彼はすでに状況を飲みこんでいるらしく、社長に軽く会釈《えしやく》すると、デスクの図面をすぐに覗《のぞ》きこんだ。

「ギリギリの設計だな……」彼はしばらく真剣に見入ったあと、ちょっとこっちに来い、と言ってぼくらを呼んだ。「たぶんココ。脚が離れたとたんに亀裂《きれつ》だ。軽くするのはいいが、強度が担保できてない」

「でもそこをいじったら全体のバランスが……」

ぼくがそう言うと、宮川さんは「そうだ。結局全部やり直しだ」とあっさり言った。「詳しく教えてやるから、あとで聞きにこい」

「どうだ、見込みは」岡部さんが訊いた。

「考えてること自体はおもしろいです。やらせてみたらいいです」彼は答えた。

「ふむ、なるほどなァ……」

岡部さんは煙を吐いた。「けどなおまえら、航空用のアルミ合金ってな高いぜ。金さえ出しゃ、売らんでもないが、金はあるのかよ」

「それは……」

「そもそもな、おまえらガキのくせに金属加工なんかできるのか？」

「できますよ！」ぼくはほとんどかみつくみたいに言った。ぼくはほとんどそれしかできない人間だけど、逆にそれに関しては絶対的な自信があるのだ。ここで謙遜《けんそん》やしり込みをするのは、自分で自分を否定することだった。「ばかにしないでください」ぼくはそう続けた。

「当然できると思います」拓也も続けて言った。彼の声は、静かに喋《しゃべ》っているときのほうが力を感じさせる。

「おう、でかい口を叩《たた》いたな。じゃあ下に降りろ」岡部さんは出口に歩いていってドアを開けた。「試してやる」

ぼくらはいったん外に出され、隣の棟にある二階吹き抜けの工場に連れて行かれた。一方の壁がほとんど全部シャッターになっていて、大型トラックでも中に入れるようになっていた。

「手本見せてやれ」

岡部さんは軽くあごでしゃくって見せ、佐藤さんがすかさずきびきびと動き出した。

そこに積んであったのは両手に持てるサイズの地薄の鉄の箱で、内側に部品やコードを配置するためのフックがいくつも取り付けてあった。佐藤さんがやって見せたのはその側面に方形の孔《あな》を開ける作業で、やること自体は難しくはないが、ちょっとした位置のずれも許されないシビアな工程だった。

ぼくらは促されて、特に説明も求めずに必要な装備を身につけ、同じことを二、三個ぶんこなして見せた。

次にやらされたのは半球形をした何かの外装の溶接で、これも問題なくやって見せた。でも最後に出てきた、人の背くらいあるオレンジ色の円筒にはさすがにぎょっとした。尾翼を取り付け、ノートパソコンを接続して電装品の稼動チェックをするという作業で、それ自体はぼくらにもできることだった。おそるおそるやって見せると、岡部さんは、「ガキのくせにそれだけできりゃたいしたもんだ」と言った。

「でも、これって……」拓也が小さい声で言った。

「おう、誘導弾だけどよ」

「ゲッ、やっぱり！」

ぼくらはさすがに遠慮も忘れて大きな声を出した。

岡部さんはあごの下をぼりぼり掻《か》きながらおもしろそうに言った。

「おまえら、うちで働け。今、人手不足なんだ。そしたらアルミでもモーターでも、原価でなんでも売ってやる。危険作業だから時給はかなり高《たけ》ぇぞ」

ぼくらは顔を見合わせた。

なりゆきというのは、おそろしい。

どうやらぼくと拓也は、工場のおっかないおっさんたちに、ずいぶん気に入られてしまったようだ。

そうしてぼくらはスチールロッカーとツナギの作業服をもらい、日曜日の午後や長期休暇になると、蝦夷製作所で危険作業をして金を稼ぐようになった。

一年の冬から二年の春にかけては働きながら工場の一角を借りて設計の見直しをした（その時期は雪で廃駅に行けなくなってしまうのだ）。ときどき宮川さんや佐藤さんに図面を取り上げられてはダメ出しをされた。それはけっこう頭にくることだったけれど、彼らの言うことのほうがやはり正しかったし、ぼくらが知らない技法や設計上のテクニックを惜しげもなく伝授してくれたので、結局はありがたく勧めに従うのだった。

でもどれだけ勧められても従えない部分もあった。

二年の冬休みのことだ。ぼくと拓也は朝から夕方まで、誘導弾の最終仕上げと検品をしていた。米日とユニオンとの関係がきな臭くなってくるにつれて、蝦夷製作所には仕事がどんどん舞いこんできていた。ぼくらが担当する工程はいちばん楽で簡単なところだったから、忙しすぎてパニックになるというほどではなかったけれど、空き時間ができれば社員が担当している工程に入るよう言われたし、油断しているとカートに乗った誘導弾がどんどん運ばれてくる。頭を使って効率的に立ち回らなければならなかったし、それなりにハードな仕事だった。

休憩時間になって、ぼくは岡部さんに、いずれケロシンを入手しなければならないのだがいくらくらいかかるだろうかと尋ねた。岡部さんは、本気でジェット機を作る気なのかと胡乱《うろん》そうに言った。

「そりゃおまえ、ケロシンだろうがニトロだろうが、金払えば売ってやるけどさ」岡部さんは煎餅《せんべい》をばりばり嚙《か》み砕きながら言った。「でもジェット燃料は高いぜ。子供が扱うには危険だしな。素直にレシプロか超電導モーターにしといたらどうなんだ？」

「いや、そこは譲れないポイントなんです」拓也は答えた。

「ふぅん……」しゃらくさいなあとでも言いたげに岡部さんは唸《うな》って、パイプ椅子をきしませた。ストーブのそばの小さなモノラルテレビにはニュースが映っていて、三沢基地のスクランブル訓練の様子がレポートされていた。

「なんでわざわざジェットエンジンなんだよ」

「かっこいいから！」

「かっこいいから！」

完全にハモってぼくと拓也は答えた。答えてから、いや、それはなんか違うぞと思い、「違うだろ！」と言ったら、ほとんど同時に拓也も「違うだろ！」と言った。

「まて浩紀、他にももっといろいろ理由があっただろう」

「そうそう、いろいろ考えた結果なんですよ」

「なんだっけ、二重エンジンにした理由」

「えーと、アレだ」

「そうだ、それ」

「変形させたいから！」ぼくらはまた完全に同タイミングで言った。

「いや、それも違うぞ。一応ちゃんとワケがあって、その結論として変形させることにしたはずだろ」拓也が言った。

「そうだっけ」

「あのなおまえら、ジェットエンジンがいくらするのか知ってるのか」岡部さんが口を挟んできた。

「いくらするんですか」

「おまえらの夢が一言で壊れるだけの値段だ」

ぼくは急激にしぼんだ。拓也も黙ってしまった。

ニュースは天ヶ森射爆撃場で行われている大規模演習の映像に変わっていた。淋代《さびしろ》海岸沿いの海を、訓練支援艦が何隻も航行し、オレンジ色に塗られたチャッカーⅣやファイアビーを勢いよく撃ち出していた。

チャッカーとファイアビーは標的機と呼ばれる無人ジェット機で、これを敵機に見立てて打ち落とす。その訓練のためだけに生み出された航空機だ。天ヶ森の海岸から空に向けて火線が飛び、地対空ミサイルが発射されていた。胴体中央部に弾を受けて爆発するファイアビーや、翼部を撃ち抜かれて森に落ちていくチャッカーの映像がクローズアップされた。

「あれ、もったいないよなあ……」ぼくはしみじみと言った。「あれ全部、撃ち落とすために作ってるんだぜ。だったらひとつくらい、タダでおれらにくれないかなあ……」

何バカなこと言ってんだ、という反応を想定していたのだが、拓也はびっくりしたようにぼくの顔を凝視した。

「それだ」と彼は言った。

「あ……」

拓也が考えていることはすぐにわかった。

「なんでもいいけどさあ……」ぼくらの企《たくら》みを見透かしたのかどうか、岡部さんがだるそうに言った。「おまえたち死ぬなよなあ。めんどくさいから」

翌日、ぼくと拓也は朝早くから電車を乗り継いで三沢まで行き、そこから観光路線バスに乗り換えて天ヶ森停留所で降りた。人目のないのを確認して、「防衛庁」とものものしく刻印がしてあるフェンスを乗り越えた。そして、平地にこんもりと盛り付けたような深い森の中をほとんどあてもなく一日歩き回った。黒緑色の針葉樹に真っ白な雪がかぶさっていて、そのコントラストの強さに長時間囲まれているとめまいがした。射爆撃場の職員か自衛隊員に見つかったら大ごとになることも間違いなくて、絶えず神経を尖《とが》らせていなければならなかった。

日がほとんど落ちて、あきらめかけたころ、視界の端にオレンジ色がひっかかったような気がして全身がざわめいた。

撃ち落とされたチャッカーⅣだった。木の根っこを枕にするように横たわっていた。撃墜された標的機はすぐに回収されてしまうものだが、中には見落とされるものがあるはずだというのが拓也の読みだった。ぼくは拓也に声をかけようとして、その前に彼が小声で「おい」と言った。彼は彼で、別のチャッカーを発見していた。二十メートルくらい離れて、ぼくらは一度に二機も目的のものを発見してしまった。

調べてみると、片方は完全に損壊していたが、もう一方の機体は無傷に近くて、再利用が可能そうだった。ぼくと拓也は機体にビニールシートをかぶせ、ロープで巻いて隠した。そして誰に見つかることもなくまんまと森から担ぎ出した。

はたから見れば、ミサイルじみた大きな円筒を抱えた二人組の中学生というのは、さぞかし異様だったはずだ。街中を歩いているときは薄暗かったから安心できたが、バスに乗るときと、改札を通るとき、それと珍しく車掌が検札に来たときにはさすがに緊張した。ぼくは「何もやましいことはない、何もやましいことはない」と心で呪文《じゅもん》のように唱えていた。

三厩に着いて、改札を抜けたときには、自然に深い疲労の息が漏れたものだ。ぼくと拓也は真っ暗な農道を二人でチャッカーをかついで歩き、家のガレージに運びこんだ。後日チェックをしたら、エンジンはしっかりと生きていた。ぼくらはたった数千円の交通費だけでジェットエンジンを手に入れてしまった。

8

サユリを強く意識するようになってから気づいたことだけれど、彼女はひょっとして体が弱いのかもしれなかった。欠席は少なかったが、早退はわりに多かった。朝礼でふらっときて、保健室行きになったことも二度三度あった。

でもそのときには、ぼくも含めて周りはみんな、女の子だしそういうこともあるだろう、くらいにしか考えていなかった。

現国の宮沢賢治レポートをきっかけにして、ぼくと拓也とサユリは少し親しくなり、たまに世間話をする仲になった。

けれどそれは、たいした親しさではもちろんなかった。なんといってもぼくらは中学生だったわけだし、その年代の男子と女子の間には、なんというか、やっぱり壁のようなものがあるわけだった。ぼくも拓也も、男同士でつるんでいるほうがだんぜん気楽だったし、サユリにはもちろん同性の友達がいて、その子たちと仲良くやっているようだった。

中学三年になって、そこに変化が起きた。

クラス替えがあった。ぼくと拓也は初めて別々のクラスになってしまった。それは残念なことではあったけれど、学校の外でしょっちゅう会うわけだし、クラスが分かれたくらいではぼくらの関係に変化は起こらなかった。ぼくはお調子者だから新しいクラスの面子《メンツ》にもあっさり馴染《なじ》んだし、拓也は拓也で、いつものペースで隣のクラスの中心人物になっていた。

サユリは、ぼくと同じクラスになった。ぼくはそのことを密《ひそ》かに喜んだけれど、同時にうしろめたいものも感じた。ズルをしているような……。

　そして、ぼくの見るところ、その春ごろから、サユリはどうやらクラスの女子の中で孤立し始めたようだった。理由はよくわからない。まさか本人に訊《き》いてみるわけにもいかない。学校の人間関係ってやつは、シビアだ。クラス替え直後の一、二週間の関係構築に失敗すると、その後まるまる一年間ひきずったりする。そういうところに嵌《はま》ってしまったのかもしれない。

　サユリはきれいだったし、たぶん本人はそのことに無自覚だった。それが同性の反感を買ったのかもしれない。無自覚な魅力は同性の反感を買うことがある。

　サユリは見た夢をずっと覚えていられるタイプで、ときどきぼくや拓也に見た夢の内容を話してくれることがあった。彼女はそういう話をするのが好きだった。けれどその手のとりとめのない話が苦手だという人もいる。そんなところで敬遠されたとも考えられる。想像はいくらでもできる。本当のところはわからない。ともかく、中二の時にはいつも友達同士で通学電車に乗っていたサユリは、中三の夏ごろには、一人ぼっちで帰るのが常になっていた。

　ぼくが気づくくらいだから、たとえ別のクラスでも、拓也もそれには当然気づいていただろう。彼がサユリを、ぼくらの秘密に強引にひっぱりこんだのは、そういうことも関係していたのかもしれない。

　七月に入ったばかりのカラッカラに晴れた暑い日だった。まる一年費やしてきた飛行機作りは着実に進んでいて、ちょうどフレームに外装のナノネットを張っているところだった。外観がいっきに飛行機らしくなってくる、いちばんおもしろい作業だ。ぼくと拓也は毎日学校が終わると急いで廃駅に駆けつけ、夢中になって外装を張った。

その日もそうするはずだった。六時間目が終わると、クラスメートのほとんどが受験対策の補講に出るのを横目に、急いで教室を出る。出ようとしたところで、

「藤沢くん、わたしも行く」

サユリがそう言ってぼくを呼び止めたので、いろんな意味でギョッとして棒立ちになった。

「行くって、沢渡……」

「うん。藤沢くんが毎日行ってるとこ。昨日白川くんに誘われたの。いいもの見せてくれるって」

「いいものって……」

ぼくは面食らって、口ごもった。

拓也がぼくに断りもなく、サユリを廃駅に誘っていたというのは、かなりの奇襲だった。

ぼくらがやっていることは、周りにおおっぴらになったら、大問題になりそうなことだ。まさかサユリが告げ口をするとは思わないが、秘密はなんのきっかけで、どう漏れるか知れたものではない。二人だけで作ってきたものや大事にしてきた場所を、あっさり女の子にバラしたというのも、釈然としないことだった。率直に言うと、

(なんなんだ、それは)

そういう気分だった。

でも、こうなってしまった以上、ぼくが抵抗して彼女を連れて行かないのも、よけいに話をややこしくしそうだった。

サユリは、ぼくの微妙な気分を知ってか知らずか、

「ねえ、早く行こう」

くりくりとしたまっすぐな瞳《ひとみ》でぼくをせかした。ぼくはあきらめて、彼女を促して学校を出た。

南蓬田駅に着くと、サユリが津軽浜名までの乗り継ぎ切符を買うのを待って、下りホームに立った。やがて拓也が遅れて改札から現れた。サユリは彼の名前を呼んで、手を振った。ぼくはサユリから見えない位置から、彼に向かっておもいきり眉《まゆ》を寄せてやった。

（わりィ）

拓也はかすかな手振りと表情で、そういうニュアンスを伝えてきた。ここ数年、濃いつきあいだから、そのテの身振りだけで以心伝心だ。この事態が、どうやら拓也にとっても想定外の緊急事態らしいということも漠然と察せられた。

電車ではもちろん、ひとつのボックス席に三人で座った。ぼくらは津軽浜名までの数十分、実にありふれた世間話をした。バラエティ番組のどれがおもしろいとか、芸能人がどうだとか。サユリは、楽しみはとっておきたい主義なのかなんなのか、これからどこへ行って何を見せられるのかについては一言も質問しなかった。ぼくらにしてみれば実にありがたいことだ。ぼくはくだらない話をしている間、なんで今ここにサユリがいることになったんだ、と拓也を問い

詰めたくてしょうがなかったが、サユリの手前、当然そんなことは訊けなかった。

津軽浜名で降りるとき、ポケットの奥に切符がひっかかっちゃった、とサユリが言った。チャンスとばかりにぼくは拓也を促して先にホームに降りた。そして小声で言った。

「おまえ、なに勝手なことしてんだよ」

「しょうがないだろ……そういう話の流れだったんだよ」

「話の流れってなんだよ」

「うまく説明できないけど、そうするしかなかったんだよ。許せ」

それじゃなんにもわからないぞ。ぼくはなおも問い詰めようとしたが、そこでサユリが電車から降りてきたので、口をつぐまなければならなかった。

サユリは、まずぼくらのバイト先に寄るという話は聞いているらしく、駅前の商店に寄って差し入れのアイスクリームを買った。ぼくと拓也は店の外で待ちながら、内緒話の続きをした。

「あれ見せたら、根掘り葉掘り訊かれるだろ。どうしてとか」ぼくは小声で言った。

「だよな……」拓也が小声で答えた。

「どう答えるんだよ」

「塔まで飛ぶことも言っちゃうか」

「そのことはまずいよ……」

「だよな。でも行き先訊かれたらなんて答える？」

「バカ、おまえが考えろよ」

「何がバカだ、バカ」

「あのー」

「ハイッ!」

サユリの声がすぐ近くでして、ぼくらは同時に返事した。いつのまにか目の前に、ビニール袋を提げたサユリが立っていた。丸めていた背筋が思わず伸びた。伸びたままぼくらは硬直し、沈黙のあと、示し合わせていたみたいにごまかし笑いをした。サユリはつられたようにふふっと笑った。

「藤沢くんと白川くんって、ほんとに変な人」

それははにかむような、ひどく優しい言い方で、ぼくはこの世の中にこんな「変」の言い方があるんだと思った。

シャツの下に汗が流れるのを感じながら蝦夷製作所に着くと、岡部さんはホースで庭に水撒《みずま》きをしていた。この暑さによほど耐えかねたのか、ツナギを両肩脱いで上半身裸になっていて、足元にビールの缶があった。遠くから挨拶《あいさつ》をすると「おう、暑いな」と言いながらこちらを見て、サユリがいるのを見つけて彼はぎょっとなった。

サユリはゆっくり丁寧にお辞儀をした。

「こんにちは、おじゃまします」

「いや、ああ、スイマセン……」

岡部さんはいつになく大あわてでツナギの袖《そで》に腕をつっこんでファスナーを上げた。「ええっと、いつもうちのバカ二人がお世話になってまして……」

ぼくは岡部さんの顔がユルユルにゆるんで軽く赤面しているのを見て、

（おいおい……）

内心、手の甲でツッコミを入れた。

差し入れの棒アイスの分け前をもらって、ぼくと拓也は庭の真ん中にある大きな木にもたれかかった。木陰に入ると急に涼しくなった。そこには先客がいて、工場の軒下に住み着いている小さな野良猫が下草に背中をすりつけていた。猫はぼくらが近づいていくと軽くビクッとしたが、すぐに安心して背中こすりの続きを始めた。

ぼくらはアイスをかじりながら、遠くにいる岡部さんの動向を観察した。岡部さんはあいかわらずデレデレとした顔でサユリと一生懸命話をしていた。

「岡部さんてさあ……」ぼくはぼんやりと拓也に訊《き》いた。

「ああ？」

「独身だったっけ？」

「いや、バツイチだって噂聞いたぜ」

「それ、なんかわかる気がするなあ……」

岡部さんは、落ち着かないのか若い女の子に緊張しているのか、ひっきりなしに頭のうしろを片手でかきまわしていた。サユリはくすくす笑っていたが、岡部さんの話がおもしろいのか岡部さん本人がおもしろいのかはわからなかった。

「変なオッサンだよなあ……」

ふとそう言ってから、ぼくのその言い方には、親しみが足りない気がした。

それはちょっとばかり、正しくないことのように思えた。

拓也がアイスをひとかけらかじりとって、猫に放ってやった。猫はまたちょっとビクリとしたあと、おそるおそる近づいてそれを食べ始めた。

「うわ、こいつアイス食ってるよ」自分でやったくせに拓也が驚いていた。

「変な猫」

ぼくはまたつぶやいてみた。やはり全然優しさが足りない。

廃駅の格納庫の大扉を開けてやると、薄暗い庫内にうずくまっているそれを見つけて、サユリは駆けこんでいった。そして振り返り、ただでさえ大きな目をまんまるにしてぼくらを見つめた。

「すごい……ひこうき!?」

「そうだよ」拓也が落ち着いた声で答えた。

「これ、二人だけで作ってるの?」

サユリがぼくを見て訊いた。

「うん。二年の夏から少しずつやってるんだ。さっきの工場でバイトしながら部品揃えて、岡部さんとかに相談しながらさ。なあ?」

「うん」拓也がうなずいた。

「まだまだ未完成なんだけどね」ぼくは見たらわかることをぼそぼそと言った。

サユリは、外装を張りかけの飛行機に近づいて、ゆっくり手を伸ばした。それから気づいて手を引っ込め、

「触ってもいい?」

「ちょっとやそっとひっぱたいたくらいじゃ壊れないよ」拓也が言った。

サユリは中指の先でナノネット製の外装にそっと触れた。

ぼくはそのときの様子をじっと見ていた。何かが起こった。それだけははっきりとわかった。機体に指先が触れた瞬間、サユリの全身は震えた。まるで感電したみたいに。サユリは驚いてすぐに手を離した。

「お……」

おい、大丈夫か。そう言おうとして、途中で止めた。サユリは両手のひらをぴったりとボディにくっつけ、冷たい感触を確かめていた。そして寄り添うように体を近づけ、目を閉じて頬をつけた。ため息が聞こえた。

純白の翼に、白いセーラー服姿のサユリが頰を寄せていた。

ぼくにはそのとき、白い飛行機とサユリがひとつのもののように見えた。あるいは離れ離れ

だった双子がたったいまめぐり合ったというような錯覚を覚えた。彼女たちは声を立てずに会話しているみたいだった。無機物であるはずの機体がまるで生き物みたいに感じられた。

そしてぼくは、今まで苦労してこれを作ってきたのは彼女のためだったような気がして愕然《がくぜん》とした。何か神託とかそういった、運命的なものがぼくらに命じて、彼女のための飛行機を作らせていたような、そんな妄想じみた考えがわきあがってきたのだ。

ぼくはなんだか少しばかりこわくなって、拓也のほうを振り返った。彼はモデムのスイッチを入れ、ノートパソコンにつないで立ち上げているところだった。彼の半袖《はんそで》を無言でつまんで引っ張った。彼はなんだよといいたげにこちらを向き、サユリの様子に気づいて目をみはった。

サユリはうっすらと目をあけた。

「すごいね……」

サユリは内緒話のような小さな声で言った。

「ねえ……ほんとにすごい」

ささやき声なのに、まるで耳元で言われたように聞こえた。全身の毛穴がぎゅっと閉まる感じがした。

ぼくはつっかえながら、その言葉に対してありがとうを言うのがやっとだった。

サユリをほうっておいて作業する気にはなれなくて、その日は機体に手をつけなかった。ぼくと拓也とサユリは廃駅のホームに座り込んで、湖に石を投げたり、遠くにわだかまる積乱雲を眺めたりしながら、ぼんやりと夕涼みをした。サユリが釣りをしてみたいというので、格納庫から竿《さお》とルアーを取ってきて投げ方を教えてやった。結局一匹も釣れなかったが、「狙ったとこに投げれるようになってきた」

そう言って彼女は満足そうだった。

ぼくはホームの日陰に寝転がって空を眺めていた。陽は少しずつ傾いて、空は赤みを帯び始めていた。飛行機雲が二筋、東南のほうへ向けて伸びていった。拓也はぼくのすぐ隣で本を読んでいた。サユリは裸足《はだし》になってコンクリートのへりに腰掛け、すぐ下の水面を足でかきまぜていた。

「ここは広いね……」サユリは言った。「だあれもいないんだ。ねえ、どうしてこんな場所しってるの？」

「話せばわりに長くなる」とぼくは言った。

「一言ではいえないの？」

「一言で言えば偶然」

「ねえ、なんだか、おとぎ話の場所みたいだって思わない？」

「おとぎ話……」拓也が本から顔を上げた。

「うん。イギリスとか北欧とか、そんな感じの。森の中を歩いてると、不思議な場所に迷いこむの。人は誰も知らない場所。昔はそこに妖精《ようせい》が住んでいたんだけど、今はいないの」

「ふむ」拓也があいまいにうなずいた。

「迷いこんだあと、どうなるの？」ぼくは訊いた。

「もちろん出られなくなるの」サユリは平然と答えた。「その人は行方不明になるんだよ。神隠し。そして妖精のいなくなった妖精の里で、魚を釣ったり木の実を採ったりしながら一生暮らすの」

「……あんまりいい話じゃないなあ」とぼくは言った。

「そうかな」

「メルヘンだなあとは、思うけどね」拓也が言った。

「そうかなあ」サユリはかすかに不満げだった。「わたしはそんなふうに、どこか変なところに迷いこめたら、すごくいいなあって思うけどなあ」

「ここから出られなくなったら大変だぜ」拓也が言った。「今はいいけど、冬場は雪がたっぷり積もるからな。身動きはとれないし、あの格納庫はすきま風がびゅうびゅう吹きこむし。とても住めたところじゃないよ」

サユリは小さな唇をすぼめた。「いいのよ。リアルに考えなくても。たとえばの話なんだから」

「ま、そうかもな」拓也がうなずいた。

「それに飛行機でいつでも飛んでいけるじゃない」サユリは今急に思いついたというように目を大きくした。「ねえ、飛行機、いつごろ完成するの？」

ぼくはコンクリートの上であぐらをかきなおし、背中を伸ばした。「本当は、夏休み中に完成させたいんだ。けどなあ……」

続きは拓也が言った。「たぶん難しいよな。まだまだ時間がかかりそうなんだ。まあ、年内が目標かな」

「そっか……だいぶ先だね……」

遠くからかすかに、雷のゴロゴロいう音が聞こえた。ぼくは周りの空を見まわした。北の空にクリームみたいに立ちあがっていた入道雲が、いつのまにか濃い灰色に変わっていた。

その入道雲は、ちょうど塔に重なるように浮いていた。塔の下側にまとわりつきながら、ゆっくりと東に移動していた。もしあそこに人がいるのなら、今、大雨と雷で大変だろうなとぼくは思った。

「ねえ、あの飛行機でどこまで行くの？」とサユリが訊《き》いた。

「あの塔まで行くんだ」ぼくは答えた。

うしろから肩を強くつつかれた。拓也が渋面《じゅうめん》を作っていて、ぼくはうっかりとんでもないことをばらしてしまったと気づいた。塔を眺めていて、あまりに自然に訊かれたので、自然に答えてしまったのだ。まずいと思って、とりつくろおうとしたが、もう遅かった。

「塔って、ユニオンの塔？」

サユリが急に身を乗り出してきた。

ぼくと拓也は、何分の一秒か顔を見合わせた。それは、ある確認だった。それからぼくらはサユリのほうを向いて、同時に「うん」とうなずいた。

拓也が言った。「塔まで、たぶん四十分くらいで飛べると思うんだ」

ぼくも言った。「国境をどう越えるかが問題なんだけどね。でも、それも考えがあるんだ」

「すごい……ほんとに？」

サユリはぼくらの計画を聞いても、変に心配したり説教がましいことを言ったりはしなかった。ただ「すごいすごい」と子供みたいに喜んでいた。それでぼくらは安心し、サユリに心を開くことができた。

「すごいなあ、いいなあ、北海道……」

ぼくはこういうとき当然言うべきことを言った。

「沢渡も行くか？」

「えっ、いいの？」

ぼくは即座にうなずいた。拓也がまったく同タイミングで「うん」と言った。

「ほんと？ うん、行く。行きたい」サユリは膝《ひざ》で歩いてぼくのすぐ目の前まで近づいてきて、ぺたりと女の子座りで座った。「うわあ、ありがとう！」

「でも、途中で落っこちるかもしれないぜ」拓也が言った。

「大丈夫よ。落ちたりしないわ」

「どうして？」

「わたしわかるの」

サユリが無邪気にそう言うと、それはなんだか確実な予言のように感じられた。ぼくらの飛行機は落ちたりしない、なぜなら彼女がそう信じているからだ……。

「ねえ、約束して」サユリは言った。

「約束？」ぼくは問い返した。

「そう。絶対にわたしを北海道に連れて行って。お願い」

「ああ」ぼくはうなずいた。

「じゃあ、約束な」拓也が言った。

「ほんとに、絶対、絶対ね」サユリはまた強く念を押した。

そこまで熱心に言われたら、素直に嬉《うれ》しいし、約束の果たしがいがあるというものだ。ぼくはもうひとつサービスしたくなった。

「そこまで言うなら、約束を記念するものがあるといいな」

「記念？」

「飛行機、まだ名前ないんだ。拓也、いいだろ？」

「うん」彼はうなずいた。

「沢渡が考えてくれよ」

「えーっ、だって、そんな……二人の飛行機なのに……」

「それくらいしないと、俺たち約束忘れちゃうぜ」拓也が脅迫じみたことを冗談めかして言った。

「えっ、やだ」彼女は即座に反応した。「でも急に名前なんて……」

「今でなくてもいいよ」

「待って、考えるから。んんん……」

サユリはひとしきり考えこんだ。しばらくいろんな言葉を口の中でもぐもぐと試していた。

やがて、聞きなれない響きの単語をぽつりとつぶやいた。

「前に読んだ本に出てきた言葉よ。白い翼っていう意味なの」

〝ヴェラシーラ〟と彼女は言った。

それが約束の名前になった。


それからぼくら三人は赤暗い夕焼けの野原を並んで歩いた。

山道をときおりつんのめりながら下り、蝦夷製作所に戻ってきたときにはほとんど日が暮れていて、工場や事務所の窓から漏れる蛍光灯の光にほっとした。

岡部さんに挨拶《あいさつ》したあと、大川平《おおかわだい》商店街を抜けて津軽浜名駅に行き、上り電車で中小国まで帰るサユリをホームで見送った。彼女は電車に乗ってボックスの座席についたあとも、窓越しにぼくらにずっと手を振っていた。

電車が行ってしまうと、ぼくと拓也は隣のホームに移り、しばらくしてやって来た三厩行きの電車に乗り込んだ。

「誘ってよかったな」とぼくは言った。拓也はしみじみという風情《ふぜい》でうなずいた。

天井に取り付けられた扇風機がぐるぐる回転していた。ぼくと拓也はなんとなく無言でいた。

拓也は鏡のようになった車窓をぼうっと眺めていた。ぼくは特に意味もなく、まわる扇風機を眺めていた。ぼくはみちたりた気分で深く呼吸をしていた。

サユリのおとぎ話ではないけれど、あの廃駅ののんびりした時間や、この電車の優しい沈黙が、いつまでも続くような気がした。明日《あした》も、あさっても、来年もその後もだ。

ただ個人的に憧《あこが》れていただけだった、あの雲の向こうの塔は、この日を境に、ぼくにとって大切な約束の場所になった。

「約束して」

そう言った彼女に、迷いなくうなずいたあの瞬間、ぼくらには、おそれるものなんて何もなかったように思う。

本当はすぐ近くで、世界や歴史は動こうとしていたのだけれど、でもそのときぼくは、列車に漂う夜の匂いや、友達への信頼や、空気を震わすサユリの気配だけが世界の全てだと感じていた。いや——それだけが世界の全てであったらいいと心から願っていたのだ。

9

津軽沖で米ユ武力衝突
津軽海峡沖から42・1号線までの緩衝地帯で15日未明、米日軍とユニオン軍の武力衝突が発

生した。
米軍報道官の発表によると、衝突はごく小規模で、偶発的なもの。米日側に死者は出ていないという。ユニオン側の死者は不明。

ユ関連機関に三千三百人の警戒態勢

警視庁は米日・ユ軍武力衝突発生を受け、国内テロ組織によるテロ行為を抑止するため、ユニオンとの関連が深い各団体施設に三千三百人の警備要員を配置することを発表した。
国内の反ユ・テロ組織ウィルタ解放戦線は今年2月に発生したユニオン海上巡視船による領海侵入に抗議する目的で、ユ系企業を標的とした爆弾テロの犯行を予告している。今回の武力衝突を引き金として同様の犯行が計画されるおそれがあり、警視庁は警戒を強めている。

ぼくはその報道を新聞社のニュースサイトで知った。津軽海峡沖というのは、ぼくが昨日、廃駅から眺めていたあの海だ。ぼくらが帰ったあと、あそこで戦闘があったのか。ぼくらは国際的な焦点の、ものすごく近い位置にいたのだ。そのことに気づかなくて、あとからニュースで知るというのも変な気分だった。本当に、ぼくらのすぐ近くで、世界や歴史はリアルに動いていたのだ。でも（少なくとも当時の）ぼくにとっては、世界というのは、もっと小さい、限定された、手のひらサイズのささやかなものとしてしか捉《とら》えられないものだった。

学校が終わると、ぼくと拓也は蝦夷製作所に出勤した。ツナギに着替えるためにロッカー室に入ると、佐藤さんがやって来て、ちょっと急なトラブルが発生したから今日はおまえたちの仕事はなしだと言った。お茶くみでもなんでも、何か手伝えることがあればやりますと気を利かせたら、子供には聞かせられない話だってあるんだからさっさと出て行けと言われてたたき出されてしまった。

「都合のいいときだけ子供扱いだよ。せっかく来たのに、いったいなんなんだ。なあ？」ぼくは不満を吐き出した。

拓也は何か考え事をしていたらしく、

「……あ、すまん、聞いてなかった」

「佐藤さんたち、何にトラブってんだろ」とぼくは言った。「ちょっと事務所覗《のぞ》いてみようか」

「駄目だ。絶対やめとけ」

拓也が言下に、かなり強い口調で言ったので、ぼくは気おされた。

「どうしたんだよ、いったい」

「この工場、前から思ってたんだけど、額面どおりのものじゃないと思うんだ」彼は難しい顔をして言った。「あまり深入りしないほうがいい気がする」

10

拓也がぼくのクラスを訪ねて来たのは、その翌々日のことだった。

互いのクラスには用がないかぎり顔を出さない、というのが、三年になってからのぼくと拓也の暗黙のルールだった。どうせ授業が終われば外で一緒になるのだし、校内でまで積極的につるんでいたら、他の人間関係がオロソカになるという判断だ。

だから、昼休みに彼が顔を見せたのは、けっこう珍しいことではあった。

彼はちょっと来いよ、とぼくを連れてサユリの席まで行き、彼女に向かって、実は頼みがあるのだと言った。

「頼み？　なあに？」

「今日、音楽部は活動ないんだってな」

「うん。現役部員の子は市の体育館に合同練習に行くんだって。発表会が近いから」

「じゃ、音楽室は空いてるわけだ。沢渡、バイオリン持って来てたよな」

「えっ、うん」話の流れで、サユリは用件を察した。「まさか、白川くん……」

「聴いてみたいね、沢渡の演奏」

「えーっ」

サユリは大きな声を出しそうになって、周囲を気にしてボリュームを下げた。

「嫌です……」

「どうして？」

「恥ずかしいから」

「恥ずかしくないよ」拓也は勝手に決めつけた。

「どうして聴きたいの？　わざわざ聴くほどのものじゃないよ」サユリが言った。

「聴きたいのに理由がいる？　それに聴いてみないと価値はわからない」

ぼくは拓也の強気な交渉ぶりに内心舌を巻いた。こういう話し方は、おれがやっても全然サマにならないんだろうなあと思った。彼はこうやって、淡々としたそれでいて強い声で、いろんなものを動かしていくのだろう。

でも、少し強引すぎる気もしたので、少々口を挟んでみることにした。

「いちばんよく弾ける曲を一曲だけでいいから。いつもやってる練習を、おれらがたまたま見に行ったくらいに思えばいい、どう」それから付け加えた。「いや、本気で嫌なら、無理《むり》強《じ》いしないけど」

「ねえ、どうしても、嫌だっていったら、どうする？」サユリはぼくらに訊《き》いた。

ぼくは拓也の顔色を窺《うかが》った。任せる、と彼の顔が言っていたので、少し考えて、ぼくは言った。

「……拗《す》ねるかな」

「本当に弾くの……？」サユリは力なく机に顔を伏せて、負けました、というそぶりをした。

拓也が「よし、落とした！」という表情をかすかに見せて、

「うん、放課後、音楽室に行くからさ」

彼は帰り際、ぼくの腕を肘《ひじ》でつついて、小声で「ナイスフォローだ」と言った。


音楽室の厚い木製の引き戸を開くと、サユリはもう来ていて、うつむいてグランドピアノにもたれかかっていた。

窓は大きく開け放たれていて、吹きこんだ風で白いカーテンが揺れていた。ずいぶん恥ずかしがっていたから、閉めきった部屋で暑いのを我慢しなければいけないかと思っていたので、少しほっとした。誰が弾いているのかわからなければ、外に聞こえたってかまわないのだろう。合同練習の前に音楽部が軽く練習をしていったらしく、机と椅子が部屋の一方に全部寄せてあった。ぼくと拓也は壁際に置いてあったスチールと木でできた椅子を取って適当な位置に置き、座った。

「ねえ、わたし、ほんとに上手じゃないよ」とサユリが言った。

「大丈夫。俺、こういうの目の前で見たことないんだ。上手《うま》いとか下手とかきっとわかんないからさ」拓也がなんだか微妙なことを言った。

「上手いから聴きたいわけじゃないんだ」とぼくは言った。「早く聴きたいな」

「うーん、緊張するなあ」

ピアノの陰に隠れるようにしていたサユリがバイオリンのネックを持っておずおずと歩いた。

そして部屋の真ん中に立ち、譜面台に楽譜を載せた。窓から風が吹き込んで楽譜が暴れたので、クリップで留めた。夏の傾きかけた陽が投げかける金色の光が窓から差しこんできていた。ぼくらからはサユリの姿は逆光を受けて輝いて見えた。彼女が顔にかかった髪を耳のうしろに送るしぐさも、夕焼けの中に影として浮かんでいた。

「なんて曲?」と拓也が訊いた。

「『遠い呼び声』」と彼女は言った。「ねえ、お願いだから、囃《はや》し立《た》てたりしないでね。あがっちゃうから。拍手もしないで。それとできれば、あまりこっちを見ないでほしいの」

拓也は何か冗談を言おうとしてやめたようだった。「わかったよ」

サユリはひとつため息をついた。

そして弾きはじめた。


本人が言っていたとおり、その演奏はあまり達者なものではなかったと思う。けれど彼女はとても丁寧にその曲を弾いた。つい気を抜いて雑になるということがなかった。ぼくは拓也と同じく音楽のことはほとんどわからないけれど、誠実な演奏だったはずだ。メロディーの全てに、間の全てに、彼女の意識が投射されていた。そのように感じた。

サユリの弾いた曲はごくシンプルなバイオリンソロ曲だった。ひょっとして本来的にはピアノか何かの伴奏がつくのかもしれないが、今日はもちろんバイオリンだけだ。ぼくは彼女の音だけを聞きたかったからちょうどよかった。

優しい曲だ。優しくて、大らかに歌い上げるような曲だった。なんとなく、空の色を連想させるメロディーだ。ちょうど今ごろの季節の、青くて、低いちぎれ雲が浮かんで、何か透明なものが降りてきそうな空のイメージだ。

曲が後半になると、構えの大きさはそのままに、メロディーはかすかに哀しみを帯び始める。それはぼくに斜陽を思い起こさせる。透明だった陽光が暖色を帯び始める。穏やかな不安、というような感触がぼくを捉える。

そのあたりで彼女のバイオリンが、テンポを意識的にかすかに遅らせ、さらに大きく歌いはじめる。窓から流れこんでくる金色の斜陽が、視覚化されたメロディーであるように感じられる。ぼくはそれが自分の中に流れこんでくるのを感じる。ぼくは彼女に親しみを覚える。彼女との心理的距離が急速に近づいたのを実感する。もちろんそれは錯覚でしかない。でもぼくは音声化され、視覚化された彼女の心を吸いこんで高揚する。

そして曲は不思議な終わりかたをする。着地感がないまま、ふっと途切れるように終わるのだ。余韻が残る間、居心地の悪さを感じる。けれど突然腑《ふ》に落ちる。この着地感のなさは、サユリという女の子の存在感に似ていると思う。サユリはどことなく現実感に乏しい感じがするのだ。夢の中の存在のような、幻のような——。


それからぼくと拓也とサユリは三人で帰った。音楽室に鍵《かぎ》をかけ、人通りの絶えた廊下を歩き、職員室のキー・ボックスのフックに鍵を戻した。昇降口で靴を履き替え、グラウンドを横切り、駅のホームから下り電車に乗った。

電車に乗る直前に、ぼくはいつもそうするように塔に目をやった。ユニオンの塔は、ときおりやけに近くに見える日がある。今日はそんな日だった。いまにも頭上に倒れてきそうなほどだった。

帰り道ずっと、サユリが中小国で下車してしまったあとも、ぼくの中には彼女の曲の余韻が残っていた。ぼくは彼女の、くるくるとせわしなく振り返りながらぼくらの前を歩く姿や、電車のボックス席に向かい合わせに座ったときに見た小さなひざこぞうや、バイオリンを弾いているときの首をかしげたしぐさを何度も思い浮かべた。その日の夜はずいぶんな熱帯夜だったのだけど、幸せな気持ちでぐっすりと眠った。

11

東北地方の夏休みは短い。そのぶん冬休みが長いからつじつまは合っているのだけど、でもなんとなく損しているような気分だ。

その短い夏休みの始まりを告げる一学期の終業式のあと、ぼくと拓也とサユリは制服のまま廃駅へ行った。暑くて、風があって、やけにいい天気だった。

ときおり草いきれでムッとするのだが、すぐに微風が吹いて熱が洗い流される。目を細めると陽炎《かげろう》がたって、空気がレンズになっているのが見えた。

サユリはいつのまにか、学校帰りのぼくと拓也の待ち合わせに、ごく自然に合流するようになっていた。そして廃駅にもよく遊びにくるようになった。ぼくはそれを自然なこととして受け入れだしていた。

飛行機作りは思いのほか順調に進んでいた。宮川さんがどこかから中古の超電導モーターを格安で見つけてきてくれたおかげで、必要なパーツがほぼ揃った。そうなるとつい気持ちが盛り上がって、毎日遅くなるまで夢中で作業をしてしまうのだ。変形翼の削り出しも終わって、機体の外観だけならほぼ出来上がっているように見えた。あとは細かい制御系の作りこみを残すだけだ。それと、少し気は早いが、飛行計画の立案。うまくいけば、夏休みの終わりには実際に飛べるかもしれない。

「ナノネットは、レーダーを反射しないんだろ。そんなに神経質にならなくても大丈夫じゃないか？」ぼくは拓也が膝《ひざ》に抱えているノートパソコンを覗《のぞ》きこんだ。

彼のPC画面にはネットからダウンロードした北海道南部の地図が表示されていた。こういうのを、どこから見つけてくるのか知らないが、かなり高精細なやつだ。地図上をクリックすると3Dモデリングされた山岳地形が表示されるようになっている。

「それはそうだけど、ステルス機じゃないんだぜ。それに緩衝地帯を飛ぶんだ。いくらナノネットの外装でも見つかるよ。ユニオン軍に……いや、下手に飛んだら、ユニオンより先にまず米軍に見つかる」

サユリは日なたで格納庫の壁にもたれて読書をしていた。最初は、ぼくと拓也の話し合いを横で聞いていたのだが、内容がちんぷんかんぷんだったらしく、早々にあきらめて向こうに行ってしまった。

ぼくと拓也は大扉を開け放った格納庫の中にいた。こうするといい風が吹きこんできて気持ちがいいのだ。

「やっぱり、なるべく低く飛ぶしかないのかな。波と地形にまぎれてさ。早朝に出れば、朝もやにも隠れて視認しにくいだろうし。エゾに入れば、その地図に従って山あいを飛べばいい」

ぼくは山岳の3D映像を指さした。

「そうだけど、このデータで飛ぶのはちょっと不安だな。古い地図だし、実際の地形はやっぱり行ってみないとわからない。上陸後はリスクを冒《おか》して高度を取るしかないと思う」

「上陸さえしちゃえば、ユニオンのレーダーには捉《つか》まらないんじゃないか。注意が向いてるのは緩衝地帯だろ。ヴェラシーラは小さいし、うんと高度を取れば地上に落とす影は小鳥より小さくなる」

「ああ、たぶんな。そうなるとやっぱり、上陸と同時に動力もチェンジだな。海は高速でいっきに抜けて、陸は静かに飛ぶんだ」

「うん」

それからぼくらはまた作業にとりかかった。拓也はパソコンに向かって航空制御プログラムを組み、ぼくは基盤に向かってせっせとハンダ付けをした。かちゃかちゃという小刻みな打鍵《だけん》音が室内に響いていた。ぼくの手元からはごくうっすらとした白煙やハンダ線が溶ける匂いがたちのぼっていた。

こうしたこみいった作業は、我を忘れて没頭するようにつとめないと苦痛になってくる。だから自分が手元だけの存在になるように意識を集中していく。やがて時間の感覚がなくなる。気がつくと驚くほど作業が進んでいる。

ぼくはふと何かの気配を感じた。意識に上らないレベルで音を聞いたのかもしれなかった。

外?

ぼくはハンダごてを置き、背中を伸ばして立ち上がり、外に出た。

あいかわらずいい天気だった。日なたに出ると肌がひりつくほどだった。草の緑がやたら濃くて、そこに強い光が当たってまぶしかった。雲はゆっくり動いていて、湖の水面は風で波がたっていて……。

それから目に入ってきたものに体が冷える思いがした。ゾクリと一発悪寒《おかん》がきてから見たものが意識の上にのぼってきた。

格納庫のすぐ目の前に、三つのプラットホームがある。それらをつなぐための木造の跨線《こせん》橋《きょう》がある。作りかけのまま野ざらしにされたおかげで床に穴があいていたり壁の一角がなかったりする。

その、壁のないところに、サユリが片手でぶら下がっていた。今にも下に落ちそうだ。彼女の真下は湖だ。線路部分は湖とつながって水没しているのだ。

「沢渡!」

ぼくはとっさに走り出した。

ジャンプして水路を飛び越え、駅構内に飛びこんだ。走りながらも、決してサユリを視界から外さなかった。

サユリは片手で、床部分の板の端にぶら下がっていた。ときおり目をぎゅっとつぶったり、体重を支えている手がぶるぶると震えたりした。何が起こったのかはすぐにわかった。あのへんの床板は雨に侵食されてボロボロなのだ。たぶんサユリは跨線橋にのぼって、壁の破れたところから遠くの景色を見ていて、そして床がバキッと折れたのだ。

「待ってて！」

ぼくは跨線橋の階段を駆け上がった。踏んだ足元がバキバキ鳴った。上りきると、サユリのいる向こうの端までダッシュした。

「だいじょうぶ……だよ。そんなに、高くないから」

サユリが下を見ながら不安げに言ったその瞬間、彼女の手がしがみついているせり出した板が音をたてて割れた。

ぼくはその板が割れる瞬間をほとんど真上から見た。

落ちる！

よりどころを失い落ちていく彼女の手。その手首――。

その手首を掴《つか》んだ！

頭から飛びこむ勢いだ。

ためらったらやばいという直感があって、握りつぶすようなつもりで摑んだ。ずっしりとした重さと衝撃が急激にかかって、肩から手が抜けそうになった。サユリはずいぶん瘦《や》せていて、絶対に四十キロ台だろうけど、それでも片手で支えるには相当重い。目の前に空の色が映った湖があった。プールの飛びこみ台に立ったみたいに、宙に上体を乗り出しているからだ。空色のすぐ手前にぼくの顔をまっすぐ見上げるサユリの顔があった。青ざめてこわばっている。無理もない。そこまできてようやく、

(間に合った!)

という実感がこみあげた。腕から全身にゾワッとしたものが伝った。急激に汗が吹き出しはじめた。

ぼくに手首を摑まれて空の下にぶら下がっているサユリは、何分の一秒か、ぼくを見つめた。その顔が、ふわっとゆるんだ。呆然《ぼうぜん》、といった顔になった。

「わたしたち……前にも」

彼女は確かそう言ったが、ぼくはほとんど聞いていなかった。安堵《あんど》で気持ちがいっぱいになっていてそれどころではなかった。ため息が漏れた。

「よかった……間に合って。いま……」

引き上げるから、と言おうとしたときぼくの足元の板が割れた。平衡感覚がおかしくなった。目の前にキラキラした水面があって、直後、全身に水を感じた。湖に落ちたのだ。砂が水中に舞い上がって何も見えない。一瞬パニックに陥ったが、足が水底を見つけて、頭を水面につき

出すことができた。ほとんど同時にサユリも水の下から頭を出した。まっすぐ立つと腰までしか水はなかった。

事態にやっと気づいたらしい拓也が駆けつけてきた。彼は小走りに走ってきて、水際の岩場に立った。見まわすと、彼のいる岩場から陸に上がるのがいちばん楽そうだった。ぼくとサユリはそっちに向かって水の中をざぶざぶと歩いた。

「大丈夫か」と拓也は言った。「ケガしてないか？」

「うん、濡《ぬ》れただけ」とサユリが言った。それからぼくに「ごめんね、藤沢くん。ありがとう」と笑いかけた。

「まあ、下が水でよかったのかもな」拓也はサユリをひっぱりあげるために右手をさし伸ばした。サユリが彼の手をとろうとした。

いたずら心がひらめいた。というか、そう簡単にサユリと手をつながせるもんかという気分もちょっとあった。ぼくはサユリより先に拓也の手を摑み、おもいっきり引っ張った。

「うわ、おい、ああっ！」

拓也は崩れたバランスを取りもどそうと水際でふんばったが、豪快な水しぶきをあげて水没した。

ぼくはげらげら笑った。「自分だけ乾いたままでいようなんて友達甲斐《がい》がないぜ！」

「何すんだよ！」

拓也が水中から飛び出してきてぼくにのしかかってきた。ぼくはまた頭まで水の中に浸かった。体勢をたてなおして水面上に頭をつきだすと、狙いすましたように顔に拓也の水しぶきが飛んできた。

「ずぶ濡れになっちゃったじゃないか」

「おそろいだなァ」

「うるさいよ」

ぼくはさっきから笑いが止まらなかった。「わりーわりー。おまえ一人涼しい顔してるの見たら、ついさ」

「なんだとー」

「そんなに怒るなって」

「怒るぞ！」

ぼくはまたじゃぼんと拓也に水の中に沈められた。ぼくは浮力を利用して拓也の頭に飛びかかって沈め返してやった。すると水中で拓也がぼくの足をすくった。ぼくは盛大にコケて水面に浮かんだ。

「おまえもう上がってくるな。行こうぜ、沢渡」

岸に向かって拓也は歩き始めた。サユリはいつのまにかくすくすと笑っていた。

「おい拓也、待てよ。沢渡、やつに機嫌直せって言ってやってよ」

「ごめんね、白川くん。……んん」サユリはむすんだ口の中にまだ笑みを含んでいた。

「どうした？　沢渡」拓也が訊《たず》ねた。

「白川くんと藤沢くんを見てたら、なんか、いいなあって」

「何が？」ぼくと拓也はきょとんとして異口同音に言った。

　幸い天気はよくて、真夏の炎天がストーブみたいに地面をあぶっていた。ぼくら三人は服を着たまま廃駅のホームに転がって体を乾かした。ときどき寝返りを打ったり、うとうとと昼寝をしたりして二時間ほど過ごすと、服はほとんど元通りに乾いてしまった。

　やがて夕暮れがやって来た。ここから見る夕日はいつも真っ赤だ。陽に向けて柱に立てかけたサユリの革靴に、赤い光が反射していた。

「沢渡がぶら下がってるのを見たときにはビックリしたよ」ぼくは言った。

「ボロボロで、危ないのはわかってたんだけど……ちょっとお散歩して気分を変えたくなっちゃって」

「退屈させちゃったな」拓也は申し訳なさそうだった。「俺ら、沢渡ほったらかしてずっと作業してたもんな」

「ううん、そんなつもりじゃ。いいの」サユリはあわてて首を横に振った。「高いところから景色が見たかったの。それと、塔をよく見たかったんだ……」

「ああ」拓也はうなずいた。

「ここは、塔がよく見えるね。よく見えるだけじゃなくて、綺麗《きれい》に見える。なんだか見とれちゃって、陸橋のへりに座って、ぼんやりしちゃった。ずーっと座ってたから、床板に負担がかかっちゃったのかな」

サユリの喋《しゃべ》りかたは中立的だったけど、ひょっとして、自分が重いからじゃないわという女の子らしい含みがあったかもしれない。

だけど、サユリは、そんなこと絶対誰も思わないくらいに痩せた女の子だ。もう少しふくよかにならないとやばいんじゃないかと思うくらいだ。手首を摑んだときの折れそうな細さが忘れられない。

ぼくは腹筋で起き上がって、視界の端でサユリを見た。

サユリは足を伸ばして、膝《ひざ》に手を置いて座りこんでいた。靴と靴下を脱いだ素足を赤い陽光にさらしていた。長くて細い足だ。ぼくはその曲線の美しさに急に気づいてドキリとした。ぼくはしばらくの間、彼女のふくらはぎや、短いスカートからつきだした太腿《ふともも》を盗み見ていた。

サユリはぼうっと自分のつま先を眺めていた。それから特に意味もなく、人差し指で足の親指に触れた。サユリの近くにはさっきからてんとう虫が一匹飛んでいて、それが彼女の指先に止まった。てんとう虫はサユリの指を少しずつよじ登り始めた。サユリはそれを脅かさないようにじっと動きを止めた。

「わたしね、さっき、一瞬だけ夢みてたんだ……」

「夢？」ぼくは訊《き》き返した。「どんな夢？」

「んー、あぁ、忘れちゃったなあ。でも、たぶん、あの塔の夢」

「嘘みたいな眺めだもんなあ……」拓也がため息混じりに言った。「ユニオンはすごいよ」

ぼくは塔に目をやり、視線で下から上へ向けてその直線を撫《な》で上げた。

「塔の先、他の世界までつながっていそうだ」

塔の上方は、かすんで見えない。どんなに天気がいい日でも、塔の天頂というものは見えたことがない。高すぎて果てが見えないのだ。

空から飛行機の音がする。

サユリの指にてんとう虫はまだ止まっている。

てんとう虫は彼女の人差し指のつけね近くにうずくまっている。ぼくにはそれが、指輪についた赤い宝石のように見える。

それが飛び立つ。

虫を脅かさないようにじっとしていたサユリが、ひとつため息をつく。体をそらし、コンクリートに手をついて空を見上げる。

「夕日、なかなか沈まないね……」

本当にそうだ、とぼくは思う。

周囲の光が赤みを帯び始めてからだいぶ経つのに、太陽はまだ水平線の上にある。

夕暮れの時間なんてほんの一瞬みたいなもののはずなのに、永遠みたいに引き伸ばされて感じる。

「なんだか一日中、夕暮れだったみたいに思える」とぼくは言った。

サユリがぼくを見た。

ぼくは夕方の赤い光の中、サユリの瞳《ひとみ》を見た。

そのとき時間が止まった——

——ぼくは白昼夢を見た。

その一瞬の夢の中で、ぼくはサユリだった。そしてサユリは壁の破れた跨線橋《こせんきょう》のへりに座って塔を眺めていた。塔の方角から風が吹いてきて湖面を波立たせた。

やがて視界全体の色彩が、刷毛《はけ》でなでたように変わった。空の色が、古い写真のようなくすんだ色に変わった。奇妙な金属音がした。不吉な飛行機雲が幾筋も伸びて空を覆いつくした。

そして世界が裏返った。

上が下に、左が右に、手前が奥になった。裏返ったのは世界ではなく自分かもしれなかった。

塔の周りに、火花に似た小さな光がいくつもはじけるのが見える。サユリはそれをなんだろうと不思議に思う。

ぼくは知っている。それは戦闘の光だ。

戦争。

あそこで戦争が起こっているのだ。

ぼくはそれを、特に感慨もなく眺めている。夢の中だから、うまくものが考えられないのだ。

そして、それが起こる。

塔の根元のあたりに閃光《せんこう》が生じる。

カメラのフラッシュを何十倍も強力にしたようなやつだ。

一拍遅れて――。

塔に、
大爆発が起きた。

閃光を中心として、不吉すぎる紅色が放射状に広がる。全天が真っ赤に染まる。真っ赤に染まった上から、それ以上の赤色が空を塗り替える。その上からさらなる暗い赤色が世界を染める。

塔がこなごなに砕けていく。砕けたままゆっくりと空から落ちてくる。落ちながら塔は燃えている。

何もかもが壊れて、消えて、なくなるんだ。そうぼくは思う。世界の終わりを見ているんだとぼくは悟る。世界の終わりはペンキみたいに赤いんだな。ぼくは静かに感動を覚える。

大気が鳴動する。

そして爆風がやって来たのだ。

猛烈な熱が全身をあぶる。髪が暴れる。服が暴れる。吹きとばされそうになる。跨線橋がゆがみ、きしみ、揺れる。

空中にせり出していた床板が折れる。

そこに座っていたぼくは、ふいに平衡感覚をなくす。落ちている。ぼくは落ちている。サユリは落ちてゆく。そうか、空を支えていた塔がなくなったから、空が落ちてきたんだ。当たり前のことじゃないか。

ぼくはどこまでもどこまでも落下してゆく……。

眠っているときにたまに生じる落下感の錯覚があってビクッとした。ぼくは周りを見まわした。ぼくは廃駅のホームにいて、拓也とサユリと一緒に夕日を眺めていた。一瞬夢を見ていた気がした。

それはとても大切なことのような気がした。

「おれ、なんか一瞬、夢見てた」とぼくは言った。

「どんな？」とサユリが言った。

思い出せなかった。「忘れちゃったな……」

「夕日、なかなか沈まないね……」と彼女が言った。

そのとき見た白昼夢を思い出したのは何年もあと、すべてが終わり、さまざまなものが損《そこ》なわれてしまったずっとあとのことだった。ぼくはいつも、何もかもが手遅れになってから大事なことを思い出す。

ぼくら三人は、服と靴が完全に乾いたあとも、なかなか沈まない夕日を飽きもせず眺めていた。永遠にこの夕暮れが続く気がした。続いてほしいと思った。

でも大きな太陽はゆっくりとではあるけれど確実に西に落ちて、水平線にさしかかり、やがて完全に姿を隠して、低い空にあいまいににじんだ輝きだけになった。

すっかり薄暗くなった周囲を見まわして、ぼくと拓也はどちらからともなく立ち上がった。けれどサユリは膝に手をひっかけた格好でじっと座り続けていた。帰りたくないな、と彼女が言った。

「夏休みだぜ」と拓也がサユリに語りかけた。「夏が終わるまで、ここはずっと俺たちのものだ。明日《あした》また来ればいいんだ。明後日《あさって》でもいいよ。いつだって来たいときに来ればいいんだ。これから毎日、いくらでも今日みたいな日が続くんだよ」

サユリは顔を上げて、雲が形を変えるように笑顔になっていった。


本当に、あれは特別な夏だった。

ぼくはいまだに、あの日の記憶から自由になれないでいる。

そしてその日を最後に、サユリはいなくなってしまった。

12

夏休みが始まった。ぼくと拓也は毎日朝から昼過ぎまで蝦夷製作所で働き、それから廃駅に行って夜までヴェラシーラを作った。

終業式の日の別れ際に、明日から毎日遊びに来ると言っていたサユリは、一度も姿を見せなかった。それは少しばかりさびしいことだったし、どうしたんだろうと首をかしげることもあったけれど、目の前にはもうすぐ飛べるようになるリアルな飛行機があって、ぼくらはそれにのめりこんでいた。

もうすぐだ。ぼくは心の中で何度もそれを口にしていた。もうすぐ飛べる。そしてあの場所に行ける。

約束の場所に。

サユリはユニオンの塔に行きたいと言った。連れて行くと言ったら丸い目をもっとまんまるにして驚いていた。絶対に連れて行ってほしい、約束してほしいと強く言った。とても切実にそう言っていたのだ。連れて行くとも。もうすぐそうしてあげられる。そう思うと、少しばかりのさびしさや疑問はいつしか自然に後回しのことになるのだった。

拓也は二週間ばかり、制御プログラムの構築にかかりきりになっていた。途中でいくつか、複雑な処理を必要とする部分があって、それに手こずっていたのだ。プログラムは二人で手分けして開発していたが、そういった部分はぼくの手には負えなかった。それでぼくはソフト方面の開発からは手を引き、ハードウェアを専門的に担当することにした。

八月六日に、登校日があった。その日サユリは学校に来なかった。

「体調でも崩したんじゃないかな」と拓也は言った。そういえば彼女はあまり体が丈夫ではなかったことをぼくは思い出した。

「ぼちゃーんと水の中に落っこちたからなあ……」ぼくは終業式の日のことを思い浮かべた。

「それで調子を悪くしたかもしれない」

「ありえる……」拓也は煙を吸い込んでまずそうに顔をしかめた。

それから一週間、ぼくらはまた飛行機作りに没頭した。着実に完成に近づいていたが、夏休み中という目標には間に合わなかった。

八月十三日に、新学期が始まった。始業式の列に、サユリは相変わらず姿を見せなかった。HRが始まる時間になっても、サユリの席にサユリの姿はなかった。さすがに嫌な予感がした。

ぼくの担任は佐々木《ささき》センセイという若い女の先生だったが、彼女が教壇に立って、久しぶりとかいった世間並みの挨拶《あいさつ》もないうちから、まずひとつ大事な話がありますと言った。

「沢渡佐由理《さゆり》さんは急な家庭の事情で、夏休み中に転校されました」彼女はいささかかしこまった口調で言った。言い馴《な》れない連絡事項を告げるのを居心地悪く感じているみたいだった。

教室がざわめいた。

ぼくは彼女が何を言ったのかしばらく理解できなかった。だんだん内容が意識にしみとおってきたが、それと同時に頭の中に竜巻のような混乱が起こった。ぼくは机の上の自分のペンケースを見つめた。そこに置かれているペンケースがぎゅっと遠ざかった。と思ったとたんに目の前まで近づいてきた。遠近感が狂っている。目が回っている。

ぼくは目を閉じて、眉間《みけん》を押さえ、それからこめかみに中指を押しつけた。おい、落ち着けよ。ぼくは自分に語りかけた。何が落ち着けだ、馬鹿野郎。ぼくはいらついて自分に言い返した。

転校？

ぼくは口の中で小さくそうつぶやいてみた。それはひどく非現実的な単語のように感じられた。

そんなばかな。

その日はこみいった連絡事項だとか宿題の提出だけで学校は終わりだった。ぼくは即座に拓也のクラスに行って彼をつかまえた。

「そんなばかな」と彼は言った。「なんだよ、家庭の事情って」

「わからない」

「転校先の学校は？」

「それもわからない。HRでは言ってなかった」

「訊《き》きに行こう」彼は職員室に向けて大またで歩き出した。

職員室の木製の引き戸を開ける拓也の手には力がこもっていた。彼は腹を立てているようだった。ぼくは彼が本気で怒っているところを初めて見た気がした。彼はまっすぐ佐々木センセイのところに行き、なんの前置きもなく訊いた。

「沢渡の転校の理由を教えてください」

「白川くん……」

彼女は拓也のこわばった顔に驚き、それからクラスで転校を告げたときと同じとまどいを見せながら言った。「ご両親からは、家庭の事情というふうにうかがっているけれど……」

「事情ってなんなんです」拓也は重ねて訊いた。「本人の挨拶ひとつなく急に転校なんて普通じゃない」

「学校側は、そこまで立ち入ったことは聞いていないわ。あのね白川くん……」

「じゃあ転校先の学校を教えてください」

彼女はかすかにうろたえだした。

「それが……こちらではわからないの」

「わからない？　そんなわけないでしょう。手続きだってある。転校先を通知しないで転校するなんてできっこない」

「そうね」佐々木センセイは言った。「本来ならそうなの。でも、どうしてかそうなってしまっているのよ。それでこちらも困っているの。とにかく、学校側は、沢渡さんの転出先をまったく把握できていません。その件で教頭先生がいま飛び回っていて……」

「そんな……」ぼくはつぶやいた。

「そんな馬鹿な話ってない」拓也が言った。

職員室を出て、拓也はもう一度「そんな馬鹿な話があるか」と言った。

それまで呆然《ぼうぜん》としていたぼくも、理不尽だと思えてきた。そして思い出した。一学期の始めに配られたクラス名簿を、ぼくは鞄《かばん》に入れっぱなしにしていて、今持っているのだ。もちろん、サユリの住所が載っている。

ぼくは鞄の奥からしわくちゃになった名簿を探し出した。

「拓也、じかに訊きに行こう」

ぼくらは電車に乗り、中小国駅で降りた。

拓也のノートパソコンでウェブの住所検索サービスを開き、サユリの家の住所を打ち込んで地図を表示させた。彼女の家は駅近くの県道沿いにあって、見つけるのは簡単そうだった。

実際に簡単だった。庭の広い、大きな家だった。向かいや両隣の家の倍ぐらいの敷地があった。高い塀があり、その上から松の木の枝が突き出ていた。家は平屋の日本家屋で、ずいぶん年季の入った、しかし頑丈にしっかり作りこまれた立派な建物だった。ぼくらは庭先に踏み込み、玄関のブザーを押した。家の中で人の気配がして、やがてサユリの母親らしき女性が玄関から出てきた。玄関口も広かった。サユリの母は、サユリに似ていなかった。

沢渡の友達です、と名乗ると、彼女は驚いていた。

「佐由理に友達？」彼女はそれが意外なことであるように言った。ぼくはそのことにはっきりとした反感を抱いた。でも顔には出さなかった。たぶん出なかったはずだ。

「そうです」とぼくは礼儀正しく言った。

「沢渡に挨拶しに来ました」拓也が続けた。

沢渡母は佐々木センセイとそっくりな困惑を浮かべた。そして佐由理はもう引越し先に移ってしまったのだと言った。

「急に決まったのよ」と沢渡母は言った。「夏休み中にはもう向こうで……。ご挨拶もなくてごめんなさいね」

沢渡母の態度はよそよそしかった。それは男二人が一人娘を急に訪ねてきたときの当然のよそよそしさだったのかもしれないが、そうではない気もした。

引越し先の住所を教えてほしい、とぼくらは言った。もしくは転校先の学校名でもいい。

沢渡母は少し黙った。

それから、それは事情があって教えてあげられないのだと言った。

事情……。

(なんだ、それは)

ぼくはかっとして、沢渡母につかみかかりたい衝動にかられた。あやういところで我慢し、しかし他にどうすることもできなくて、「事情ってなんですか」と馬鹿なことを訊いた。

もちろん、答えてはもらえなかった。

「佐由理は新しい環境で、新しい生活を一から始めなければいけなくなったの」さすがに申し訳なく思ったのか、沢渡母はいくぶんやわらかなトーンで言った。「とてもこみいった、一言では言えない事情があるのよ。それでしばらく、今までの環境やお友達から完全に離れる必要があるのね。だから悪いけれど、そっとしておいてやって」

「沢渡がそうしたいって言ったんですか」拓也が鋭く訊いた。

「そうではないけれど……いえ、そうね、あの子の希望でもあるわ」

あからさまに不審な答えだ。ぼくと拓也は、どっちなんだよ、という疑問を喉《のど》の奥で転がしたまま沈黙した。攻撃的な沈黙だ。そういう黙り方はぼくも拓也も得意だ。

「あの、あなたたち……」

沢渡母は根負けした。

「お名前教えていただける？　こんど佐由理に、あなたたちが会いに来たって伝えておくわ」

まだ不満だったが、それ以上どうともなりそうになかったので、ぼくらは会釈して沢渡の家を辞去した。駅までの道を、ぼくと拓也はむっつりと黙り込んで歩いた。ふと何かがひっかかった。ぼくはなんとなくそのひっかかりの正体を確かめようとした。沢渡母は、こんどサユリに伝えておく、と言っていた。

言葉のアヤかもしれない。けれど、その言い方からすると、沢渡母自身も、サユリになかなか会えないでいる、そんなように聞こえる。

こんど？

サユリはいったい、どこへ行ったっていうんだ?

ほとんど逃げ込むように廃駅の格納庫にたどり着いて、しばらくぼくらは無言だった。それからのろのろとヴェラシーラの仕上げを始めた。

でも拓也のキーボードの打鍵音《だけん》はぽつぽつといつになくのろかったし、ぼくもベルトに固定した工具ホルダーがやけに重く感じられた。そのうち完全に働く気がしなくなって、雨の日の洗濯物みたいにだらりと機体にもたれかかった。

「事情ってなんなんだよ……」ぼくは無意識にそうつぶやいていた。

つぶやいてから、本当になんだろうと思った。少し考えてみたが、ろくでもない昼のメロドラマみたいなことしか思い浮かばなかった。

機体の向こう側から拓也の声がした。

「金銭的なことじゃなさそうだな。見た感じ、のんびりしたもんだったし。最初は普通に離婚かなとも思ったけど……」

「それは行き先を隠す理由になってない……」

「ああ。となるといったいなんだ」

なんともいえなくて、ぼくは黙った。拓也もそれきり沈黙した。

沈黙の中で、ぼくと拓也はぐるぐるとあてもない想像をめぐらしていた。考える材料が足りな過ぎて、どんなに考えても腑《ふ》に落ちる答えなんか出ないのだ。それはわかっているのだが、もやもやと考えることをやめられないのだ。そして不吉な感じだけが蓄積していく。

拓也が唐突に言った。

「どんな理由だろうと、それは沢渡にとっても急な話だったんだ。俺たちに黙っていなくなったのは、沢渡の意思じゃない」

「どうしてそう言えるんだ？」

「だってほら……こっち見ろよ」

ぼくは機体を迂回《うかい》して拓也のほうへ行った。彼は壁際の一角を見ていた。

そこにはサユリのバイオリンケースが立てかけてあった。あの夏休みが始まる日の帰り際に、重いし疲れたからと言って彼女はそれを置いていったのだ。

「沢渡は夏休み中、またここに来るつもりでいたんだ」そう拓也はつぶやいた。

そうか……。

でもそれは、よい判断材料とはいえないのかもしれなかった。それはつまり、サユリがどこかに行かなくてはならなくなった理由が、それほどせっぱつまった、深刻なものだったということにならないだろうか。

ぼくらはろくに作業を進めることもなく、憂鬱《ゆううつ》な気持ちを抱えたまま家に帰った。

そんなふうに晴れ晴れしない気分が三日くらい続いた。

そこまでくると、さすがに、沈みきった自分の気持ちが嫌になってきた。何もかもがはっきりしなすぎるから、気持ちが堂々めぐりをするのだ。ぼくは何かをはっきりさせたかった。

「もう一度、沢渡の家に行ってみよう」

　ぼくは拓也にそう言った。

「そうだな……。熱心につっつけば、何か新しい話が聞けるかもしれない」

「じゃあ行こう」

　ぼくらは前と同じように中小国駅で降り、県道を歩いた。

　そうしてぼくと拓也は同時に立ち止まって、一分間くらいなにも言わずにただじっと立ちすくんだ。

　サユリの家のあった場所は、完全に更地になっていた。

　照明もつけずに廃駅の格納庫でぼくらは黙りこくった。それは数日前の沈黙とは性質が異なるものだった。

　サユリは完全に消えてしまった。

　そう思えた。どこかへ行ったのではなく。大きくて圧倒的なものが彼女を連れ去ってしまったような感触をぼくは味わっていた。理不尽だ、とぼくは無言で繰り返した。ぼくはサユリをさらった形のない仮想的な何かに怒りを投げつけていた。

　そんなことをしていても体や頭が焼けつくだけだった。疲れきってやがてしょんぼりした。しょんぼりしているとまた発作のように腹立ちがよみがえってきて、それが何度も何度も拷問みたいに繰り返されるのだった。

それは、感情の矛先《ほこさき》が具体的でないからだ。

怒りの対象が具体的でないというのは、たちのわるいことだった。嫌な気持ちを解消することができないから、いつまでもいつまでもひきずってしまう。

拓也は作業台の前の椅子に座って、壁をにらんでいた。ぼくは未完成のヴェラシーラの周りをぐるぐる歩いていた。足の裏が疲れてきたので、立ち止まった。偶然だが、そこはサユリに初めてヴェラシーラを見せたとき、サユリがいた場所だった。

ぼくはあのときサユリがいた場所に立ち、彼女がうっとりと頬をつけていた場所に指先をつけた。

沢渡。

どうするんだよ、ヴェラシーラは。

おまえを乗せて、飛ぶんだって、約束しただろ。

おまえのヴェラシーラを置いてどこかに行っちまうのかよ。

そんなふうに心のなかでつぶやきつづけていて――おまえのヴェラシーラというフレーズが出て来たことに自分でショックを受けた。ぼくはいつのまにか、自分のためではなく彼女のために飛行機を作っていたのだ。彼女との約束を目的にしてヴェラシーラに触れつづけていた。彼女との約束を守ることは、ぼくにとってあまりにも自然で自明だったので、動機のすりかわりに今の今まで気づかなかったのだ。

サユリがいなくなったことで、何かが消えてしまった。――ぼくは、ヴェラシーラに対する情熱を大幅に減衰させている自分に気づいて、とりかえしのつかないものを必死で追いかけて追いつけないような、ひりひりとした焦燥を味わっていた。

ヴェラシーラは、あと一週間も作業をすれば完成する見通しだった。翌日もぼくと拓也はいつも通り学校が終わると津軽線に乗り、廃駅で仕上げをした。いつもと違うのは、ぼくも彼も鬱々《うつうつ》とした気分だったことと、さっぱり作業が進展しなかったことだけだ。

その翌日、拓也は廃駅に来なかった。ぼくは南蓬田の駅のホームで彼を待っていたのだが、電車が到着しても彼は姿を見せず、しかたなくぼくは車両に乗りこんだ。いろいろ厳しいこともあったし、風邪でもひいたんだろうか。

ぼくは一人さみしくヴェラシーラに手を入れた。この段階になるとぼくの担当パートと彼の担当パートは完全に分かれていたから、一人でもまあ問題なかった。だが、途中ではりあいがなくなってしまって、やがて作業をやめ、日暮れまで湖に石を投げて過ごした。

その次の日、南蓬田のホームに拓也は定刻どおり現れた。昨日の「欠席」について、とくに説明する気はないらしかった。

さらに次の日には、拓也はまた姿を現わさなかった。

その翌日は、ぼくが廃駅に行かなかった。

廃駅に行かなかったことでぼくは後ろめたくて、その翌日、学校で拓也と顔を合わさないようにきをつけていた。でも南蓬田のホームに拓也が姿を現わさなかったときには、勝手な言い草だけどがっかりした。廃駅に行ってみると、昨日拓也はここを訪れなかったようだった。進《しん》捗《ちょく》状況をメモしておくノートがあるのだが、彼の記録はなかった。ぼくは疲れていた。ぼくはそのことを自覚した。少し休みたい、と思った。そんなふうに思ったのはここ数年ないことだった。なんといってもぼくは拓也に会う前はすべてを一人でこつこつとこなしてきて、それに疑問を持ったこともなかったのだ。でも今、一人でいるのは、やっぱり少しばかりしんどいことだった。

翌日と翌々日、ぼくは廃駅に行くのをやめた。ホームで拓也に会ったら予定を変えて「出勤」しようと思ったけれど、会わなかった。

それから一週間ばかり、ぼくは廃駅に、行ったり行かなかったりした。行った日も、ぼうっと空を見たりして過ごした。

文化祭準備のシーズンが近づいてきていて、学校はざわついていた。どういうわけかうちの中学は文化祭の日程が他の学校より早い。そういえばゲリラで模型を飛ばしたのは二年前の今ごろだ。それを思い出してなつかしいようなせつないような気持ちになった。

その日、ぼくは弓道部の後輩から文化祭に関連して相談事を持ち込まれたので帰りが遅くなり、久しぶりに部活組の電車に乗ることになった。

時間は違っても習慣というやつで、ホームのいつものポジションで電車を待った。すると横から、聞いたことのある足音とよく知っている声が聞こえて、思わず目をやった。

目をやる前から拓也だとわかっていたのだが、隣にかわいらしい女の子がくっついていて、ぼくは軽くうろたえた。スケート部の後輩の松浦可奈だった。まだ残暑厳しいというのに松浦可奈はぴったり拓也にひっついていて、どうみても部活仲間がたまたま一緒になったという状況ではなかった。

「なんなんだよ、それは」

ぼくは開口一番そう言った。自分ではわからなかったがキツい顔をしていたらしく、松浦可奈がおびえたような表情をした。

「なんなんだよってのは、なんだよ」拓也がおうむ返しに言った。

「おまえ……」自分の声が少し震えていた。サユリのことはどうなったんだよ、と言おうとして、ぐっと飲みこんだ。それを松浦に聞かせるわけにはいかない。

「あれはもう、しかたないだろう」拓也も固有名詞を避けて言った。「もう手詰まりじゃないか。いつまでも、そればっかり考えてるわけにはいかないだろ」

「ヴェラシーラはどうするんだよ」

「それは……」拓也の声がかすかに弱々しくなった。「あれは……俺はもういい。なんか気が抜けちまった。あとはおまえだけでやれよ」

「本気で言ってるのか？　やめろよ……やめるなんて言うのやめろよ。一緒にあそこまで行こうって言ったろ」

「いや、俺はなんかもう疲れた……」彼は本当に疲れた口調だった。その疲れは正直わからないではなかった。「どっちみち、あのへんのことは、こうなる運命だったのかもな。ちょうどいい引き時かもしれないしさ……」

「おまえ！」ぼくは怒鳴った。「酸っぱい葡萄《ぶどう》でも気取ってんのかよ！」

「仮にそうだとして、だからなんだってんだよ」

「おまえには似合ってないって言ってんだよ。そんなの、おまえのやり方じゃないだろ。おまえ、そんなやつじゃなかっただろ！　やめろよ、そういうの」

「おまえに俺の何がわかってるって言うんだ」彼はひどく陳腐なセリフを言った。三流のドラマよりまだひどい……。

「気分悪いぜ。おまえ、こっちの車両来るなよな」

彼はそう言って、松浦を促して隣の車両が停車するあたりまで遠ざかっていった。ぼくは頭に血が上って半ばぼうっとしたまま彼らを見送った。松浦はぼくを気にして何度か振り返ったが、拓也はつとめてこっちを見ないようにしていた。

やがて電車が来て乗り込んだが、隣の車両に彼がいると思うといらついて落ち着かなくて貧乏ゆすりが出た。ぼくにはそんな癖はなかったはずなのに。

あまりにも気持ちがささくれだっていて、廃駅に行く気になれずに、その日は直接家に帰った。

次の日ぼくはきちんと気持ちを入れ替えて廃駅に行った。そうしたのは、拓也への反感があったせいだと思う。もともとぼくは何もかも一人でやってきたのだ。あいつがもうつきあわないというなら、きっちり一人でやりとげてみせようじゃないか。

そうして勇ましく出向いたのだが、がらんとして自分が立てる物音しかしない格納庫は、想像以上にぼくをうちのめした。

それでも気持ちを奮い立たせて工具を振るっていたのだが、いつもは離れたところから聞こえてくる拓也愛用のメカニカル・キーボードのカチャカチャ音や、ハードディスクがアクセスするカリカリという音が聞こえてこないのが、思った以上のダメージを与えた。

ふいに虚《むな》しくなった。

脱力して、持っていた工具をぽろりと落とした。

おれは何をやっているんだろう。

膨大な時間と手間と資金をかけて。なんの意味があるんだろう。一緒に成功を喜ぶ友達もいないのに。すごいすごいと手放しで誉めてくれる彼女もいないのに。

ぼくはアルミの脚立《きゃたつ》から一歩ずつのろくさと降りて、地面にしゃがみこんだ。もう、どうしたっておれだけなんだ、と思った。完成する瞬間も。飛び立つのも、たどり着くのも。

それは、なんてつまらないことだろうと思う。

少しずつ、まるで雑巾《ぞうきん》を絞るみたいに、活力が体から抜け落ちていった。いつのまにか、体に力が入らなくなっていた。

サユリ、君がいなくなったからだぞ。ぼくは心でつぶやいた。君の存在は大きすぎた。だからぼくらは君にいろんなものを預けすぎたんだ。君に消えられたら、もう動けない。

もう駄目だ。

もう作れない。

ぼくらをつき動かし、前へ前へと推し進めていた力がどこかへ去ってしまったのを悟った。身につけていた工具ホルダーを外して投げ捨てた。

もういい。

拓也はそう言っていた。あいつはいつも判断が早い。その通りだよ。おまえの言うとおりだ。

もういいんだ。どうだっていいんだ。

ぼくは格納庫の外に出て、両開きの大扉を押して閉めた。それから鍵《かぎ》がわりの鎖で大扉を開かないようにくくって、南京錠を三つひっかけて完全に封印した。

裏口の扉から中に入り、鞄《かばん》を背負った。自分の足音がやけに響いて聞こえる。なぜだかぼくはあせりを覚える。

配電盤のところに行き、ブレーカーを切った。バツッという音がして、全ての灯《あか》りが死んだ。死んだ空間にたたずむヴェラシーラは、博物館の骨格模型みたいにそらぞらしく見えた。

裏口から出た。扉に鍵をかけ、鍵束を地面に埋めた。そして下山ルートに向けてとぼとぼと歩き出した。荷物が重かった。荷物が重いなんて初めて思った。おい、下り道だぞ、と自分に言い聞かせた。どうしたっていうんだ、おれは。

森に入るきわのところに来た。振り返ると、扉を鎖でぐるぐる巻きにされた格納庫が、遠くにうずくまっていた。とてもみすぼらしいもののように見えた。

そのずっと向こうに塔が見えた。あいかわらずまっすぐで美しい。いつもと同じように、ぼくは塔が自分を呼んでいるような錯覚をおぼえた。ぼくは塔に背を向けようとしていて、そのことでぼくは塔に責められているような気がした。塔はあいかわらずぼくを惹《ひ》きつけ、招きよせようとしていた。ぼくはほとんど涙ぐみそうな自己憐憫《れんびん》にとらわれたが、そんな自分に怒りと嫌気を感じてぐっと歯を食いしばった。

ぼくを呼ぶな。

ぼくを誘うな。

ぼくを惹きつけないでくれ……。

ぼくは足元を踏みつけるように強く歩き出したが、すぐに力は抜けていってしまった。うつむいて歩いた。

背後からあの塔が、空の丸みに沿ってのしかかってくるような錯覚にとらわれた。ぼくはうしろめたかったのだ。あんなに必死になっていたものを、何年も感じ続けていた渇きを癒《いや》すことを、そして彼女が言った「約束」という言葉の切実な響きを、なかったことにしようとしている自分がひたすらうしろめたかった。

おれを見るな。

塔の気配に向かってぼくはつぶやいた。

どこか塔の見えないところに行きたい、と思った。

そんなふうに思ったのはもちろん初めてだった。ふとした思いつきだったが、やがてその考えは自分の中で際限なくどんどんふくらんでいった。

あの塔をもう見ていたくなかった。いたたまれなかった。もう近寄りたくなかったのだ、作りかけで放逐《ほうちく》した可哀相な飛行機の痕跡《こんせき》や、ときおりわけもなく思い出すサユリの気配や、そういったものに。

どこかに行ってしまいたい。

サユリが以前、似たようなことを言っていたのを思い出した。そうなのか。それであいつは本当にどこかに消えてしまったのかな。

そう思うと、どこか遠くへ行く、という考えが、急に現実味を帯びてさしせまってきた。家に帰って、それについてじっくり考えた。来年の春がポイントだ。そこを逃してはいけない。受験ガイドブックとネットの受験情報サイトを熱心にあたった。名門受験校として有名なとある東京の私立高校に、地方から上京して通う生徒のための優遇制度があることを知った。入学試験はかなり難しいが、これから本気で勉強に打ちこめばなんとかなりそうだった。

何日かかけて親を説得し、その高校に行く許可をもらった。東京のいい大学に行きたいが、そのためには片道二時間かかる青森市の予備校に毎日通うより、受験体制の整った都内の進学校に行くほうが効率がいいんだとか、そんな理由をひねりだしてつけた。

それからこれまでの勉強の遅れを取りもどすために「猛然」という勢いで勉強を始めた。おもしろくもないつめこみ学習だが、目標を設定して、ロードマップを作って、そこに向かってひたすら進んでいくという作業は苦手ではなかった。机にかじりついて関数のグラフに補助線を引いたり助動詞の活用を唱えていたりする間はサユリや塔のことを思い出さずにすんで、それについては都合が良かった。

拓也とは、学校の廊下でときおりすれ違ったが、お互いに気まずさやうしろめたさがあって、ちょっとした挨拶《あいさつ》もしない仲になった。コドモ社会の言葉でいうところの「絶交」というやつだ。ちょっと前まで毎日ベッタリつきあっていたことを考えると、大変な変化だ。そう思うとやっぱり胸がうずいたけれど、ぼくはぼくで新たにやるべきことがたくさんあったし、できればこれ以上心がかき乱される事態をまねきたくはなかった。

そうこうしているうちに二学期が終わって冬休みに入り、受験ムード一色の三学期もあっという間に過ぎた。

ぼくはギリギリのあやういところで志望の高校に合格した。

拓也の進路がどうなったのかという話は耳に入ってこなかったし、ぼくもつとめて聞こうとしなかった。

拓也との間にあった親密な空気が壊れてしまったことで、ぼくは少しだけサユリのことを恨んでいた。勝手な言い草だとは思うけれど。

恨んだけれど、それはどうしようもないことで、いまさら取り返しもつかないし、本当はサユリが悪いわけではないということもよくわかっていた。だから、しかたないんだ、世の中こういうものなんだと思って、わりきることにした。

だけど、結果からみれば、わりきれるものじゃなかった。もっと後々になって、そのことが身にしみた。

ぼくはサユリが好きだった。拓也のことも好きだった。二人を失ったことで、ぼくの中の、何かが決定的に壊れた。

ぼくは彼らのことを忘れようとして、どうしても忘れられなかった。忘れられないというのは、苦しいことだった。

いやおうなく忘れられてしまうものがあり、忘れたくても忘れられないことがあり、そして決して忘れてはならないこともある。

ぼくはそのことを思い知ることになった。そんなことは思い知りたくなかったのだ。

眠りの章

1

十六歳になる年の春、ぼくは初めて東京の土を踏んだ。

東北《とうほく》新幹線を降りて、改札ゲートをくぐると、人の多さに思わずのけぞった。東京駅の構内はやけに広く、窓がなくて地下都市みたいで、案内表示がなければぼくはきっと建物の外にも出られなかったはずだ。

地下鉄丸ノ内《まるのうち》線を見つけて、乗りこんだ。ホームに立つと電車はすぐに来て、素直に感心した。ここは五分に一本電車が来る世界なんだとあらためて実感した。これまでぼくが属していた場所とは時間の流れがまるで違う。

まさにそういったものを求めてぼくは東京までやって来たのだ。

今朝、三厩《みんまや》の家を出たときのことを思い出した。母は、東京まで付き添っていきたい、そうでなくても青森か八戸《はちのへ》あたりまで見送りに出たいと言っていたのだが、それはどうしてもやめてほしいと断った。ぼくは新しい場所で新しい自分を手に入れたかったのだし、故郷の余韻をまとわりつかせたままここに来ることは、なんとしても避けたいことだった。

西新宿《にししんじゅく》で降りた。階段を上って大通りに出ると、すぐ目の前に、頭にお皿みたいな構造物を載せた高層ビルが天を突き上げていた。でかいなあ、とそのままのことを思った。

成子《なるこ》天神下の交差点を右に曲がり、地図を見ながら五分ほど歩き、ふと見上げると、さっきと同じくらい大きな高層ビルに四方を取り囲まれていた。

絶景だ。

塔の群れだと思った。

ここも塔の街なんだ。新宿新都心の塔群は無感動にぼくを見下ろしていて、特にさしせまった感じを与えなかった。それでぼくはとても安心した。

そこから十分くらい歩くと、急に街の景色が変わった。縦方向に空間を侵食する高層ビル群が急にとぎれ、地面にへばりつくように水平に広がる古い住宅街が現れはじめた。

その景色の変化はやけに新鮮だった。空に向かって下から上に引きつけられていた意識が、急に横方向に引き伸ばされたからだ。その街並みは土地の低いところにあったので、坂の上に立つと広がりを一望することができた。風景の違いが余計にきわだって見えた。

見渡すと、古い住宅街はなんの誇張もなく実に古かった。だいたい、昭和中期の街並みがそのまま保存されているといった印象だ。家屋のほとんどは瓦《かわら》屋根で、雪国育ちで瓦を見慣れないぼくはけっこう感動した。ちゃんと人間の匂いがする街だ。東京というところは渋谷《しぶや》や原宿《はらじゅく》や銀座《ぎんざ》みたいな街ばかりではなかったのだ。

ぼくはその街並みに続くカーブした石段をゆっくり降りていった。あの中にこれから三年間住むことになる寮があるのだ。

少し迷ってから見つけ出した福祉事業団の寮は、真剣にボロかった。

寮といっても、集団生活を強要されるような昔流の寮ではなく、いってみれば木造一間のキッチンつきアパートだ。二階建てで、ぼくの住む部屋も二階にある。父親が仕事の関係で見つけてきてくれた。

実際に眺めると、どう見ても築四十年クラスだ。風呂《ふろ》なし、手洗い共同。そのかわり家賃はおそろしく安い。まあ分相応だなと思った。なんの不満もなかった。優雅な一人暮らしを楽しみたいという気持ちは特になかったので、寝る場所さえ確保できればぼくとしては他のことはどうでもよかった。

部屋の中には、宅急便で送ったダンボール箱が無造作に積み上げられていた。それをよけて部屋を横切り、窓を開けてよどんだ空気を入れ替えた。アルミサッシなんて気の利いたものはついていなくて木枠の窓だったので、ガラス窓を引くときにがしゃがしゃと盛大な音がした。

いい天気だった。

薄暗い部屋に窓から日の光が差す感じは、なかなかいいものだ。

窓を開けたまま、外に出てぶらぶらと散歩をした。とりあえず近場だけでも地理を把握して、新しい生活に備えようと思ったのだ。

共用の玄関を出てあたりを見回すと、寮の両隣にコインランドリーと銭湯があった。ちょっと歩けば、すぐ広い通りに出て、そこにはコンビニもあるし、食べ物屋もいくらでもあった。道を挟んだ向かい合わせに同じコンビニが二軒あるのを見つけたりして、内心あきれもしたけれど。

でもまあ、見たところ、不便はなさそうだった。というより、なんでもあるじゃないか。

なにしろ東京だから、車の音だの人の喧騒《けんそう》だのでやかましい街を漠然と想像していたのだが、思ったよりずいぶん静かな場所だ。

車が通れない中途半端な幅の道には、街路樹が植えられて公園ふうになっていたりして、なかなか感じがいい。

ぼくはその道を歩いて、別の通りに出た。そして迷わない程度に左へ右へと曲がってみた。やがて青梅《おうめ》街道に出た。西側へ向けて歩いていくと、道沿いに金属のフェンスで囲われた一角があり、新たな建物が建てられようとしていた。

更地になったサユリの家を思い出したのはほんの一瞬だけだ。家やビルが入れ替わるのは東京では日常茶飯事なんだよな、と考え、落ち着きを取りもどした。めまぐるしくて追憶にひたる暇もない、というのは、ある意味では便利なことだ。

ぼくはなんの気なく空を見た。

そして――。

愕然《がくぜん》とした。

北の空に――家々の上方に、うっすらと、シャープペンシルの芯《しん》みたいな垂直線が見えた気がしたのだ。

目をつぶって、目を開いた。

体中の毛穴が開いた。

それは間違いなくそこにあった。

塔だ。

青森での景観に比べると、小さく、すごく小さくかすんでいるのだけど、間違えようもなくエゾに立つあの塔だった。

そんなはずはない。見えるはずがないのだ。

ぼくは青森から北海道の中央部までの距離を思い出し、青森から見える塔の大きさをイメージし、頭の中で塔の直径の推定値をはじき出した。余裕をとって、その倍の直径があると仮定してみた。東京からあれが見えるはずはない。それは理論上は確かなことだった。

でも、ぼくの目には、うっすらとあれが見えている……。

ぼくは偶然通りかかった近所の人らしい老人を呼び止め、最近引っ越してきたばかりの者だがあの塔はいつもここから見えるのですかと訊《たず》ねた。老人は自分は目が弱くなってなかなか見づらいが、富士山と同じで天気のいい日には見えることがあるようだと言った。

そんな馬鹿なことってあるか。

老人が行ってしまったあとも、ぼくはそこにただ立ち尽くした。そんなひどい話があるもんか。ぼくはあれを見ないためにこんなところまでやって来たというのに。

ぼくはよろめいていた。がしゃんと音をたてて背中を金網にぶつけた。


入学式があり、新学期が始まった。

遠くの高校に一人きりで、誰も知り合いがいないというのは、きっと肩身が狭いだろうなと覚悟していたのだけれど、それほどでもなかった。生徒のほとんどは東京生まれだったが、日本全国のいろんな場所から集まってきた生徒たちもいて、それを当たり前のこととして受け入れる風土があった。だから地方出身だといってもほとんど疎外感はなかった。

でもやっぱり、地方からわざわざこの学校のために上京してきたぼくのような生徒は、すごく珍しくはないがそこそこ珍しくて、興味を持たれたし、一人暮らしをうらやましがられたりした。ぼくはどう見てもうらやまれるものがないワビ住まいを話の種にしてひとしきり笑いをとった。

ぼくはもともと人からあまり警戒心を抱かれないタイプだったし（それがとても貴重なことだと実感したのは、その資質を全く失ってからだ）、周囲と仲良く、うまくやっていくのはそれほど難しいことではなかった。遊び友達はあっという間に何人もできた。一人暮らしをさびしく思うことも特になかった。少なくとも意識の上では。

学校は西新宿の立派なマンション群の真ん中にあった。都心にあるわりに、アスファルトではないちゃんとした土のグラウンドがあった。

三階にある教室の窓からは新都心の高層建築がよく見えた。

塔を見てしまったあとでは、西新宿のビル群は塔の眷属《けんぞく》であるように感じられた。上方向に自慢げに突き立ったビルを見ていると、落ち着かない気分になった。どうしてあんなものを作るんだろうと思った。なんのためにあれほど高く大きくなければいけないんだ？

いったい、あのビルの中では何が行われているんだろう。

ぼくはときどき首をかしげた。別にその中に入りたいわけではないのだが、なぜだろう、不当に疎外されているような気がする。

高校の勉強は、ずいぶん熱心にやった。

なんといっても、大学受験を口実にして上京してきたのだ。熱心にならないわけにはいかなかった。上京してしまえばこっちのものだ……と思わなくもなかったけど、そのくらいの筋はちゃんと通すべきだろうという気がした。それに、他にやりたいことも特になかった。

そういうわけで、中学時代からは考えられないくらい予習復習をやった。愉快な作業では、ぜんぜん、なかった。けれどそれをやっていれば時間はつぶせたし、つまらないことを考えずにすんだ。シリアスな進学校だったから、「勉強ばっかりしやがって」というようなくだらない見かたは周囲に全く存在しなかった。ここでは勉強ができるというのは正しいことだし、尊敬されることだった。だから、新しい境遇の中で、ぼくはまずまずの位置を占めることができた。クラスメートからはだいたい一定の敬意を示されたし、親しみやすい人間として認知された。そりがあわない人間も少しはいたけれど、問題にならない程度だった。どこにいってもそれなりの居場所はあった。たぶんそれは公平に見て、ずいぶん恵まれた、幸福なことだったのだろうと思う。

でもどうしてだろう。しっくりとくる場所に自分がいないという、漠然とした不安が消えない。

できれば寮に電話は引きたくなかったのだけど、さすがにそういうわけにもいかなかった。父が、使っていない電話加入権をひとつ持っていたので、それが部屋に引かれることになった。

一学期の中間考査のまっただなかに、関東圏に小さな地震があった。そんなものが起こったなんてぼくはちっとも気づかなかった。そのくらい小さなやつだ。心配性の母親が電話をかけてきた。地震なんて、いつあったんだと訊《き》くとあきれていた。

翌々日、母から、現金の入った封筒が送られてきた。災害情報を得るためにテレビを買うように、というメモが入っていた。

その金を封筒ごとズボンのポケットにつっこんでヨドバシカメラに出向いた。テレビ売り場に行くと、大小さまざまなテレビがフロアを埋め尽くしていた。ぼくは前から不思議に思っていたのだが、家電売り場で見るテレビ番組というのはおそろしくばかげて見える。たぶん、同じ画面がずらりと並んで迫ってくるからだと思う。ぼくはテレビを買う気をすっかりなくしていた。だいたい、テレビ番組なんてそんなに見たくもないのだ。

どこかで飯でも食って帰ろうと思い、フロアを横切っているとき、あるものに目が留まった。

それはぼくに骨だけになった大型の魚を連想させた。

よく見るとそれは骨組みだけのバイオリンだった。

カワイの消音バイオリンだ。音響構造が完全に省かれていて、ほとんど音は鳴らない。ヘッドフォンのプラグを差し込むと、演奏者にだけ本来の音が聞こえる。騒音を出さないように作られた練習用のバイオリンだ。

ぼくはそれを勢いで買ってしまった。それを買ったことで、ポイントカードにかなりの得点が溜《た》まったので、それを使ってポケットラジオも買っておいた。

店員に、このあたりに楽器の教本を揃えている店はないかと訊いた。店員は親切に教えてくれた。ぼくは教わった楽器店に行き、バイオリンの教本を数冊購入した。

その日からぼくはバイオリンの練習を始めた。教本どおりに一から順番に練習し、そこに載っている練習曲を独学でひとつひとつ弾けるようにしていった。

根をつめて机に向かっているとき、気分転換に楽器に触るというのは、いいものだ。何ヶ月かすると、上手《うま》くはないにしても、素人なりにそこそこ聞ける程度の技術は身につけることができた。ふと気づくと、あの夏の日にサユリが弾いた曲を思い出そうとしている自分がいた。かすかな記憶を絞り上げて、手探りでひとつひとつ音を見つけ出していった。そのたびに、サユリの閉じた目や、少しぎこちない弓の動きや、髪の先が揺れる様子を思い浮かべて、胸を押されたような気持ちになった。

もちろん、曲を完全に思い出すことなどできはしなかった。

遠い呼び声。

幸い、曲名は覚えていた。ぼくは楽譜をたくさん所蔵していることで有名なとある大きな図書館に行き、その曲のスコアを探し出してコピーを取った。

そうして日々は過ぎた。ぼくは朝早く起き、学校に通い、それなりに気分よく過ごし、図書館で勉強し、買い物をして寮に帰った。その繰り返しだ。ときおり、本当にときどきだけれど、部屋に帰ってドアを閉めると、ねっとりとした、ずっしりとした、重たい疲労を実感することがあった。

そんなときぼくは、サユリのあの曲を弾いた。


そのようにして、一年が過ぎようとしている。


何人かのクラスメートと、ずいぶん親しくなった。彼らはみんな親切で育ちがよかった。遊び方もよく知っていた。彼らはたいてい都内の育ちで、ぼくをいろんな場所に遊びに連れ出してくれた。渋谷や原宿やお台場《だいば》みたいな、絵に描いたような盛り場に行くこともあったし、吉《きち》祥寺《じょうじ》や下北沢《しもきたざわ》を選ぶこともあった。いちばん多かったのは、近場の新宿近辺に繰り出すことだ。たまには、クラブなんかに行って、夜中に酒を飲んだりした。今はどうなのか知らないが、当時はクラブカルチャーみたいなものがまだ機能していたのだ。制服さえ脱いでいれば高校生でも見逃してくれる店がちゃんとあった。

そんなふうに遊びまわるのは、やっぱり楽しかった。友人がいて、居場所があって、シンプルに好意の交換があるというのは、心あたたまることだった。

だけどときおりなぜか、そうして見聞きすることや体験することが、全部絵空事のように思えることがある。

そんなとき、ここはいったいどこだろうとぼくは思う。何もかもがつくりものの小さな舞台の上にぽつんと立っているような緊張と困惑を覚える。目をつぶったら、書き割りがぱっと運び去られて、周囲の何もかもが消え去ってしまうんじゃないかと思えることがある。

ある夕暮れの帰り道、ぼくはふと新宿のビル群を見上げた。

まるきり非現実的だった。

ぼくはそっと目をつぶり、その風景の書き割りが一瞬にして運び出され、消えてしまうところを想像した。

でも実際にはそんなことは起こりはしなかった。これが現実というものだ。海の向こうの蜃《しん》気楼《きろう》を見ているような気分だけれど、これが本物なのだ。ここに見えるものは地続きに本当に存在するのだ。

幻なのはおまえのほうだ。

高層ビルがぼくにそう語りかけてきた。

語りかけてきたような気がしただけだ。

おまえという存在はひとつの実体のない幽霊だ、と別のビルが言った。

そうかもしれない。

ぼくは頼りなく歩きながら、自分がひとつの青白い幽霊となって街をさまよっているような、そんな感覚にとらわれた。非現実的なのはこの街ではなくてぼくのほうなのだろうか。きっとそうなのだろう。

ぼくは天を突き上げるいくつもの高いビルを見上げて、いったいあそこにはどんな人間がいて、いったい何が行われているのだろうと思った。

なんにせよ、おまえはこの中に入ることはできない。

おまえはここに含まれることはできない。

そういう巨大な思念が、頭の上からのしかかってきて、ぼくを押しつぶした。

ぼくは疎外されている。

ぼくはこの街に含まれていない。

ぼく自身の声が自分の内側で乱反射して、ぼくを苛《さいな》んだ。

でも、それでもぼくは、ここで生きていくしかないんだ。ここに含まれるしかないんだ。なんとしてでも。

そうして一年が過ぎ、ぼくは二年生になった。盆にも正月にも、実家には帰っていない。

2

ある日ぼくは道に迷った。

春も深くなってきたころの、一学期の中間考査が終わった日のことだった。自分が方向音痴だという自覚はなかったが、ぼくは東京に来てから、しょっちゅう道に迷うようになっていた。有機的に増殖したような新宿駅でも迷うし、升目状に整然としている池袋《いけぶくろ》駅でも迷う。

友達の何人かに誘われて、テストの打ち上げをかねて夜遊びに行く途中だった。周りはもう薄暗かった。いったん家に帰って着替えたあと、目当ての店に現地集合することになっていた。ぼくはそういった誘いを、どうしても都合がつかないときでない限り断らないことにしていた。

断らないことは、必要なことだった。この街と人々に慣れて、その一部になるべきなのだった。だから気分が乗らないときもちゃんとみんなとつきあったし、退屈なそぶりは決して見せないようにしていた。

ぼくらが行くことになっていたのは西新宿の半地下になっているロック系の小さなクラブで、繁華街からは少し離れて住宅地区に入ったあたりにあった。ぼくも何度か行ったことがあって、うるさくて狭いけれど、騒いで発散するにはちょうどいい場所だ。

けれどその日はどういうわけかいくら歩き回っても店にたどり着けなかった。曲がるべき角を折れ、入るべき路地を入っても目的地が見つからない。ぼくは携帯電話を持っていなかったので待ち合わせの友達と連絡を取る方法もなかった。

このへんにあったはずだ……という場所を何度も行ったり来たりしていると、うしろから歩いてきた同年代くらいの女の子に声をかけられた。

「何してるの？」

ぼくはビクッとなった。最初に考えたのは、ふらふら歩き回っていたので不審者と間違えられたんじゃないかということだった。でも、そうではないらしかった。

女の子はずいぶん人懐っこそうな表情をしていた。肩の出た生地の薄いトップスに細いジーンズという格好で、片方の足にほとんどの体重をかける立ち方でぼくの目の前にいた。

ぼくは内心しどろもどろになりながら、

「いや……道に迷って」

「どこに?」

「えーと……」

わけがわからないまま、ぼくは店の名前を思い出して言った。こういう、突発的な事態に巻き込まれると(知らない女の子に理由もなく話しかけられるというのはこれ以上ない突発的事態だ)、ぼくはただただ状況についていくのがやっとで、馬鹿みたいに訊《き》かれたことに答えてしまう。

「あー、知ってる。それなら、入ってくる道が二本ずれてるよ」と女の子は言った。「この通りを出て、二つ目の道を曲がったとこ」

「どうも……」

ありがとう、と言いかけたところに、女の子が立て続けに言葉を継ぎ足した。

「方向感覚よわいの?」

「どうもそうらしい」

ずいぶん馴《な》れ馴れしいな、と思いながら、そう答えた。方向音痴じゃないと言いたかったけれど、実際問題として道に迷いまくっているのだから説得力がなかった。

「でも意外だな。藤沢くんもそういうとこ行くんだ」

ぼくは彼女の顔をまじまじと見た。

なんで名前知ってるんだ？

彼女の顔に見覚えはなかった。というより、ぼくはそもそも女の子との接点がほとんどない。困惑したぼくの顔を見た彼女が先回りして言った。

「知ってるわよ。だって今年から同じクラスになったじゃない」

「え……」

「見覚えもないの？」

「ええと……」

彼女は肩の下くらいまである髪を両手でつまんでおさげ状にしてみせた。「いつもはこういう髪なんだけど」

「ああ」

ぼくはそれでやっと思い出した。確かにそういう子がいた気がする。「ごめん思い出した」

「よかった。このまま思い出されなかったら私まるで怪しい人じゃない」

「わりぃ」言ってから、なんでおれは謝ってるんだろうと思った。「でも制服じゃないし、髪型が違ったから」

「ま、そうね」

そううなずいてから彼女はなかなか鋭いことを言った。

「でもほんとは髪型のせいじゃないよね。藤沢くんて、学年が終わる最後までクラスの女子の顔と名前が一致しないタイプでしょ」

それは図星だったけれど、認めるのはちょっとしゃくだったので、肯定とも否定ともとれるようにあいまいに唸《うな》っておいた。

「実は私ね、前から藤沢くんとはちょっと話してみたかったの」

「なんで？」ぼくは純粋な疑問として訊いた。はっきりいって、ぼくは女の子に特に興味を持たれるようなポイントは何ひとつない。

「なんとなくよ」彼女は言った。「でも藤沢くんて、なんだかいつもボーッとしてるから、邪魔しちゃ悪いかなと思って、学校だとつい声かけそびれちゃうんだよね」

「うーん、そう？」

「そうよ。自分では気がつかないの？　ボーッとしながら、宙の一点をじっと見てるときあるよね。あれ、何見てるの？」

「いや、特になんにも見てないよ。目の焦点どこにも合ってないし」

「そういうとき、何考えてるの？」

「特に何も。カラッポだけど……」

「変なの。できればやめたほうがいいよ。ときどき身動きひとつしないで置物みたいになってるから」

「いや、あのな……」

この子はいったい何をどうしたいんだと内心で首をかしげた。それよりぼくは友達との待ち合わせがあるんだ。場所はわかったし、さっさと行くべきだった。

「ねえ、どうしてもそこに行きたいの？」彼女が訊いた。
「どういう意味？」
「どうせいつものテストの打ち上げでしょう？　藤沢くん、それ、すっぽかせないかな」
「仮にすっぽかすとして、それからどうなるの？」
「私と別のとこ行くの。どこか煙草くさくないとこ」

どうも変なことになったな、と思った。

ほとんど初対面に近い女の子に、道端で声をかけられ、ひっぱりこまれるように強引に喫茶店に連れこまれ、向かい合わせに座っている……。ぼくははっきりいって自分にぜんぜん自信がないから、おかしな勘違いはしなかった。つまり彼女がぼくに気があるとか、そういうことは。

ただ、彼女の名前を思い出せないのは困ったことだった。なんとなく、今さら訊きにくい雰囲気だったのだ。道を歩きながら必死で思い出そうとした。忘れた名前を思い出すコツは子音と視覚的イメージだ。寒色系のニュアンスがあった気がする。音は……。ぼくは心の中でk、s、t、n……と順番に検討した。

彼女が案内したのは大通りに面したビルの二階にある洒落《しゃれ》たカフェだった。道に面した一角はガラス張りになっていて、街並みや道行く人を見下ろせるようになっていた。ぼくらは窓際の席に座った。

ウェイターが注文を取りにきたとき、やっと名前を思い出した。コーヒーと紅茶を注文し、店員が去ったあと、

「ええと、水野《みずの》だったよな」と言ってみた。

「よくできました」

彼女は肘《ひじ》をついてにっこりとした。

「それで？　下の名前は？」

ぼくが答えに詰まるのを見て、彼女はおかしそうに笑った。

「理佳《りか》よ」

「リカ？」

「そう。私リカちゃん。もう忘れないようにね」

「わかったわかった。こうなったら忘れようがないよ」

「よろしい」

水野理佳は満足げにうなずいた。

ぼくはやっと落ち着いてものを考えられるようになってきた。名前はわかった。あいかわらずわからないのは彼女の意図だった。

「水野はさ、何してたんだ？　私服だしさ、用事があってあのへんにいたんじゃないのか」

「んんん、まあそう」

水野理佳はちょっと窓の外を見て、それからこちらに視線を戻した。「友達と待ち合わせて

たの。でも、急にドタキャンくらっちゃった。だけどせっかく着替えて、顔もつくってきたのに、そのまま帰るの、しゃくじゃない」

「そこにたまたま、おれを見かけて、ちょうどいいと思ったと」

「そう」水野理佳は悪びれもせずうなずいた。「歩きながらだんだん腹が立ってきたところに、藤沢くんがボーッと歩いてるでしょ。ほっといたら転ぶんじゃないかと思って、声かけたわけ」

えらい言い草だったが、あっけらかんと言われたので納得してしまった。ボーッとしてるというのは、彼女の中では、ぼくを端的に表わすキーワードであるらしかった。

「そんなにボーッとしてるかな、おれは」

「うん。してる。さっきもしてた」

水野理佳は力強く断言した。

「藤沢くんって、わりといつもそうだよね。ボーッとしてるというか、ボーゼンとしてるというか、心ここにあらずっていうか。俺なんでここにいるんだろ、みたいな顔してること、ときどきあるよね。なんていうの、こう、今すごく場違いなところにいるんじゃないか、みたいなこと考えてるっぽい」

それは核心をついた指摘のような気がして、ぼくは黙った。そういう感じをなるべく外に出さないよう、注意深く振舞ってきたつもりでいたのだ。

ぼくの顔色はずいぶん変わっていたらしい。

「あ、気にさわった？　ごめん。私ちょっと、そういうのに敏感なんだ」

水野理佳はそんなふうにストレートにフォローを入れてきた。彼女は、なかなかサッパリした、いい子みたいだった。

彼女はぼくのことをいろいろ訊《き》いてきた。

「ねえ、藤沢くんってどういう人なの」

「答えにくいなあ、そういう漠然とした質問は」

「じゃあ、どこに住んでるの」

「新宿区内だよ。学校から歩いて十五分」

「うわ、いいなあ！　ひょっとして、近さを理由に学校選んだ人？」

「いや、ちがうよ。寮住まいだからね」

実家が青森で、今は一人暮らしをしていると言うと彼女はずいぶん驚いていた。

「どうしてこっちの学校なの？」

「雪かきが嫌になったからだよ」

ぼくは笑って言ったが、水野理佳は納得しなかった。それで、この一年何度も答えてきたことをよどみなく説明した。つまり、地元で鈍行を乗り継いで予備校に通うくらいならいっそ上京して本格的な受験校に行ったほうがロスする時間が少ないこと。コストもそんなに変わらないこと。そんなようなことだ。

「ふーん」

「それとまあ、どこか知らない場所に行ってみたかったというのはあるかな」

「あ、それはよくわかる気がする」

「どんなふうに？」

「私、両親とも東京の人なのね」水野理佳は自分を指差した。「地方の親戚《しんせき》とかもいないの。ほんっとに東京しか知らないのね。だから純粋に憧《あこが》れみたいなのがあるなあ」

「東京のどこ？」

「うち？　うちは雑司《ぞうし》が谷《や》。青森ってどんなとこ？」

「雪国だよ。名産品はりんごと雲丹《うに》とイカとねぶたと太宰治」

「もう、そんな観光協会みたいなこと訊いてないわよ。私が訊いてるのはもっと、生活的な、感覚みたいなこと」

「といってもなあ、なんとも言えないなあ」正直言ってぼくはあまり地元のことを思い出したくなかった。

「ねえ、私ひょっとして立ち入ったこと訊きすぎ？」

「いや」ぼくは首を横に振った。「逆に、おもしろい話ができなくて悪いなあとは思うけど。女の子にインタビューされるのは嬉《うれ》しくないでもないし」

「ねえ、こういうことというのあれだけど……勘違いしないでね。というのはええと、そういう方向の興味じゃないというか……」水野理佳は真顔になって居住まいを正した。「私、つきあってる人がちゃんといるの」

「だろうね」とぼくは言った。

水野理佳は少し気を悪くしたようだった。なぜなのかはぜんぜんわからない。

「どうして、だろうねなの？」

いや、どうしても何もちょっと見でかわいいと思う女の子には、たいていすでに決まった相手がいると考えて間違いないというのは、ここ一、二年でぼくが実感的に理解したことのひとつだ。

「見たらわかるよ。彼氏どんな人？　同じ学校？」

「うん」彼女はごく軽くうなずいた。「一年のときに同じクラスだったの。今年は別々になっちゃったけど」

彼女は名前を言った。ぼくはその男のことを知っていた。けっこう背が高くて、ずいぶん顔がいいやつだった。一、二度、何かの用事で話をしたことがあったはずだ。そのことを思い出した。感じは悪くなかった。よく知らないが、たぶんふつうにいいやつだ。

「どういうきっかけ？　どっちかがコクったわけ？」ぼくは訊いた。

「というより、なんとなくそういう感じになったのね。そのままあやふやでいるのも気持ちいいかなって思ってたんだけど、考えなおして私のほうから言い出したの」

「何を考えなおした？」

「顔がよかったから」

打てば響くようにそう言ったので、ぼくは思わず笑ってしまった。本当にこの子は、他の人間が言ったら嫌味になりそうなことを気分よく相手に聞かせるワザを持ってるようだった。

顔がいいから好きというのは、ぼくはまともな考え方だと思う。シンプルでわかりやすいし、基準として揺れがない。まあ問題があるとすれば、一般的にぼくが顔のいい部類に分類されることはまずないということだけれども……。

「じゃあ、おれみたいなのは趣味じゃないだろ」と訊いてみた。

「うん。顔はぜんぜん趣味じゃない」

水野理佳は笑いながらハッキリ言った。さすがに若干がっかりしたけど、まあ腹も立たない。

「でも藤沢くんはへんな勘違いしなそうだし。そういうところは安心できるよね。ねえ、ものは相談なんだけど、ときどき、遊びとかに誘っていい？」

ぼくはけっこうめんくらった。「なんで？」と即座に疑問を投げ返した。決まった彼氏がちゃんといると言った直後にそれというのは、わけがわからない。

「男の子の話し相手が彼氏しかいないのって、それはそれでなんかつまらなくない？　今日みたいに友達の都合がつかなくなったときとか、ちょっとつきあってよ。ボーッとしてるよりいいでしょ」

すごい考え方をするもんだなあと感心してしまったが、まあ気分としては、ちょっとはわかるような気はした。

そういう意味なら、ぼくを見つけた水野理佳はなかなか目がよかった。ぼくを見て、こいつは安心だというのは。それはかなりその通りなのだった。ぼくは、しいて女の子とつきあいたいという気持ちが、はっきりいってあんまり持てないでいるのだ。思春期の男としてはおかしなことだけれど……。

「いいよ」とぼくは言った。「へんな勘違いなしでね」

「そう。勘違いなしで」と彼女も言った。

店の前で別れて、駅のほうへ向かう彼女の背中を軽く見送ったあと、家路を歩きながらぼくは彼女とのとりとめのない話を思い出していた。

変わった女の子だなあ、としみじみ思った。考えかたやものの感じかたや、喋《しゃべ》りかたがありきたりじゃない。

ちょっとついていけない部分もある。けどそれは人それぞれだし、退屈な毎日をボーッと過ごしているぼくにしてみれば、彼女との出会いはちょっとした変化ではあった。つまり、けっこう新鮮で、おもしろかったのだ。


その日の夜、サユリの夢を見た。

＊

夢のなかで、サユリはどことも知れない不思議な場所にいた。古い写真のような、くすんだ色の空が広がる場所だった。どこかで見た空の色だが思い出せなかった。

その空の下にねじれた尖塔《せんとう》がいくつも立っている。それこそ無数に立っている。ユニオンの塔とは明らかに形が異なっている。ユニオンの塔は近代的なデザインだが、ここでの塔はもっと原始的で、民族的で、有機的なのだ。

素焼きの陶器のような暖色だ。そして、巻貝を飴《あめ》みたいにぐっと引き伸ばして槍《やり》ぐらい長くしたような形をしている。

頂上部は、竹槍の穂先みたいに鋭く断ち切られている。斜めに切れて、そこから塔の内部がむき出しになっている。屋根がないので、そこはちょうど、空を見渡すための展望台のようだ。

頂上から見えるのは空だけだ。上を向けばもちろんそこは空だが、しかし、たとえ見下ろしたとしても、そこにはやはり空が果てなく広がっているのだ。上下とも空。ここには、大地というものはない。

そして、そこにサユリがいる。

彼女はぼくが知っている姿よりほんの少し大人びている。たぶん、一歳か二歳くらい。

サユリは膝《ひざ》を抱えてうつむいている。サユリの姿はおそろしく希薄で、幽霊みたいに透けて見える。彼女はすすり泣いている。ときおり肩を震わせる以外に彼女に動きはない。ただひたすらにすすり泣きつづけるサユリの夢。

風の音がする。

すすり泣きが聞こえる。

そのふたつの音が和音となり、無限の空に哀しげに響きわたる。

＊

目が覚めて、どうしようもない気持ちに支配された。まるで胸の中を虫じみたものがもぞもぞとうごめいているようなやるせなさだ。どうしてぼくの隣にはサユリがいないのだろう。どうしてサユリはいなくなってしまったのだろう。何かが間違っている気がする。正しくないことが進行している。違う世界に迷いこんでしまったような違和感がある。どうしてサユリはあんな荒涼とした景色の中にいたのだろう。

あの夢の空間に生の匂いはなかった。

そのときぼくの脳裏にサユリはもう死んでしまってこの世にいないのではないかという考えが稲妻のようにひらめいて目の前が真っ暗になった。この一年半あまりのあいだ考えもしなかったことだ。

いや、無意識にぼくはそれを考えないようにしていたのかもしれなかった。

登校して、教室の自分の机に鞄《かばん》を置いたとき、誰かに背中をぽんと叩《たた》かれた。振り返ると水野理佳だった。彼女はぼくの目を見てかすかに、意味深に微笑み、しかし特にお喋りをする気もないらしく、女の子が集まっているほうへすっと歩いていってしまった。

ぼくは彼女の背中に目をやりながら、ほんのいっときのことだが、彼女がサユリだったらどんなにいいだろうと想像した。それからその考えがあまりに間違った、ひどく失礼でゆがんだことであるのに気づいて自己嫌悪を覚えた。

3

翌週の土曜日、校内の廊下を歩いているときに水野理佳に呼び止められた。学校は建前上は週休二日だったが、土曜日の午前中は受験対策の演習があって、暗黙の了解として全生徒が受講するようになっていた。それが終わって、寮に帰ろうとしているところだった。水野理佳は、これから用事あるの？　と訊《き》いた。

「別にないよ。うちに帰って飯を食って、そのあとのことはあとで考える」

「土曜日なのになんでそんなに予定がないの？　現代人とは思えないよ」

「いいだろ、別に」

「いいよ、もちろん。基本的に他人《ひと》ごとだもの」

「で、何。用事は」

「暇だったら一緒にごはん食べない？　それから、そのあとちょっとつきあって」

「いいよ」とぼくは言った。「なにしろ現代人にあるまじき暇人だから」

ぼくと水野理佳は学校を出て新宿駅まで歩いた。

「で、どこまで行くの？」とぼくは訊いた。

「山手線《やまのて》で池袋まで出ようよ」

そしてぼくと彼女は池袋駅で降りて、彼女に連れられるままイートインの席のある弁当屋に入った。無農薬栽培の素材を売りにしている店で、おかずを三種類選ぶと、ごはんと味噌汁《みそしる》と漬物と一緒に席に出してくれるという形式になっていた。思った以上に旨《うま》くて、しかもそこそこ安かった。

「ここ、いいね。新宿にもあったら毎日通うのに」

「そうなのよね。中野《なかの》まで行くと支店があるんだけど、学校帰りに行くにはちょっと遠いよね」

「ところで、これからぼくたちはどうするんだろ」

「うん」水野理佳は時計を見た。「もう二十分くらいゆっくりしようよ。それからここを出て、舞台を見に行くの」

「舞台？」

「そう。いわゆるところのお芝居ね。芝居はよく見る？」

「いや……。自発的に見たことはないなあ」

「最後に見たのはいつ？」

「えーと」ぼくは考えこんだ。「小学校のときに祖父《じい》さんと大阪に旅行して、新喜劇を見たときかなあ……」

「お祖父ちゃんがいるの？」と水野理佳は訊いた。「いいなあ……」

「そうかな。でもなんで芝居なんだろう」

「私、小劇場好きなの、アマチュア演劇とかね。でも、一緒に見てくれる人がぜんぜんいないの。一回連れて行くと、二回目からは断られちゃう。はっきり言わないけど、みんな退屈みたい」

「なるほど……」

「知り合いがやってる五人くらいの劇団なんだ。私はけっこう好きなんだけど、癖があって、好き嫌いが分かれるみたい。藤沢くんは変な人だから、案外気に入るかもね」

「ぼくは変な人じゃないけどね」なんとなく抗議したくなって、そう言ってみた。「なにひとつ変じゃない。人から変だと言われたこともないよ」

「うん、まあ、そう思いたいならいいんじゃない」水野理佳は軽く流した。「とにかく、もうちょっとつきあってよ」


小劇場というところには初めて行ったが、そこは冗談抜きで小さくて、雑居ビルの三階を無理やり改装して貸しスペースにしている場所だった。

ぼくと水野理佳がそこに着いたのは開演十分前くらいだった。狭い階段を上がって入場すると、客席スペースに木箱が並べられていて、その上に百円ショップで買ったような薄い座布団が敷かれていた。

ぎゅうぎゅうに客を入れてもせいぜい五十人が入るかどうかという広さで、そのうちの半分くらいが埋まっていた。客層は大学生っぽいのとか、同業者というのか、いかにも演劇やっていそうな感じのラフな服を着た人がほとんどだった。高校の制服姿なのは、ぼくと水野理佳の他には女の子の二人組がいるだけだった。

映画館みたいな、きっちりと座席が作りつけられた劇場しか知らないぼくは、こういうチープな劇場も世の中にあって、ちゃんと客が入ったりするんだということがわりに新鮮だった。

そのうち安っぽいブザーが二回鳴って、唐突に客席の明かりが落ちた。舞台にガタゴトという作業の気配が響き、やがてじわりと舞台照明がついた。

最低限の家具で、ワンルームマンションのような空間が構築されていた。スチール製のドアががちゃっと開く効果音がして、若い女が舞台に登場した。女は疲れた様子で上着を脱ぎ、猫に話しかけ、猫を撫《な》で、猫に餌をやった。といっても舞台上に猫はいない。いないけれどそこに猫はいるという設定で物語は進行していた。そういう芝居だった。

女はOLで、一人暮らしをしていて、一人暮らしの女性にありがちな何やかやがあって疲れていた。彼女は猫にいろんなことを話しかけ、それをきっかけにさまざまなバックグラウンドストーリーが展開するのだった。

猫はセリフもないし、姿もないのだが、でも猫は女に優しくて、愛情を持っている。女の芝居から、それがわかるようになっているのだ。猫はときおりガールフレンド猫と家出したり、事故にあって帰れなくなったりして、そのたびに女はひどく不安定になる。でもやがて女は猫のおかげで元気を取りもどして、新たな一歩を踏み出していく。そういうお話だ。

「想像してたよりはるかによかった」

舞台がはねて、出口に向かうためのちょっとした混雑に並びながら、ぼくは彼女に言った。

「客席が狭くてきつくなかった？」

「狭くてきつかった」とぼくは正直に言った。「でも内容がよかったな。全体に手作り感があるのがいいよね」大道具とか、あれ全部役者が手作りで作ってるのかな」

「たぶんね。基本的にお金ない人たちだもの。自分ちで使っているものとか、そういうものを工夫して流用したりしてるんだと思う」

「いいね、そういうの」

「お話は？」

「凝った体裁だよね。時間軸も行ったり来たりするし、複雑で混乱しかけたけど、おもしろいよ」

「役者の人数が少ないから工夫が必要になって、そうなるみたい」

ビルを出たところに、さっき舞台で芝居をしていた役者が並んで、客に挨拶《あいさつ》をしていた。脇役で出ていた、眼鏡をかけた男が水野理佳を見つけて声をかけた。あとで聞いたら、座長ということだった。

「リカちゃん、お運びありがとう。どうだった？」

「うるさ型の彼が、とてもよかったって言ってます」彼女はぼくを指差して言った。

「あれ、前と違う人だよね。新しい彼氏？」

「そうじゃないんだけど、まあ、そんなところです」水野理佳は、いかにも冗談ですという口調で言った。

「でもお似合いだよ。前の人より自然に見えるよ」と座長は言った。

それからぼくと彼女は駅に向かって歩いた。

歩きながら、思いついたことがあって、訊《き》いてみた。

「ひょっとして、前に実際に舞台に立ってた？」

「どうして？」

「なんとなく、雰囲気で」

「うん」水野理佳はうなずいた。「中三のときから、去年の夏まで、あんな感じのアマチュアの芝居グループでね。でももうやめちゃったの」

「どうして？」

「いろいろあったの。お芝居ってね、やってると、すごく人間関係が濃いの。そうすると、本当にいろいろあるの。それで解散しちゃって、メンバーはあちこちの仲のいい小劇団とかに吸収されたんだけど、私はなんだか疲れちゃって。いろいろ誘いはあったんだけど、行かなかったの。でも昔のつながりで、今日みたいに公演に顔出したりはするわけ」

ふーん、そうかとぼくは相づちを打った。よくわからないけど、芝居は人間関係がディープで、そのぶんちょっとばかりきついことがあるらしい。関係が濃いと、そのぶんきついというのは、何か身にしみてわかる気がした。

池袋駅に着いた。水野理佳は疲れたから東池袋まで地下鉄に乗ると言った。じゃあ、と言って山手線の新宿方面のホームに向かおうとすると、袖《そで》をつかまれて、改札まででいいから見送れと彼女は言った。仕方なくそうすると、彼女はカードで改札を通り、振り向きもしないでそのままホームへの階段を上っていった。

（変な人なのはそっちのほうじゃないのかあ？）

わざわざ見送れと言ったり、そのわりに振り返ることも、手ひとつ振ることもしないというのは、どういう気持ちなのかさっぱりわからない。

ぼくは実に中途半端な気分を抱えたまま、電車に乗り、西新宿のアパートに帰った。

その後も、月に二回くらいの頻度で、ぼくは水野理佳と何度かデートした。デートというのはぼくが言い出した言葉じゃなくて、デートしよう、という言い方で彼女が誘ってくるのだ。お茶を飲むだけのこともあったし、昼から一日中買い物だなんだと連れまわされることもあった。他の友達の都合がつかないときにぼくが呼び出されるんだろうから、とすると彼女はしょっちゅうこんなふうにいろんな相手といろんな場所に遊びに行っているんだろうか。それはなんとも、パワフルな話だ。

でもぼくを誘ってくるとき、彼女はいつもなんとなく疲れているように見えた。ときおりふいに黙りこんで、こみあげてくる疲労の波を嚙《か》みころしていた。たぶん彼女は、やみくもに動き回ることで、疲れから自由になろうとしているのだろう。そういう考え方は好きだし、共感もできた。だからぼくは可能な限り彼女のお供をした。

「でも、誤解されないかな」

セルフサービスのコーヒースタンドで、ぼくは気になっていたことを訊いた。

「誰に？　何を？」

「——にだよ」ぼくは水野理佳とつきあっている同級生の名前を言った。「休みの日までこうして会っているのがさ」

「何？　そういう話がしたいの？」

「べつにしたくないよ。でも気にはなるだろ、どうしても」

「そりゃあ、もし知ったら気悪くするんじゃない？」水野理佳はさらりと言った。「だけどいいじゃない、どう思ったって。ほうっておけばいいのよ」

「いいの？」

「いいの。しばらく放置することにしたの」

どこまで首を突っこんでいいものかわからなかったので、適当に相づちを打っておいた。

しばらくとりとめもなく別の雑談をしていたのだが、ふいに彼女が言った。

「つまりね、彼は私の体にとっても興味があるわけなの」

最初、話のつながりがわからなくて戸惑ったが、ようやく彼女の彼氏の話だと気づいた。

「まあ当然だね」とぼくは言った。

「当然かな？」

「ふつうのことだと思うけど？」

「そう……まあそうね」それから間をおいて、彼女は言った。「だけど私はそれがいや」

ぼくは、あるニュアンスが生じないように細心の注意を払って、言ってみた。

「彼がそれほど好きじゃないってこと？」

水野理佳は急に居住まいを正してこっちをまっすぐ見た。

「そういうこと言わないでよ」

ぼくはヒヤリとして、わりぃ、とつぶやいた。

「あいつ感じのいいやつだよ。つまりそういうことを言いたかったんだ」

「知ってる」

「うん」

「好きなのよ、彼のことは。でもそれとこれとは話が別でしょ。藤沢くん、そういうのわかる人よね。あの人はそういうのがわからないの」

「ふうん」

ぼくは鼻を鳴らしながら、彼と彼女の両方に心の中で同情していた。うまくいかないものだ。

「そういうの、気持ちわかるけどね……」

「どっちの気持ち？」

「男のほうだよ、もちろん」

「えーっ、本当に？」彼女は実に心外な驚き方をした。「藤沢くんでもそういういやらしいこと考えるの？」

「待て待て、なんだそれ。おれをなんだと思ってるんだよ」

「いやよ。駄目」水野理佳は身を乗り出して言った。「藤沢くんはそういうことに関わらないで。そういうの考えないで。私藤沢くんにはそういうことにとらわれてほしくないの。いいからもっとボーッとしてて」

「むちゃくちゃ言うなあ……」

いったいぼくはどう思われているんだろう。まあ、どう思われててもいいけれど……。

ひょっとして世間一般ではこういうとき、男扱いされていないとかいって怒ったり困ったりするものなのかもしれないが、そういうくだらないことを気にしないのがぼくのいいところだ。

なにげなくアイスティーのグラスに添えた水野理佳の細い指を見ていて、ふと、サユリのことを思い出した。サユリに最後に会った日、あの廃駅から落ちそうになったサユリの手を摑《つか》んだときのことを。

そういえば、サユリの体にまともに触れたのは、あれがほぼ唯一のことだったな。

ぼくは自分の手を見た。もうそこに感触はほとんど残っていない。でもあれにはびっくりしたし、ドキドキした。すんでのところでサユリの手を摑んだ自分にも驚いたし、その手首の細さや体温の低さや柔らかさにもだ。

あれはわれながら奇跡のアクションだった。まるでハリウッド映画だ。あんなことはきっと二度とできない。

いや……違う。

あのころの、中学三年の夏のぼくなら、きっと同じことが何度でもできただろう。少なくとも、何度でもできるという自分への確信は持てただろうと思う。あのころの、あふれんばかりの力は、いったいどこに行ってしまったんだろう。

そう……たぶん、全部サユリに手渡してしまったのだろう。あの夏の日に。

ぼくは渾身《こんしん》の力でサユリをつなぎとめようとしたあの日の記憶にとらわれているのだろうか。大切にしたがっているのだろうか。

馬鹿な考えだと思う。サユリはもういないのだし、会える見込みだってもうないのだ。

けれどもぼくは、工具ダコがなくなってすっかりきれいになってしまった自分の手のひらから、しばらく目が離せなかった。

4

夏の残滓《ざんし》があとかたもなく揮発し、秋がやって来た。

その日の水野理佳はいつも以上に落ち着きがなく、落ちこんだような顔をしていた。

彼女は、自分の体調や機嫌をいちいち量られるのが好きではないようだったので、最初は知らんぷりしていた。けれど、指でテーブルをぱたぱたと叩《たた》いたり、意味もなく周りを見回したりしているのを見て、さすがに気になってきた。

「どうしたの?」

学校帰りに足を延ばした池袋の街中で、ぼくは立ち止まって、なるべく優しく聞こえるように言った。

「うん」

彼女は答えになっていないうなずきを返して、スルーした。言いたくないということらしい。まあ、それならそれでいい。そういうことは誰にもある。

けれどそのうち彼女は頻繁にため息をつきはじめた。気がふさいでつい漏れるというようなため息ではなくて、まるで何かの呼吸法みたいな、荒い息に近いものだった。何かを必死で鎮めようとしている息だった。顔色もよくなかった。

ぼくは彼女をのぞきこむようにして言った。

「気分が悪いんだね?」

彼女は黙ってうなずいた。

「今日は帰ったほうがいいね。家まで送るよ」

「いや」彼女は小刻みに首を横に振った。「うち誰もいないの。今日は一人でいたくない」

「何かあったんだね」

彼女は小さくうなずいた。素直になったというより、否定するのはエネルギーを使ってしんどいから、仕方なく首を縦に振ったという感じだった。

ぼくは彼女を促して、目の前にあったピザレストランのレンガ仕上げの外壁にもたれさせた。

それから同じ壁に自分ももたれて、彼女が落ち着くのを待った。

「友達が」

「ん？」

「友達がね……いたわけ」

水野理佳は小さな声でぽつり、ぽつりと話し出した。

たぶん、適度に口を挟んだほうが話しやすいだろうという気がした。

「女の子？」

「そう」

「おれの知ってる子？」

「たぶん、知らないと思う」

「うん」

「要はけんかしたのね。まあ、けんかはよくしてたんだけど、こんなに大きなのは初めてだった。もう、ここんとこ数ヶ月完全に絶交状態ね。学校で顔合わせても声もかけない。だって顔見ると腹が立つんだもの」

「理由は何？」

「……言いたくない」

彼女はタイル敷きの地面を靴の裏でこすった。

「けど私は絶対悪くない。どう考えてもあっちがおかしいんだもの。あのときのこと思い出すだけでいらいらするの。もうずっと頭にきてる。向こうが折れてこない限りぜったい許さないの」

彼女はそこで話すのをやめた。

(けれど正しい正しくないはともかく心に痛手を受けていて、ときどきたまらなく哀しくなる)

そう言って続きを促そうかと思ったけれど、やめておいた。

「話の印象から言うと、ずいぶん以前からの友達だったみたいだね」

彼女は息だけでうんと言った。「中学に入ったときに知り合ったから、四、五年くらい」

ぼくは自分の中学時代をなるべく思い起こさないために少し努力を必要とした。でも心の底から共感をこめて言った。「……きついね、それは」

「オランダだって」急に話が飛んだ。「チューリップとか、風車とかの国よね。ばかみたい」

「なんだって?」

「行くんだって。飛行機で。その子が。カテイのジジョウだって」

一言一言を区切って、機械的に彼女は言った。

「いつ?」

「だから今日だって」

「見送りは?」

「行かないよ。当たり前でしょう。行きたくないもの。また何よこいつって思うだけだもん。

……そりゃ、気になりはするよ。向こうの連絡先も聞いてないし。でも、人間関係ってわりとこんなものかなとも思うな。しょうがないわよね。だけど落ち着かないしいらいらするから、誰かと気を紛らわしたかったの。だから藤沢くんはちゃんと夜まで私につきあってくれればいいの。わかった？」

その長いセリフを聞いているうちにだんだん胃がむかむかしてきた。怒りの液体が下から上へ、首のところまで水位を上げてくるのがわかるくらいだった。彼女が言い終わるまで我慢できたのはわれながらたいしたものだった。言い終わった瞬間にぼくは怒鳴った。

「馬鹿野郎！　何やってるんだよ！」

水野理佳はびくっと身をすくませた。

「飛行機、何時？」

「知らない……」

「知らないわけないだろう！」

「あの、たしか七時とか、そんなだったけど……ちょっと！」

ぼくは彼女の手首を摑み、強引に歩き出した。歩きながら、頭の中で都内の鉄道路線図を広げた。東京に来た年の最初の一ヶ月、街に慣れるために、地図をにらんで乗換えを頭に叩きこんだのだ。池袋からなら山手線で日暮里《にっぽり》、京成《けいせい》本線に乗り換えて特急で一時間だ。一時間半もあれば着く。充分に間に合う。ぼくはすっかり頭にきていた。

「ちょっと痛いってば。ちょっと！　どこに行くのよ！」

「成田《なりた》に決まってるだろう！」

「やだ！　私行かない」

「そんなことは許さない」

ぼくの口から出た声は、低くて、絞り出すようで、われながらこわかった。ぼくは手を離さなかった。ここで逃げさせるわけにはいかなかった。駅に向かって、彼女をひきずるようにして早足で歩いた。

池袋駅の構内に入ったところで、

「ほんとにちょっと待ってよ！　逃げないから手だけ離して」

彼女の声が真剣だったので、ぼくはようやく離した。

「まず話をしようよ。ねえ、怒ってるの。どうして怒ってるの？」

「怒ってる。とても」とぼくは言った。「おれはそういうのがどうしても許せない」

「そういうのって」

「大事なときに、大事なことをやりすごそうとすることだよ」

「ねえ、ぜんぜんわかんないよ」彼女は言った。「だって見送りに行くか行かないかってだけのことじゃない。あっちだって、ずっと海外にいるわけじゃないのよ。こっちでの住所や電話番号だって知ってるし。ちょっと大げさなんじゃない」

「ちっとも大げさじゃない。君はわかってない」ぼくは彼女をさえぎって言った。

「これが一生の別れになるってこともある。間違いなくある。君はそういうことがぜんぜんわかってない。連絡先なんて何かのはずみですぐにわからなくなる。名簿や住所録なんて何かのはずみでどこかいってしまう。記憶だってうすれる。その程度のことで、人間ってのは二度と会えなくなるんだよ。今日行かなかったら、絶対に後悔するから。今日が決定的な岐路になって、あとで会いたいと思っても二度と会えなくなることだってあるんだから。くだらないことにこだわってる場合じゃない」

「くだらなくなんか……」

「わかった。くだらなくない。けれどそのことにこだわってる場合でもない」

ぼくは鉄の壁みたいに断固として言った。

「……少し考えさせて」

「いいよ。電車の中でゆっくり考えたらいい」

ぼくがまったく譲歩する気がないのを悟って、彼女は表情をこわばらせた。

「切符を買ってくる」

彼女はプリペイドカードを持っているけれど、切符を押しつけたほうが話が早い。二人ぶんを買って戻ってくると、彼女は逃げないでおとなしく待っていた。一枚渡して促すと、力なく改札を通った。ぼくに説得されたというよりは、気持ちが弱っていて逆らうのに疲れたという感じだった。

山手線に乗り、日暮里で降りた。京成線に乗り換えて、ようやく座ることができた。ぼくらは車内で無言だった。彼女は膝《ひざ》の上に置いた手を握ったり開いたりしていた。

特急電車が成田空港に乗り入れて止まった。

「着いたよ」

彼女は座ったままだった。

「そうだね」ぼくは浮かしかけていた腰を下ろした。「もう少し二人で考えようか」

「ううん、いい。行く」

息だけの声で、彼女は言った。

気持ちが参っている女の子に対して、ぼくは強く言いすぎただろうか。急に気になり始めた。ゆっくりと立ち上がる彼女の様子があまりにも頼りなく見えたので、特に下心もなく彼女の手を取った。そっと握り返してくる感触がした。

ぼくらは手をつないで、ロビーへと歩いた。

彼女は正確な便の番号や時間を知らなかったので、ぼくは手近なカウンターでそれを調べ、ゲートを確認した。それと呼び出し放送の要請について係員に相談した。そして彼女を空港内地図の前に連れていった。地図を指差して、たぶんこのミーティングポイントからこのカウンターに向かうはずだから、このあたりを探すように、もしどうしても見つからなかったらこういう口実で館内放送を要請するように、そういったことを伝えた。彼女は神妙にうなずいた。

「じゃあ、行ってきなよ。がんばって」

これ以上はぼくがいても水をさすだけだろう。手を振ってぼくはきびすを返した。

「やだ。待って」

シャツの背中をつかまれて、立ち止まった。

「どうしたの」

「お願いだからここで待ってて」

「でも……」

「いいから待ってて」

　そう言うと彼女は返事を待たずに行ってしまった。ぼくは壁にもたれて彼女が戻るのを待つことにした。学校のグラウンドより広そうなホールに、スーツケースを転がした大勢の人々が行き来していた。

　ぼくは目をつぶり、物音を意識から遮断した。

　水野理佳は幸いな子だ、と思った。ぼくは彼女がうらやましかった。

　信頼している人とつながることができるのは、本当に幸いなことだ。望みさえすれば、電話でいつでも話すことができるというのは、当たり前のことのように思えるけれど、得がたいことだった。

　サユリのことを思って、胸がうずいた。ぼくは彼女とつながるためのルートを、ただのひとつも持っていない。

　水野理佳は、うまく友達と会えただろうか。呼び出しの放送がないところを見ると、たぶん会えたのだろう。それが自分のことのように嬉《うれ》しかった。

　たぶんぼくは今すぐにでも白川拓也に電話をするべきなのだろうと思う。それは、わかっていた。でも、できないのだ。したくないのだ。ぼくは自分のことになるとからっきし駄目だった。水野理佳に偉そうなことを言える人間では、ぜんぜん、ないのだった。

どれくらい時間がたったのかわからない。

顔を上げると水野理佳が立っていた。

泣きはらしたひどい顔だった。目が真っ赤だ。

彼女は目と鼻の下をこすりながら、まるで子供みたいに、何度も何度も、ぼくにありがとうと言った。ありがと……ありがとう……。そんなふうに。

ぼくは彼女の薄い肩に触れて……そうしてしまってから彼女に対してもう引き返せない責任が生じたことに気づいた。


帰りの電車、水野理佳は疲れた様子でぼくの肩に頭を預けてきた。

「私ね、藤沢くんのこと、もっとずっと冷めた人だと思ってた」

「そう？」

「うん。誰に対しても、ふつうに親しくしてるけど、ほんとは誰がどうなろうとぜんぜん興味がない人なんだろうって気がしてた。誰にも興味がなくて、どうでもいいから、逆に誰とも話を合わせることができて、器用だからそれがばれてないだけなんだろうって」

「それ、当たってるかもね……」

「ううん、でも違った」

肩に乗っていた重みが小さく浮いて、小刻みに横に振られたあと、またぼくの肩に預けられた。もたれかかるというより、頭を強く押しつけてくる感じだった。

「私ね、お父さんとお母さんがいるんだけど」

そういって彼女は自分のことを話し始めた。父親と母親が「いる」というところから話を始めることが、すでに何かを物語っている。

「まあよくあることなんだろうけど、忙しい人たちなのね。仕事もそうだし、自分たちのことでいろいろあって精一杯なの。だからってわけでもないんだろうけど、あまり私には関心がないのね。昔からそうなのよ。小さいころからそうだから、私もう慣れちゃってそれが当たり前になっちゃってるの。でも、慣れてるからって辛《つら》くないわけじゃなくて」

「うん」ぼくは彼女を揺らさないよう、声だけでうなずいた。

「それとは関係ないことなんだけど」と彼女は言った。「私ね、友達同士の仲とか、つながりとか、信頼みたいなものが、あまり信じられないの。そういう自分がいるの」

「うん」

「子供のころ、クラス替えがいやだったの。それまで同じクラスで仲のよかった子が、クラスが替わると急によそよそしくなったり、疎遠になったりするじゃない。私、そういうのをすごく深刻に受け止めてしまうの。そういうことが何度もあって、何度も傷ついた。相手の子が、私ほどには辛く思ってないことも、辛かった」

ぼくはただ同じようにうなずきを返していた。

「でもどうして周りのみんなは辛くないんだろうって、ずうっと不思議だった。でね、あるとき気づいたの。誰も、何も受け止めてないんだって。それがコツだったのよ。すごくびっくりしたけど、すごく正しいなとも思った。あまり辛くなく生きていくには、人間関係を深刻に受け止めないこと。流れていくものとしてやりすごすのが大事なんだってこと。そういうことがわかってきたの。わかったら、何もかもがすごく楽になった。やっと、みんなの仲間に入れたんだって、そういう感じがした。藤沢くんに気づいたのも、そういうことからだったの。私と同じことを、すごくうまくやってる人がいるなあ、たぶん私と同じで、意識してやってるんだろうなあって思った。だから声をかけてみたくなったの。この人といたら、きっと何にもなくて楽だろうなあって。どう思う？」

「おもしろいね、考え方が」

「でも違った。藤沢くんは、つながることをすごく信じてる人で、私びっくりした」

「そうかな」

「今日見送ってきた子ね、お互いにやりすごさなかった唯一の例外だったの。中学から去年までずっと同じクラスだったの。私、彼女のことがすごく好きで、本当に大事だった。でも、仲をこじらせちゃって、あっちは海外に行くことになって、ああ、やっぱりこんなものなんだ、偶然クラスが長いこと一緒だったから、勘違いしてただけだったんだって思って、まあ、世の中こんなものだろうってあきらめて……。私、もう少しで押し流しちゃうところだったな……」

彼女はそれだけ言うと、また静かにすすり泣き始めた。

ぼくはじっと動かずにそれを聞きつづけていた。

水野理佳はぼくを通して自分を正しい場所に置きなおそうとしている。そう思える。

たぶん彼女はぼくを必要としている。

水野理佳は、たぶん、ぼくに助けを求めている……。昔サユリが、ぼくらに何かを伝えようとしていたときのように。

でも今のぼくに力があるだろうか。彼女がぼくについて言ったことは正しい。今、ぼくはまさに全てを流れていくものとしてやりすごして生きているというのに。中学三年の暑い夏に自分の中にあった湧きあがる力はもうどこにも感じられない。

ぼくはヴェラシーラを飛ばすことができなかったんだ。

あのころぼくと白川拓也が持っていた飛ぶ力はもうないんだ。

あの力はサユリとともに失われてしまったんだ。ぼくにはもう、自分自身を救う力も残っていないんだ。

けれど現実的に、ぼくはもう水野理佳に後戻りできないほど深入りしてしまった。彼女に対して、ぼくはもう責任を負っているのだ。

どうやらぼくは今日、彼女をひとつのいい方向に導くことはできたらしい。まだ少なくとも、そのくらいのことはできるらしい。

なら、そこから始めるしかない。

彼女の髪に、手を置いた。

体温が移っていて、髪はかすかに温かかった。

彼女は目を閉じて、より深く、体の重みをぼくに預けた。

ぼくはどことも知れない塔群の中ですすり泣きつづけるサユリの夢のイメージを頭から振り払った。少なくとも、振り払おうとした。

5

素焼きのような素材でできた、石筍《せきじゅん》じみた巨大な塔群、そのひとつの頂上にサユリはいる。

サユリしかいない。たった一人だ。

彼女のほかには、風の音がするばかりだ。

塔のへりに、心細そうに立っている。見上げると褪色《たいしょく》した空がある。見下ろしても、そこには同じ色の空がある。塔は果てなく伸びる。遠くにいくほど細くなって、やがてかすんで見えなくなるが、おそらくその向こうにもずっと続いている。

しゃがみこんで、彼女は膝《ひざ》を抱く。

風の音しかしない。

さびしくて心細くてたまらない。

「誰か……」

声にならない声。

「さびしいの……。さびしいのはいやなの……。一人はいやなの……。誰か……」

息だけの声が風に溶ける。

「誰かいて」

願いを聞く者はない。

「ヒロキくん、タクヤくん、ここはさびしいよ。誰もいないの。わたし、どうしてこんなところにいるのかな」

サユリはひとり語りつづける。

「わたしは、こんなところにいたくないの。けれどどうしてかな、わたし、ずっと昔から、ずっとここにいたような気がする。ねえ……」

サユリは心の中にいる友達に、届くあてもない手紙を書くように語りかけている。

「ねえ、助けて……」

ぼくは夢の中で、それを聞いている。

*

岡部さんからの手紙が届いた。

ある日の夜、寮に帰って郵便受けの蓋《ふた》を開けると、白いそっけない封筒が入っていた。部屋に入って荷物を置いたあと、一応、開封して読んだが、本心を言えば、読みたくはなかった。

向こうの近況が書かれていた。米日とユニオンの関係は数年前とは比べものにならないほど緊迫していて、それに伴って蝦夷《えみし》製作所はずいぶん忙しいようだった。拓也がバイトをしなくなったので人手が足りないというぼやきが書きつけられていた。拓也は学業を熱心にやっているようだとのことだった。彼は学校の勉強なんか、熱心にならなくてもできる人間だから、たぶん高校のではない何か独自の勉強をしているのだろうと思われた。いくらでも仕事を手伝わせてやるからいつでも帰ってきていいと書いてあった。サユリやヴェラシーラのことに触れられていなかったので、ぼくは心から安堵《あんど》した。

返事をよこせと書いてあった。

出す気は起きなかった。

手紙を持っていた手を、ぼくはだらりと下ろした。息をついた。便箋《びんせん》二枚の内容を読み通すのに相当の努力を必要とした。

意識が故郷の方向に振れるたびに、ぼくは体が重く、気分が悪くなった。思い出させないでほしかった。なくしたものを思い出すのは辛いことだった。

何もおそれない力を持っていたころのぼくに向けて、その手紙は書かれていた。それは何よりも勘弁してほしいことだった。何年か前にぼくの中にあった光るものや強いものはとっくに失われている。それがあった場所には今は不当な重石《おもし》がつめこまれている。そう感じる。

ぼくは壁に背を預けてずるずるとしゃがみこんだ。

涙を流したくなった。泣きたかった。そうして何もかも吐き出してしまいたかった。でも涙は出なかった。鉛の重石はあいかわらずぼくの中にありつづけた。

サユリの消失がぼくに与えた痛手の大きさを、あらためて実感した。飛行機を結局飛ばさなかったことが……結局あの塔に行かなかったふがいなさが、自分自身をどれだけ損なったかをぼくは知った。岡部さんからの手紙は、ぼくが忘れようとしていたそういったことをすべて揺り起こし、目覚めさせた。

ぼくはあらためて確信した。ぼくはもうあそこに帰ることはできない。破れた夢や、あったはずの可能性の残滓《ざんし》を見上げて生きてはいけない。

ぼくは手紙を投げ捨て、部屋を出てドアに鍵《かぎ》をかけた。手紙をそこに閉じこめておきたかった。

夜の古びた住宅街をあてもなくぶらぶらと歩いた。ちょっと大きな地震が起きたら確実にぺしゃんこになりそうな木造モルタルのアパートが建ち並んでいた。民家もたいていはひどくくすんだモルタル塗りだった。自販機の光がときおり道を照らしていた。路地をのぞきこむと、朽ちた屋台が放置されていたりした。夜気で体を冷やしていると、少し安心できた。

土の匂いがして、目をやった。

道沿いに工事の金網が張られて立ち入り禁止になっていた。その向こうにユンボが置かれていて、少しだけ土が掘り起こしてあった。

工事現場のさらに奥側に目をやると、ずっと遠く、ずっと向こうに、西新宿のぎらぎらとした未来的な高層建築が光を放っていた。ほとんどの窓に光がともり、鏡面仕上げや高価なタイルでコーティングされた壁面が下からライトアップされていた。

本当にあの中では、誰が何をやっているんだろうな。

想像できない。まったく現実味がなかった。あのいくつもの高層建築は、いったい同じ世界のものなんだろうか。どこか別世界の非人類の都市が、蜃気楼《しんきろう》として浮かび上がっているようにしか見えない。

ぜんぜん、リアルじゃない。

どこかからホログラムで空に投影しているだけのまやかしのように感じるのだ。

ぼくは天空に突き出したその無機質な塔を、目を細めたり顔をしかめたりしながら、しばらくのあいだ見やっていた。

ぼくはここにいるしかないんだ。どうしたら、この景色にぼくは馴染《なじ》めるのだろう。

首が疲れてくるまでそうしていた。

目をそむけたとき、サユリの夢で見た石筍みたいな塔の群れのイメージがビルに重なった。

それはつかのまの錯覚だったのだけど、意外なほどぼくの心を打った。

ああ。

リアルだ。

6

一、二ヶ月くらい時間をかけて、理佳は恋人と別れた。ぼくは彼女が他の誰かとつきあっていても気にならなかったのだけど、彼女はそういうことはきっちりさせておきたいのだと言った。

「人とのことを、あやふやにしておくのはやめたの」

「格好いいね」

「でしょう?」

ありきたりでない受け答えをして、彼女は笑った。

「でもなんでこうなっちゃったんだろ。私最初、藤沢くんのことすごーく甘く見てたんだけどな」

「甘く?」

「そう。甘く見てたから、都合のいいときに適当に引っぱりまわしてもいいやって、そんなつもりでいたんだけどな。おかしいなあ。きっと藤沢くんが、すごく特殊な人だからだね」

「特殊って何? おれ、なんのとりえもなくて困ってるくらいなのにさ」

「またとぼけてる」理佳は口を閉じたままとがめるような笑い方をした。「私そういうのに敏感なの。あなたは自分のことを特別だってわかってる。きっと実際に特殊なのよね。私も自分のことけっこうそう思ってるから、わかるのよ」

ぼくは何も言わなかった。

ぼくと理佳とのつきあいかたは、以前と質的にはそれほど変わることはなかった。ときどき昼ごはんを二人でとり、学校が終わってからの時間を一緒に過ごすようになったというくらいのことだ。

　数日続いた長雨が終わった日、理佳に誘われて昼休みに学校を抜け出し、近くのビルの二階に入っているファミリーレストランに飯を食いに行った。彼女はグラタンを注文し、ぼくは鶏五目雑炊《ぞうすい》のセットというのを頼んだ。コンビニ飯ばかり食べていて、パスタだとか揚げ物だとかに飽き飽きしているので、外食の店に入るとついついそういうものを注文してしまうのだ。

「お爺《じい》ちゃんみたい」

　と彼女は笑った。

「ねえ、一人暮らしで、いったいふだんはなに食べてるの？」

「朝はコーヒー、昼はパン。夜はコンビニ」

「うわあ、絵に描いたような駄目な食生活ね。そんなんじゃ体おかしくなっちゃうよ」

「うん」

「うんじゃないでしょ」

「一応、マルチビタミンの錠剤みたいなのを飲んではいるよ。それにあんまり食べることに興味ないし」

「ぜったい変。食べることに興味ないなんて」

　理佳は困ったような何かに迷ったような微妙な顔をした。

「どうしたの？」とぼくは訊《き》いた。

「いやあ、ここで、お弁当作ってきてあげるとでも言えれば格好よく決まるなあと思って」

ぼくは笑いながら言った「いいよしなくて、そんなこと」

「うん。しない。そういうべたべたしたの嫌いでしょ」

「まあそうだね。どういう顔して受け取ったらいいかわかんないしね」

「私、朝がまったく駄目。だからもし気が変わっても一切期待しないでね」

「大丈夫、しない」

「でもそうきっぱりと期待されないのも気分よくないなあ」

理佳はまたそういう反応に困ることを言った。しばらく考え込んだあと、彼女は言った。

「ねえ、私だいぶ前から、自分の食事は全部自分で作ってるのね。だから料理はかなりできるの。そうは見えないかもしれないけど」一応、意識の中に銘記しておいてほしいんだけど」

「べつに疑わないよ」以前ちょっとだけ聞いた彼女の家庭の問題をぼくは思い出した。

「だから希望があれば、ごはん作りにいってあげたりはできるよ。これ、わりと真面目に訊いてるけど、どうする？」

「え……」

急な話に戸惑いながら、少し考えて、

「いや、いいよ。悪いし」と答えた。そういえばこれまでぼくは自分の部屋に友達を入れたことがなかった。「すごく汚いところだから恥ずかしいしね」

「私そんなの気にしないのに」

「たぶん、その想像をはるかに超越したとこだよ」

ぼくは自分の寮がどんなにボロくて薄暗くて湿っぽいかということを誇張をまじえて話して聞かせた。理佳はけらけら笑っていた。

「興味あるなあ。家ではいつもなにしてるの？」

「特に何もしてないよ。宿題をやって、予習復習とかやって、あとは音楽を聞いたり本を読んだり……ときどきバイオリンも弾くけど」

「バイオリン？　弾けるの？」ずいぶん意外なようだった。

「まあ、そこそこはね」

「えー、何で？」

「何でって何で？　弾けるのは練習したからだけど」

「私聴きたい！」

理佳はテーブルに身を乗り出して顔を寄せてきた。

「いや駄目だって」ぼくは大きく首を左右に振った。「へったくそなんだ」

「いいじゃない、上手《うま》い下手なんて。今から音楽室行こうよ」

「いやー、ほんとに勘弁して。それだけはほんっとに」

「えー、つまんなーい」

ぼくはデジャ・ヴュを感じながら、自分のバイオリンを誰にも聞かせないつもりでいる自分を発見していた。

理佳と一緒にいるのは楽しかったし、彼女といるとぼくは気持ちをリラックスさせることができた。けれどどうしてだろう、楽器を構えている姿を見せる気にはならないのだ。それはおかしなことだ、間違っているとさえいえることだとは思うのだけど……。

そのようにして季節は移り変わり、冬が来て、春が来て、ぼくは高校三年生になった。クラス替えで理佳とは別々のクラスになってしまったが、ぼくらの仲は特に変わりはしなかった。なるべく同じ補講を取るようにして、隣の席に座った。それと、これは特に示し合わせたわけではないけれど、交代で互いのクラスに迎えにいって、帰り道を一緒に歩いた。

変わったのは、サユリの夢を頻繁に見るようになったことだ。

数日に一度は彼女の夢を見た。サユリのいる色あせた写真みたいな奇妙な空間は、なぜだかわからないけれど、とても親しみ深いもののように感じられた。

逆に、目覚めているときの視界からは現実感がどんどんなくなっていった。空や街路樹や街並みの色は、ぼくにはペンキ絵のように見えた。目を細めてそういった景色を眺めるたびに、ぼくは心細い思いをした。理佳といるときにはつかのま不安を忘れることができたけれど、現実との間に生じたずれはそれでも依然としてぼくの中にあった。

ときどき夜中にぼくは近くの駅に出かけるようになった。階段を降りて、丸ノ内線の西新宿駅や、大江戸《おおえど》線の新宿西口駅の改札前に立って、一時間くらい、人待ち顔をしてそこにたたずんでいた。そうして、見知らぬ人たちの中にまぎれていれば、周りの景色に少しずつ馴染んでいけるのではないかと思ったからだ。

けれどそうはならなかった。ぼくはずれた自分自身を抱え、ただ足を疲れさせただけだった。そこに待っていたところで、誰がやって来るわけでもなかった。当然だ。ここは、学校帰りに駅で辛抱強く待ってさえいれば誰か知り合いに必ず会えたあのローカルな世界じゃないんだ。改札から吐き出され、あるいは吸いこまれてゆく人の顔はみんな同じに見えた。匿名《とくめい》の人々が、匿名の集合体としてただ流れていた。低予算映画の群衆シーンみたいで、まるでリアリティがなかった。

ぼくはなかば無意識のうちに、そこにあるたくさんの匿名の顔の中から、識別できる特定の顔を見つけて合流したいと願いはじめていた。でも、探すべき「特定の顔」をぼくは具体的に思い浮かべることができなかった。人々は改札を通って入り、あるいは出て行った。ぼくはどこにも行けないでいた。ぼくは顔のない匿名の人になりたいと思った。群体の一部になりたいと思った。幽霊みたいになりたかった。

でももちろんなれなかった。ぼくはこの街には含まれていなかった。

7

ここで、全てが終わったずっとあとの話を少しだけしておこうと思う。

手紙についてだ。

ぼくが大学を出て、大学院に入って、そこを修了した年だから、二十六のときだ。その年の春、拓也から一度だけ手紙が届いた。

いや、手紙といったが、正確には小包だ。

時候の挨拶《あいさつ》や、旧交をあたためる添え書きなどは一切なかった。

それどころか住所や連絡先すら書いてなかった。八年ぶりの便りだった。彼はそれだけの期間、ずっと行方不明だった。連絡先が書かれていないのは、教える気がないからだ。うっかり書き忘れるなんてこと、あの白川拓也にはありえないことだ。

小包の中身は日記帳だった。ぼくは彼が毎日日記をつけていたことを初めて知った。送られてきた日記はきっかり、彼の高校時代の三年分あった。

ぼくはそれを読んだ。ぼくと彼が会わなかった三年の間に、彼の身の上に起こったこと、彼が思ったこと、そういったことが書き連ねてあった。

ぼくは彼が日記を送りつけてきた意図をはっきりと理解した。彼はぼくに、「忘れるな」と言っているのだ。彼自身のことを。サユリのことを。あの中三の年のあまりにも特別な夏と、そのあとにやって来た氷河期みたいな三年間のことを。あの短い数年のうちに、ぼくと拓也を決定的に方向付けてしまったすべてのことを。あまりにも特別だったぼくら自身のことを。

記憶から消すな。押し流すな。なかったことにするな。彼はそう警告しているのだ。

もちろん、忘れる気などない。もうずっと遠い昔、忘れられたくないとつぶやいたサユリの言葉をぼくは今でも忘れていない。

それが、ぼくがこの文章を書いている理由だ。

8

その日は朝から小雨が降っていた。軍大学の構内は温度も湿度も完全にコントロールされていたが、それでも雨の気配がコンクリートを通して染みこんでくるように拓也には感じられた。高校三年の年、白川拓也は青森市内にある米軍のアーミーカレッジに外部研究員として出入りしていた。戦時下特殊戦略情報処理研究室、通称〈富澤《とみさわ》研究室〉というのが所属部署だ。その年の春に彼の元にスカウトがやって来た。前の年に拓也は量子物理学の学術雑誌の懸賞論文にいくつか応募し、賞金を得ていた。それがきっかけだということだった。顔の広い岡部が陰で彼を推挙していたことを知ったのはずっとあとのことだった。

そのスカウトには当然のように高校卒業後の推薦入学と学費免除の特典がついていたので、拓也は迷わず飛びついた。そして最低限必要な単位を取る以外は高校に行くのをやめてしまった。彼は高校での授業や生活に、ほとんどなんの価値も見出《みいだ》していなかった。

研究室に入った彼は、院生に交じってゼミに参加することになった。頻繁に論文提出があり、大規模な実験のあるときにはスタッフとしてオペレーティングを担当した。実際問題として高校の授業にかまけている暇はなかった。富澤研究室では量子物理をコンピュータを使って解析していたから、高度なプログラムのスキルは必須《ひっす》だったが、それは彼にとっては最も得意とする分野だった。彼は生まれて初めて退屈でない学業の場というものを手に入れた。

その日は大規模な実験があり、朝からその準備に忙殺されていた。一昨年《おととし》に建設されたばかりの研究棟は窓の一切ないコンクリートの建物で、実験室はその八階にあった。

拓也は二人の院生とともにコンソールの前に座っていた。各自の目の前には液晶モニターとキーボードがある。拓也は自分用のキーボードを持ちこんで接続していた。備品の鍵盤《けんばん》では打鍵速度が上がらずストレスがたまるのだ。

モニターの背後は一面ガラス張りになっている。その向こうが実験室の中枢だ。二十畳ほどのその空間は完全に密閉され空気の出入りもない。中央に、大人三人が手をつないでようやく一回りできるほどの太い柱が立っている。柱は複雑にねじれている。現代アートのオブジェだといっても通用しそうなデザインだ。

この柱は、平行世界を受信するためのアンテナだ。

拓也の背後はやはりガラス張りだ。一段高くなったガラスの向こうが中央モニター席で、そこに富澤教授と有坂《ありさか》助手がいる。その背後で今日は制服姿の米軍の将校と背広の男が見学している。

「お客さんがいるけど、いつも通り、気にせずにね」

富澤教授の声がスピーカーを通して拓也たちのモニタリングスペースに響いた。

「ファーストフェイズ終了。次に行こう」

「はい」拓也と院生たちが応答する。一斉にキーボードを叩《たた》き始める。

「次、濾過《ろか》ステージ。セカンドフェイズ開始します」マイクに向かって拓也は言った。

「指向性解像度、前回より二五パーセントプラスです」院生が続いて言う。

富澤は満足げだ。「いいねえ、今度こそいけるかな。アルゴリズム、うまく選んでいけよ」

拓也の担当パートを背後でチェックしていた有坂が言った。「白川、そのアルゴリズムは？」

「グループ抽出フィルタリングに手を加えたんです。エクスン・ツキノエの論文をもとに……」

「何……」

「抽出効率が上がっているはずです」

「やるねえ、白川くん」富澤が調子よく言った。

制服の軍人が英語で訊《き》いた。

「エクスン・ツキノエとは？」

富澤が英語で答えた。「初めて平行世界の存在を証明したユニオンの研究者です。エゾの塔の設計者だといわれています」

「あの螺旋《らせん》が」と制服は実験室のアンテナを示した。「塔のモデルなのか？」

「そうです。これから柱の中心数インチ四方の空間を、別の宇宙と置き換えます」

アラームが響いた。全員が緊張した。

「とらえました！」拓也が鋭く言った。その場の全員がモニターを注視した。「XA、YC、ZC方向に露出反応確認。分岐宇宙が五……いや、六あります」

モニター上のグラフに六つの曲線がうごめいている。

「六つか。たくさん見つかったな」富澤は指を組みなおした。「同調ステージ開始。つながってくれよ……」

有坂が応じ、指示を出す。「サードフェイズ開始します。三人とも、最も近い平行宇宙にそれぞれ接続アプローチしろ」

拓也と二人の院生がキーボードを叩き、発見した分岐宇宙にシステムを接続してゆく。乾燥した打鍵音が響く。拓也の右隣に座っていた院生が彼の手元を見て思わず「速い」とつぶやく。

「白川がいちばん近い」有坂がつぶやいた。「接続可能領域まであと一二エクサ。一一、一〇、九・四、九・二……」

再びアラームが鳴った。

制服が身を乗り出した。

「つながりました！」拓也は早口になっていた。「隣接するひとつの分岐宇宙に接続成功。露出反応も安定してます」

思わず立ち上がっていた富澤が座りなおした。

「よし、このまま変換ステージに移ろう」それから制服に向かって説明した。「これから分岐宇宙との空間置換が行われます」

「フォースフェイズ。平行世界との空間置換開始」と有坂の指示。

赤いグラフには一本の曲線が表示されている。

アラームの音の高さが変化する。

「半径六〇ナノ空間の位相変換を確認しました。急速に拡大中。まもなく肉眼で確認できます」

モニターのひとつがカメラ映像に切り替わった。中央にぼやけた黒っぽい部分がある。

「あの箇所だけ、別の宇宙の組成でできた、まったく別の空間です」富澤が英語で言った。

「エゾの塔にも同じことが可能なのか？」

「その通りです。原理的にはまったく同一のものです。ただしあちらははるかに大規模かつ高精度です。我々は数回に一度しか成功しませんし、ようやく砂粒くらいの置換に成功する程度です」

拓也を含む三人の院生が休むことなく複雑なコマンドを入力し続ける。

しかし、手が止まる。

「だめだ……」

拓也からそんな言葉が漏れた。

「だめです。露出反応減衰。平行世界との接続をこれ以上維持できません」有坂の報告の声に焦りが含まれている。

グラフの曲線の振幅が小さくなっていった。やがてブザーが鳴った。すべてのモニターの画面上に〝DISCONNECTED〟の赤い文字が表示された。

カメラ映像の中の黒点も、消えていた。

拓也は緊張を解き、ため息をついた。椅子の背もたれに体重を預けた。

ほぼ同時に、背後のモニター室で富澤がため息をついていたが、こちらには満足のニュアンスがあった。

「波動関数、収斂《しゅうれん》。分岐宇宙完全に消失。半径一・三ミリの位相置換に、一分十八秒間成功しました」

沈黙の中に有坂の淡々とした報告が響き渡った。

「真希《まき》さん」

資料類をまとめて実験室を出ると、笠原《かさはら》真希が富澤教授と立ち話をしていた。

笠原真希は拓也のチューターを務めるドクターコースの研究者だった。専門は脳化学だ。専門分野が違うので直接的に彼女の指導を受けることはなかったが、施設の使用や提出物の進《しん》捗《ちょく》に関して拓也は彼女に細かく報告することになっていた。

おつかれさま、と拓也に微笑んでから、笠原真希は富澤に言った。

「先生、白川くん連れてっていいですか」

「ああ、空いたよ。なんだ君ら、いつも一緒だな」

「先生が今年いっぱいはついててやれっておっしゃったんじゃないですか」

「そうだっけ……。僕あしたから東京に出張だから、よろしくね」

「報告会ですね?」

「それもあるけど、例のカギが見つかったみたいなんだ。君ら脳化学チームは忙しくなるかもね……」

わからない話だったので、拓也はおとなしく聞いていた。

床も壁も光沢《こうたく》のある材質でコーティングされた廊下を、拓也は真希と並んで歩いた。笠原真希はいつも比較的早足で歩く女だった。早足で歩くのは自分に自信を持っているタイプによくある傾向だ、と拓也は思った。多くの研究者がそうだったし、拓也自身もそうだった。研究棟は広かったので、早足で歩くくらいでちょうどよくもあった。制服の軍人とスーツの男の二人組とすれ違った。さきほど実験を見学していた二人だった。

「軍人さん、最近よく来るね」と笠原真希が言った。

「スーツのほう、たぶんNSAですよ」拓也は答えた。

「NSA?」

「国家安全保障局」

「公安みたいな?」

「軍のスパイですよね」

「ふーん」真希は特に感想もないらしかった。「テロリストの暗躍の噂、最近多いものね」

拓也はうつむいた。彼は動揺を隠すのが年々下手になっていた。幸い気づかれなかった。

エレベーターの前で、階数表示が上昇してくるのを二人はじっと見つめた。

「今日の実験、うまくいったの?」

「データは取れましたが、まだまだです。ぎりぎり肉眼で見える程度の置き換えがやっとで。

ユニオンの塔には及びもつきません」

「それは仕方ないわよ。もともと基礎物理から大きくリードされちゃってるんだもの。エゾのあの航空写真……私も見たよ」

その写真を初めて見たときの戦慄《せんりつ》が、拓也に蘇《よみがえ》ってきた。

それは米軍の無人偵察機が撮影して電送してきたもので、ユニオンの塔が上空からのアングルで写っていた。

異変は塔自体にではなく、その周囲にあった。

塔を中心として、その周囲が同心円状に、真っ黒に変色していた。

地面が黒く塗装されているように見えたが、そうではなかった。

そこには、何もなかった。

あるいは虚無があった。

ブラックホールとはひょっとしてこういった外見だろうかと拓也は思った。それはただただ光を吸いこみつづける闇の縁だった。その闇の感じは、実験室内で作り出す黒いしみに酷似していた。

世界の反転だ。

塔の周辺は、世界が裏返っていた。そこにあった元の空間はどこかに消え去り、別の世界が侵食していたのだ。

チャイムが鳴り、エレベーターのドアが開いた。

「わからないのは、位相変換がなぜ塔の周辺半径二キロで止まっているかです」

鉄の箱の中で階数表示が下がっていくのをにらみながら拓也は言った。それが彼の癖のひとつだ。パソコン上に表示される残り時間のメーターやデフラグ画面にもじっと見入ってしまう。

「米軍は塔のことを、空間を反転させる強力な兵器だと考えています。でも攻撃目的だとしたら、あれじゃ意味がない。やみくもに自国内に穴を開けただけです」

「何かの事故で機能が停止しているのか、それとも単にそれだけの実験施設なのかしら」

「あるいは位相変換自体が、設計者も意図しなかった機能の暴走なのか。富澤教授は、塔の機能を押さえこんでいるようななんらかの外因があるんじゃないかって言ってますね」

研究棟を出ると、薄闇の空に雨が降っていた。

拓也は傘を講義棟のロッカーに置いていた。真希が折りたたみ傘を持っていたので、二人で傘に入ってカレッジの外庭を歩いた。

「ねえ、白川くん。明日《あした》は何してるの？　高校もお休みだよね」明日は土曜日だ。

「ちょっと調べたいことがあるので……」真希の肩が自分の肩に触れるのを感じながら拓也は言った。

「図書館？」

「いえ、知り合いの工場に」

「工場？」

笠原真希はもし邪魔でなければ同行したいと言った。遠いし何もないところですよと遠まわしに拓也は言ったが真希はいっこうにかまわないと答えた。携帯電話を院生室に置いてきたので、真希を待たせておいて拓也は電話ボックスに入り、押しなれた番号を押した。

「見たいって、おまえ、うちは社会見学はお断りだ」

岡部は電話越しに不機嫌にそう言ったが、笠原真希のことを軽く話すと態度を豹変《ひょうへん》させた。

「何ぃ？　女の子？　いくつの子？」

「知りませんよ。けどまあ、きれいな人ですよ。たぶん……」

ボックスのガラスの向こうに、手持ちぶさたにそっぽを向いている真希がいた。その横顔は、平均を二まわりくらい上回って整っている。

「おーう。じゃ、待ってるからねぇー」

機嫌よく岡部はそう言った。


翌日、拓也と真希は車で大川平《おおかわだい》に向かった。暗い色のセダンを運転したのは拓也だった。彼は十八歳になると同時に教習所に通い、免許を取っていた。青森市内で笠原真希をひろい、海沿いの280号線を飛ばして一時間半で蝦夷製作所に着いた。

天気はよかった。鳶《とび》が鳴き、米軍の戦闘機の編隊が轟音《ごうおん》を吐きながら空に飛行機雲で落書きをしていた。庭の大木のそばに車を停めた。車を降りると、笠原真希は敷地内に設置された鉄塔に興味を引きつけられた。

「へぇぇ……すごいアンテナですね」

「ちょっとだけ非合法なのも混じってるんですけどね」スラックスのポケットに手を突っこんで、くわえ煙草の岡部が解説した。拓也はちょっとどころかほとんどが非合法だと知っていたが、黙っていた。「これでけっこうおもしろいところにもつながるんですよ」

「へえ、ご趣味ですか。仕事？」

「まあ、半々ってとこです」

岡部は笠原真希が話の通りの美人だったので満足げだった。住みついている半野良猫が姿を見せた。拓也は近づいていって耳のうしろを掻《か》いてやった。

壁一面のシャッターを開放すると、蝦夷製作所は巨大なガレージのような趣になった。工場内にも秋の微風が吹きこんできた。この日は工場は稼動しておらず、社員も岡部のほかは佐藤が詰めているだけだった。笠原真希が差し入れにケーキを持参していたので、拓也は給湯室に行ってお茶を淹《い》れた。建物の庇《ひさし》の下に持ち出されたアルミのテーブルに四人はついた。

「じゃ、真希さんは脳の研究がご専門なんですか」と岡部は訊《き》いた。

「はい。記憶とか睡眠とか、夢とか。そういうのをやってます」

佐藤が質問した。「でも拓也と一緒の研究室なんですよね。拓也おまえ、塔の研究やってるんじゃなかったっけ」

「ええ。俺のほうは塔の研究で……」少し考えこんだ。「でも根本的な目的は同じなんですよ。どう言えばいいのかな。どちらも平行世界を扱う研究なんです」

「平行世界？」佐藤はおうむ返しに訊いた。

ているんです」

真希はケーキにフォークを入れた。「あの、人が夜、夢を見るみたいに、この宇宙も夢を見ているんです」

「宇宙が……」と佐藤。

「世界って言ったほうが、とらえやすいかもしれませんけど」真希はよどみなく話す。「もしかしたらこの世界は、こういう歴史を進んだかもしれない、こうであったかもしれないっていうさまざまな可能性を、世界は夢の中に隠し持っているんです。そのことを私たちは、平行世界とか、分岐宇宙とか呼んでいます」

「SFっぽいですね」と佐藤は言った。「そういうの、小説で昔読んだことあるなあ。パラレルワールドね……」

「実在するんですよ」と真希は言った。「五十年くらい前から、それがわかってきたんです」

「実在するんですか?」岡部が訊いた。

「ええ。これは有名なたとえ話なんですが……」真希は親指でコインをはじくしぐさをした。「硬貨をはじいて、裏か表かを当てる遊びがありますよね。はじく前には、表が出たとする。表が出る可能性も、半々ずつあるわけです。そこで実際にはじいて、表が出たとする。はじく前には存在していた、裏が出る五〇パーセントの可能性は、いったいどこにいってしまったんでしょう……」

岡部も佐藤も、真面目な顔で聞いていた。佐藤が言った。「本当は表が一〇〇パーセントだったのが、人間にはわからなかっただけじゃないんですか」

「波の収縮」と真希は言った。「ええ、長年そんなふうに思われてきたんです。でも五〇パーセントはやっぱり五〇パーセントなんです。最初から片方が一〇〇だったのではなくて、コインをはじいた時点で、表が出た世界と裏が出た世界とに、世界が二つに分岐した、と今では考えられているんです。つまりこの世界は今この瞬間にも、トーナメント表を上から下におりていくみたいに、無数に枝分かれしているんです」

「へえ……」

「それで私の研究は、その平行世界が人の脳や夢に及ぼす影響を調べることなんです」そこで話が戻った。「ユニオンのあの塔も、平行世界を観測しているっていう説が有力なんです。白川くんがやっているのは、そういう、テクノロジー的なアプローチですね。私のは、脳化学からのアプローチなんです。生物の脳は、太古から無意識のうちに平行世界の情報を感知してきたんじゃないか、脳の中を行き来する分岐宇宙の情報が、ひょっとしたら、人の予感や予知といったものの源泉なんじゃないか……そんな研究をしています。でもオカルトみたいに聞こえますよね、こんな話」

「いえいえ、ぜんぜん」岡部は煙草のパッケージを振って一本くわえながら大げさに言った。

「宇宙が見る夢を、人間も見ているってことでしょう。ロマンチックじゃないですか」

「ロマンチックぅ?」拓也と佐藤が異口《いく》同音につぶやいた。この単語がこれほど似合わない男も珍しい。

「なんだよ?」

「いいえ」

「別に」佐藤と拓也がそれぞれにとぼける。

「予感や予知ってことは、笠原さんの研究が進めば、人工的に予言みたいなことができるようになるわけですか、人間は」佐藤が訊《たず》ねた。

「いいえ……。それは無理でしょうね。少なくとも超能力的なイメージで、そういったことが実現することはないと思います」

「なぜです?」

「アンテナがついてないからですよ。人間には」と答えたのは拓也だった。「人間はある種の電磁波を受信して、ものの形や色彩を認識するアンテナを持っている。それが目です。空気の振動の波を受信する耳というアンテナもある……。でも他世界の情報を受信する器官はないですからね。そういう現象があるとしても、入力が接続されてないスピーカーにたまぁに一瞬ラジオが混信することがあるみたいなもので、まあ偶然です」

それからなにげなく、庭に何本も立ち並ぶ無線鉄塔に目をやった。

「そうだな、人間が脳で感知するためには、人工的に作ったアンテナと脳を直接接続する必要があるかな……」

「うえぇ、スプラッタぽいなあ」佐藤がかすかに嫌な顔をする。

「やってる人いますよ、そういう動物実験」言いながら真希は平然とケーキをぱくついていた。

「現状であまり実のある研究とも思われないけど……」

「でも真希さんはご立派ですね」岡部は煙を吐きながらそう持ち上げた。少しわざとらしい。

「青森のカレッジといえば、そこらの大学とはわけが違う。政府諮問《しもん》機関じゃないですか。お若いのに、そこのメインスタッフとは……」

「いいえ、そんな」真希は照れていた。「でも私、塔に憧《あこが》れていたから、やりがいはあるんです」

拓也は思わず真希を見た。初めて聞く話だった。

「でも本当にすごいのは白川くんのほうなんです！」真希が急に力強く断言した。

「拓也が？」と佐藤。

「そうですよ！　十八歳で外部研究員なんて前代未聞《みもん》なんです。しかも誰よりも熱心だし、何歳も年上のスタッフよりずっと優秀なんです。私、世の中にこんな人がいるんだなあ、かっこいいなあって」

岡部が真希に見えないようにこっそり渋面《じゅうめん》を作り、佐藤がお気の毒、という顔でニヤリとした。

「そんな。俺なんて全然……」

拓也は小さい声で恐縮した。足元に猫がすり寄ってきたので、ケーキを分けてやると喜んで飛びついてきた。

「えっ、嘘!?　なにこの猫!?」真希が目を丸くしていた。

夕方、拓也は青森市内の真希の自宅まで車で彼女を送った。市内に用事があるという岡部も同乗していくことになった。岡部がそう言い出したときには佐藤は「エッ」と驚き、真希はがっかりした顔をしたが、拓也は平然と「ええ、いいですよ」と言った。彼にとっては岡部の同乗は都合がよかった。

真希の自宅前で彼女を降ろし、手を振って家に入っていくのを見送った。シートベルトを締めなおしながら岡部が言った。

「駅で降ろしてくれるか」

「岡部さん、これからどこかへ？　八戸ですか」

「いや、新幹線だ。明日《あした》から仕事で東京なんだよ」

「どっちの仕事です？」

岡部は煙を吹き上げて、答えなかった。

拓也のセダンは住宅街の二車線道路を走っていた。赤信号に引っかかり、止まった。拓也は再び口を開いた。

「岡部さん、お願いしてたこと、考えてくれました？」

シートを倒し、車の天井を見ていた岡部は、くわえ煙草のままの不明瞭《ふめいりよう》な口調で言った。

「なんだっけ？」

「ウィルタに参加したいとお願いした件です」

それはサハリンの先住民族の名前であり、日本国内で最も活動が活発な反ユニオンの武装テロ組織の名前でもあった。

「ああ、あれか」また煙を吹いた。「おまえもくどいな。それより研究室、がんばってるみたいじゃないか。塔の研究してるんだろ。じゃあ、うちに加担するわけにはいかないじゃないか」

そうやってのらりくらりとかわすのが、岡部の常だった。

「そうでもありません。むしろ……早く片付けてしまいたいんです」

そのとき彼は気づいたのだが、フロントガラスの向こうに、細く白い垂直線が見えた。拓也はそれをにらみながら言った。

「早く片付けてしまいたいんですよ……あの塔のことは」

9

第二十三回日米軍事研究報告会議事録（抜粋）
報告日　＊＊＊年＊＊月＊＊日
会場　東京大学安田《やすだ》講堂
報告者　青森アーミーカレッジ　戦時下特殊情報処理研究室　富澤常夫《つねお》
「……このように、行く手で枝分かれしていく多元宇宙の偏りを検知することで、非常に高精度の未来予測が可能となります。私の研究室の最終的な目標もここです。これは従来の理論モデルや確率論ではなく、あくまでも現実の——つまり分岐宇宙で実際に発生したという意味ですが――未来の結果をもとにした情報です。ページの先をめくって何が起こるかあらかじめ知っておくようなものです。このことが政治そして軍事の意思決定に及ぼす影響ははかりしれないでしょう……。

ただ、率直に言って、一方でユニオンの量子重力論の応用技術は、我々とは比較にならないレベルの高さに達していると考えざるをえません。現状のまま進みますと、量子学的に未来予測を実用化するのはユニオンが先ということになります」

スクリーンに写真四点表示

一九七四年の北海道中央部の航空写真（省略）
一九八四年の北海道中央部の航空写真（省略）
一九九四年の北海道中央部の航空写真（省略）
一九九七年の北海道中央部の航空写真（省略）

「道央……エゾの中央に立つ、あのシンボリックな塔の建設が始まったのは、南北分断直後の七四年。稼動が開始されたのは九六年ごろだと推測されています。九七年の偵察写真では、すでに塔の周囲に明らかな位相変換が見られます。

設計の中心的役割を果たしたといわれているエクスン・ツキノエが、もともとは本州の出身であるという事実は、我々連合側にとってはまことに皮肉なことです。

……さて、続いて実際に平行世界の情報を検知していくための、いくつかの新しい技術的試みについて説明します」

10

数日が過ぎた。その間に仕事ははかどった。家には帰らず、院生室にこもって論文を二本仕上げた。疲れると椅子を並べてその上で仮眠をとった。

朝までモニターの前に座っていたので、ずいぶん疲れていた。富澤教授にメールで論文を送り、午前中は雑用で過ぎた。疲労がひどくなったので、駐車場に出て車の中で眠った。目が覚めると辺《あた》りは暗くなっていた。世界や時の流れから自分一人が取り残されたような嫌な気分だった。

携帯電話の電源を入れると、笠原真希からの二回の着信履歴があった。少しだけ気分が良くなった。しかしコールバックする気は起きなかった。かわりに別の番号を押した。よく押すナンバーだが、メモリに登録はしていない。発信履歴、着信履歴もすぐさま消去する。

「白川です」

「……ああ」岡部の返事はいつも大儀そうだ。

「近いうちどこかでお会いできませんか」

岡部はたまたま市内に出てきていた。シートを起こし、エンジンをかけた。

八十に手が届こうかという老婆がひとりで切りまわしているその古い飲み屋は青森漁港のそ

ばにあった。真っ白で近代的な青森ベイブリッジを西から東へ渡りながら、もしユニオン軍が上陸してきたらこの橋は真っ先に攻撃目標になるだろうなと拓也は思った。木の引き戸を開けて店に入ると岡部は手酌で先に始めていた。拓也はカウンターの彼の隣に座った。老いた店主はカウンターの向こうで居眠りをしていた。

岡部に酌をしながら聞いた。「首尾はどうだったんですか、東京出張の」

「あァ？」岡部は胡乱《うろん》そうに唸《うな》った。

「この時期の出張がウィルタがらみでないわけないでしょう」

岡部はふんと鼻を鳴らした。

「そんなことより、浩紀はどうしてるんだ。東京に行ったついでに顔を見てやろうと思ったんだが、結局連絡が取れずじまいでな」

自分が苦虫を噛《か》み潰《つぶ》した顔になるのが拓也にはわかった。

「あいつのことは……知りません。俺にはもう関係がないです」

「……ふーん」

「いつ塔をやるんですか」

岡部はあきらめて話し始めた。「実はPL外殻爆弾が手に入ることになった」

「PL……」

「知ってるか？」

「いえ……そっちのほうには疎くて」

「俺もよく知らんが、パラジウムと重水素を反応させてどうとか言っていた」

「ああ、なるほど……」拓也は理解した。「それはすごい……」

「どうすごい？」

「スペックを見ないとわかりませんが、たぶん、超小型核兵器、くらいのイメージでしょう」

「なるほどな。そいつは派手だ」岡部は新しい煙草に火をつけた。「で、問題は、塔に効くかってことだ」

「効くでしょうね……」拓也は即答した。「あの塔はそんなに堅牢《けんろう》な構造じゃないんです。ある種のしなやかさがないと、あれだけ繊細な高層建築というのは逆に成立しないんです。外装は一瞬で蒸発しますし、内部はナノネットのリボンが充填《じゅうてん》されてるらしいんですが、それも燃え落ちるでしょう。たぶん、残骸《ざんがい》も残らずに、すべて消滅することになると思います」

「そうか」

拓也も自分の煙草に火をつけた。そして言った。

「でも一介のテロ組織が、そんなものを持っているわけがない」

「その通りだ」

「米軍はいったい何を狙っているんですか。そんなものが使われたら、米軍が裏で糸を引いてるってことがまるわかりだ」

「さあなあ。言い逃れできるように周到に準備してるのか、内部での派閥争いが関係してるのか……あるいは言い逃れする必要がなくなるようなシナリオが想定されているのか」

「開戦」

「だろうな」

「むしろその流れを加速するのが目的？」

「かもしれん」

「でもウィルタとしては、それはどっちでもいい。塔を壊して、それをきっかけに南北統一が早まりさえすればいい。本土の人間は、米軍もだけど……塔を畏怖《いふ》している。実体のないあの圧倒的なイメージのせいで、ユニオンを不可侵のもののように感じている。だから塔を壊す」

「よくわかってるな。さすが秀才だ」

「やめてください」

拓也は灰皿に煙草を押しつけてから、言った。

「岡部さん、ウィルタに入れてもらう件、今ここで承諾してください」

「やめとけ」岡部は猪口《ちょこ》をあおった。「今でさえ関わりすぎなんだ。だいたいわかってるのか、活動やるってことは、まともな生活を全部あきらめるってことだ。へたすりゃ一生、こそこそ逃げ回ることになるかもしれん」

「わかってます。それでもお願いします」

「悪いことはいわん。今まで聞いたことは全部忘れて、おとなしく学者先生にでもなっておけ」

「嫌です。そういうわけにはいきません。どうしても許してもらえないなら、今聞いたこと全部公安にタレこみます」

言い終えることができなかった。その前に胸元を摑《つか》まれ壁に押しつけられ締め上げられていた。木製のスツールが二つ倒れた。カウンターの向こうの老店主は目を覚まさなかった。覚まさないことにしたのかもしれなかった。

「自分が何を言ったのかもわかってねえようだな」

その声はほとんど内緒話に近い低さだったが殴りつけられたも同然の圧力があった。岡部のジャンパーのポケットの下から固いものが拓也の腹に押しつけられた。自分がどれだけ暴力と程遠いところで生きてきたかということを拓也は思い知った。まったくのお坊ちゃんだった。

拓也は自分が震えているのを感じた。喋《しゃべ》ろうとして、自分の口がどもるのを聞いた。つっかえながらようやく言った。「それでも俺はやりたいんです。絶対に自分でやりたいんだ。苛々《いらいら》するんです。あんなものが立ってるってことが。あの景色が。あれが立ってる限り、俺は苛々し続けるし、どこにも行けない。何も変わらない」

「…………」

岡部に半分ぶら下げられたまま、しばらく動きはなかった。自分の荒い息だけを拓也は聞いていた。

岡部は拓也を締め上げていた手をゆるめた。拓也が息をつくより先に、ポケットから拳銃《けんじゅう》を抜いて拓也の手に押しつけた。

「持ってろ」

ずっしりと重く、その重量感に目が覚める思いがした。岡部は別のポケットから予備の弾をつかみ出し、拓也の上着のポケットにざらざらと流しこんだ。

「どこかで練習をしておけ。当てようなんて生意気なことは考えなくていい。重さと反動を体に覚えさせるんだ。落としたり、味方に当てねえことが第一だ」

手のひらの感触はひたすら固く冷たかった。拓也は戦慄《せんりつ》した。


その川原を見つけたのは、4号線を走っているときだった。車を停め、河川敷《かせんじき》に降りた。頭上に東北本線の鉄橋が走っていた。鉄橋の真下に入ってみた。上を見上げると、線路の隙間から空が見えた。列車が通ったら落ちてきそうな橋だった。

河川敷を右から左へと眺めた。少し離れたところにサッカーのコートがあったが、ゴールはなかった。そこにちらほらと人の姿があった。だからといってここそしようとは思わなかった。拓也は鉄橋の下から出て夕焼けの光を浴びた。

川を挟んで、遠くの空に塔を望むことができた。

自然と目が細くなった。目を細めたというより、頬をつりあげたのかもしれなかった。

煙草に火をつけて、待った。喫煙量は年々増えていく一方だ。しかも年々煙草が吸いにくい環境になっていく。研究室で煙草が吸えれば、おそらく能率が二割くらい上がるのだが……。

五本目が灰になるころ、遠くから踏切の信号音が聞こえた。

煙草を捨て、ポケットに手を入れた。固く冷たい鉄があった。二、三歩前に進み出ながら銃を取り出し、安全装置を外し、スライドを引いた。特に人の目は気にならなかった。

塔に向かって、まっすぐ銃を構えた。

電車がやって来た。充分に騒音が大きくなったと感じたとき、引き金を引いた。手の中で暴れそうになった銃を握力で押さえこんだ。

続けて銃を撃つ。撃つ、撃つ。

薬莢《やっきょう》が吐き出される。火薬の細かい燃え滓《かす》が、頬にぴしりぴしりと当たるのを感じる。手の中で鉄が暴れる。刺激臭。その匂いに酩酊《めいてい》する。

電車が通り過ぎると、だらりと手を下ろした。

誰も気づきはしない。気づいたとしても本物の銃だとは誰も決して思わない。そのことに吐き気を覚える。昨日までの自分自身に吐き気を覚えている。

銃をしまい、きびすを返すと、拓也の顔と心は冷たく固くなっている。

11

「冷たく固い、ねじれた不思議な塔の上に、わたしはいました」

滅びた文明の遺跡を思わせる塔の群れがある。半ば崩れ、風化し、天井を失ったその塔の頂上で、サユリは膝《ひざ》を抱いている。

「そこは、ずっと遠くの宇宙からやって来たような、冷たく深い風が吹いていて、空気には違う宇宙の匂いがしました」

顔を伏せたままぽつりぽつりとつぶやき続けている。誰かに向かって。自分自身の内側に作った仮想の他者に向けて。そうしていないと、自分を保っていられない。

空は不透明で、軽石でこすったようにざらついている。風は不快ではないが、違和感がまとわりついている。

聞こえない音を感じている。高周波だったそれがやがて可聴域に入ってくる。空から聞こえてくる金属的な音。それが遠くのジェット機の音だと気づいてサユリは小さく声を上げる。顔を上げる。

立ち上がった。

その瞬間、塔は消滅した。

景色が入れ替わった。今サユリが立っているのはコンクリート造りのどこかの学校のグラウンドの中央だった。学校は朽ち果てていた。地面には雑草がはびこっていた。すべてのタイルがひび割れていた。校舎にもクラックが入っていた。打ち捨てられて少なくとも十年は経っている様子だった。

サユリは呆然《ぼうぜん》と見回した。遠くに見える町の景色にも生の気配はなく、すべてが崩れていた。

視界の端に赤い光を感じた。

火の色にも、夕焼けの色にも似ていた。優しい赤色だった。その光は校舎の三階の教室の中から発していた。

その赤い教室の窓に、白い鳩が何羽も集まっていた。

生きているものだ。

すべてが死に絶えた世界の中で、唯一の生きた気配。

暖かいもの。

渇望しているそれを求めてサユリは走り出した。

昇降口には一足の靴もなく、砂埃《すなぼこり》がたまっていた。靴は脱がずに廊下に上がった。立ち止まって見回した。

階段。

階段を走って上がった。二階をパスして、三階に上がった。廊下に出た。まっすぐな廊下とサユリは対峙《たいじ》した。

暖かい光が漏れている。

三年三組の札がかかった教室の前まで進み、一瞬ためらって立ち止まった。

思い切って教室の引き戸を開けた。

暖かい光は窓際の机から発せられていた。

その光る机だけが窓際にあった。他の机はすべて離れたところに寄せられていた。光る机の周りには何もない空間があり、他の机はまるでのけ者にするようにその机を避けていた。

それは悲しい光景で、それなのに親しみを覚えた。

教室の中に一歩踏み出すと、ろうそくの火を吹き消すようにふっと光は消えてしまった。

まるで避《さ》けられたようだ。

暖かいものから遠ざけられている……。

自分の顔がゆがんでいくのがわかった。

あきらめきれずに、ゆっくりと前に進んだ。窓からは、廃墟《はいきょ》になった新宿の高層ビル群が見えた。まるで戦争でもあったみたいだ。さっきまで光っていた孤独な机に触れた。温かみはなかった。冷えきっていた。

窓際の壁にもたれ、ずるずると座りこんだ。孤独な机は目の前にあった。自分の腕を抱いた。

「わたし、どうしてこんなところにいるの……。誰か……ねえ、誰か……」

顔を覆う。

「タクヤくん……ヒロキくん……」

目を閉じて、また開くと、そこは元の塔の頂上だった。もうジェットの音も聞こえなかった。風の音だけだ。

空の向こうに白い無機質なユニオンの塔がかすんでいた。

ときおり——風の具合によっては——この場所から、雲の果てに、あの塔が見えることがある。

＊

カツカツという威圧的なチョークの音で目が覚めた。授業中に睡魔に負けてしばらく意識が落ちていたようだ。しんとした雰囲気の中に板書の音が淡々と響いていた。

また、あの夢だ……。

彷徨《ほうこう》するサユリの姿を、ぼくは眠りの中で幾度となく目にしていた。彼女は滅びた都内の風景をさまよっていることが多かった。彼女は何かを探し求めていた。

三年三組。それは、ぼくの教室だ。

ぼくは窓の外に目をやった。少し視線を動かすだけで、外の景色が視界に入ってきた。

あの赤い机は、ぼくの机だった……。

天気は晴れだ。風が入りこんできて薄手のカーテンが揺れた。こんな日は、ぼくは憂鬱《ゆううつ》になる。三年間ここで暮らして、だんだんわかってきた。こんな風の吹く日には——。

この窓からは、方向が違うのが幸いだけど。

きっとあれが見えてる。


郵便受けを開けるとまた手紙が届いていた。ぼくに手紙をよこす人間は一人しかいない。狭い木造の階段を上って部屋に戻り、手紙を座卓の上に放り出した。床に落ちていたヘッドフォンを着け、目をつぶってバイオリンを弾いた。なるべく封筒が目に入らないようにしていた。

一時間ほどそうして無心になろうと努めたが、あきらめて手紙の封を切った。届くたびにいつも読むまいと思うのだが、結局は読んでしまうのだ。読んだあとで後悔するのがわかっているのにだ。どうしてなのかは薄々わかりかけていたが、つとめて考えないようにしていた。

主に近況報告だった。そこかしこに米兵や軍事車両の姿が散見されるようになり、青森は緊迫しているようだ。ユニオンとの開戦が遠くないことが空気でわかるとのこと。早ければ今年中、そうでなくても来年には戦争になるのではないか、しかし南北の日本を再統一するためならそれもやむをえないんじゃないかというのが岡部さんの意見だ。南北分断で、多くの家族や友人同士が軍事的な強制によって離れ離れになった。会いたくても会えないというのは辛《つら》いことだし、それが強制されたというのは間違ったことだ。そんなふうに書かれていた。岡部さんが訊《き》かれもしない自分の意見を書いてくるのは珍しいことだった。

拓也が青森アーミーカレッジの特別研究員になったと書かれていた。専門は量子物理学とのことだ。これにはかなり驚いた。大学を飛び越えていきなり研究者になってしまうとは思わなかった。あいつ、そこまですごいやつだったのか。そんな飛び級がまかり通るのは米軍の大学だからだろうなという気もした。環境の変化でいくぶん神経質になっているようだから、連絡を取って話し相手になってやったらどうかと手紙には書かれていた。読み終えると封筒に戻し、本にはさんでカラーボックスの奥に押しこめた。

その夜の夢にもサユリは現れた。

彼女はくすんだ色彩の街をとぼとぼと歩いていた。おそらく北新宿のあたりだ。細い道の両側に商店と住宅が雑居しているような街並みだった。ただしすべての建物が壊れ、ひび割れ、崩れかけていた。電柱が傾き、電線がたわんでいた。その向こうの遠景に崩れかけた高層ビルが無残な姿をさらしていた。廃墟の街だった。人は一人もいない。誰もいないというそのことがサユリを深く傷つけていた。

サユリは頼りない足取りで、誰かを探してさまよっていた。「誰か」といっても、誰でもいいのではなかった。彼女は具体的な誰かを探しているのだが、意識にロックがかかっていて、どうしても自分の頭の中で具体的な像を結べないでいるのだった。誰ともわからない誰かを探してむやみやたらに歩き回り、疲労にひたひたとひたされていった。

宇宙の果てから吹いてきたような風の匂いがした。サユリはいつまでもどこまでも一人だった。

目が覚めてぼくはベッドに起き上がる。リアルだと思う。廃墟になった新宿の風景はぼくの中でとてもしっくりと馴染《なじ》んでいる。そんなふうに感じていることがおそろしく思える。あれは戦争後の景色なんだろうか、とぼくは考える。ならぼくは戦争を望んでいるんだろうか？　そうでもないように思えるのだが、自分が深層で何を望んでいるかなんてわかったものではない。

夢の中の風の匂いがまだどこかに残っていた。埃《ほこり》っぽいような古い空気だ。それはとてもなつかしい気持ちにさせる匂いで、ぼくはずいぶん安心した。

電話が鳴った。

着信音を三回聞いて、手を伸ばした。受話器を取る前から理佳からだとわかっていた。実際その通りだった。ぼくに電話をかけてくる人間は少ないから、時間帯でだいたいわかる。日曜日の朝から電話をかけてくるのは彼女くらいのものだ。

「ああ、いた」と理佳は言った。「ねえ、前から言ってるけど、いいかげん携帯持とうよ。今どき持ってない人のほうがめずらしいよ」

「いや、いいよ」ぼくはいつも通りの答えをした。「特に不都合も感じてないし……」

「私が不都合だってば。連絡取れないんだもの。昨日の夜も電話したんだよ。どこに行ってたの?」

「いや、どこにも行ってないよ」昨晩、電話は鳴っただろうかと首をかしげた。「たぶん寝てたんだと思うけど……」

「いいね、一人暮らしって。好きな時間に寝たり起きたりできて」

そういう皮肉を言うとき、彼女がどういう表情を浮かべているか、ぼくはありありと思い浮かべることができた。

「会える?」彼女は言った。

「もちろん会えるよ。今日は補講も選択講習もないって知ってるだろ?」

「補講がなければ暇なの? 藤沢くん、他に予定とかないの?」

「ないよ」ぼくは特に考えもなく言った。

「ときどきわかんなくなるんだけど、あなたどういう人なの? 私がいなかったら休みの日はどういう生活になっちゃうの?」

「いや、考えたことないけど」とぼくはぼそぼそ言った。「ただふつうに生きてるんじゃないかな」

彼女は聞こえよがしにため息をついた。「そっち行っていい？」

「掃除が終わったら来てよ。あと何ヶ月かかると思うけど」

「またそういうこと言うんだもの。じゃあうち来ない？」

「いいよ。でもご両親は？」

「あの人たちはうちにいたためしがないの。気にしなくていいよ」

「一時間くらいで行くよ」

「おみやげは買ってきて」

そう言って電話は切れた。ぼくは着替えて新宿駅まで歩き、駅前の洋菓子店でフルーツゼリーを詰め合わせてもらった。山手線に乗り、池袋で降りて彼女の家まで歩いた。歩きながら、最近あいつはいつも不機嫌だなと思った。ぼくたちは高校三年で、受験の年だった。

理佳はいいとこのお嬢さんが通うことで有名なとある女子大を狙っていて、たぶん確実に入れるだろうという見通しだった（のちに実際、危なげなく合格することになる）。けれど、やっぱりピリピリした受験ムードの中に巻きこまれて、このところずいぶんナーバスになっていた。真夜中、日付が変わってから急に電話してくることも一度や二度ではなかった。ぼくはそんなとき受話器の向こうに朝まで相づちを打ちつづけた。彼女が求めているのはそれだけだったし、またそれしかぼくにはできなかった。

頼られているというのは、悪い気分ではなかった。彼女の早口な喋《しゃべ》りかたやありきたりでない感じ方が、ぼくは好きだった。彼女のおかげでぼくは自分を少しは無価値でないもののように思うことができた。ぼくらは互いに補い合っているといってよかった。

けれどぼくは近頃彼女と話していて、ひどくぼんやりしている自分を感じることが多くなっていた。それは彼女のせいではなく、完全にぼくの問題だった。ぼくは急速に目の前の現実に対する興味を失いつつあった。

理佳の家は、静かな住宅街の中にある洋風の一戸建てだ。庭はほとんどないけれど、そのぶん屋内が広い。坂道沿いなので、門から玄関までの間に小さな十段の石段がある。きれいで、いい家だ。

インターフォンのボタンを押すと、勝手に上がって、という声がした。理佳は居間のソファーにぐったりともたれかかっていた。大きなローテーブルの上にノートと赤本と教科書ガイドブックと学校謹製の想定問題集が広げられていた。ぼくはその上におみやげの白い箱を置いて、彼女と向かい合うように床の上にあぐらをかいた。

「飲み物、冷蔵庫の中」だるそうに彼女が言った。

ぼくは勝手にキッチンに入り、二人ぶんのアイスコーヒーを作って戻ってきた。

「調子悪そうだね」

理佳は身を起こした。「藤沢くんてさ、見たとおりのことを言うよね」

「駄目かなあ」

「駄目じゃないけど。でもわざと言ってるよね」

「そうでもないよ。つまんないことしか言わないのは、つまんない人間だからじゃないかな」

「そうそう、そういうことも言う。自分がそうじゃないって知ってるくせにね」

わかっていたけど、ずいぶんご機嫌ななめなご様子だ。

理佳は急に話を変えた。「ねえ、『アルジャーノンに花束を』って読んだことある？」

「あるよ。なんで？」

「いっそあんなふうになっちゃえればいいなと思うことがある」

「あんなふうって……」

「つまり受験どころじゃないじゃない」

ぼくは理解して、さすがに釘《くぎ》をさした。「不謹慎だよ、それは」

「わかってるよそんなこと。わかってても、自動的に思っちゃうの。それはしょうがないじゃない。それは責めないでよ」

「わかった。ごめん」

「藤沢くんはそういうこと考えたりしないの？　不安でどうしようもなくなったり、全部投げ出しちゃいたくなったり、そういうこと」

「そりゃ人並みに考えるけどさ」

「でもそうは見えないじゃない」

「たぶん心のどっかで、どうなってもいいやって投げやりになってるからだろうね。たくさん受験すれば、どこかには受かるだろうし。どこにも受からなくたって死ぬわけじゃないし。なんとでもなるし、ならなくてもいいよ……」

「こわいなあ。そんな考え方ができるのって。私には無理……」彼女は再びソファーの背に体重を預けた。「ねえ、こっち座って」

ぼくは言われたとおりに隣に座った。「ちょっとエネルギーもらうね」と理佳は言った。肩に彼女の頭が乗った。結んだ髪の片方が首筋をくすぐった。人の頭というのは、何にもたとえられない独特の質量感がある。一人の人間の記憶と思考と情緒が、これだけの重さになって、ぼくの体に預けられていると思うと、少し緊張する。

彼女の頬に手を添え、腰に手を回し、ソファーに横たえ、服を脱がすことを数分の一秒ほど考える。

ぼくは、たぶん、望みさえすればいつでも彼女を抱くことができると思う。もちろん、ひょっとしたらひどい思い上がりなのかもしれないけれど……。彼女が、そうなってもいいと考えているのは伝わってきたし、もう少し積極的に、そうなることを望んでいるかもしれなかった。

でもぼくはそうする気にはなれなかった。弱腰だという人もいるかもしれないが……今の精神状態の彼女にそうするのはほとんど反則というものだと思う。けれど理由はそれだけじゃない。ぼくには何もかもが霞《かすみ》がかったように見えていたのだ。ぼくは理佳のことすらリアルに感じられなくなってきていた。おくびにも出さなかったが、リアルに感じられないことに軽い恐慌をきたしてすらいた。間違ったことだし、あってはならない感じ方だ……。

それはまったくおかしなことだった。彼女と一緒にいて、揺れる短いスカートや細い脚や白い胸元に刺激されないことなどなかった。けれどなぜだろう、その衝動は自分と世界の間にある磨《す》りガラスに簡単に散らされてしまうのだった。

昼食を取ることにして、ぼくらは家を出て山手線に乗った。少し遠いが、神田《かんだ》に行ってみたい洋食の店があるのだと理佳は言った。外に出ると理佳の顔色は目に見えてよくなった。あの広い家にほとんどの時間を一人でいて、受験のプレッシャーと戦っていれば、そりゃ消耗するよなとぼくは納得した。

目当ての店で彼女はポルチーノ茸《だけ》のスパゲティーを注文し、ぼくはオムレツとフライのセットを食べた。確かにうまい店だった。

それからぼくらは中央線で新宿まで出ることにした。電車はすいていて、横一線のシートに二人でゆったり座ることができた。理佳はぼくの手相を見て、長生きはするがお金持ちにはなれなそうねと言った。自分でもそんな気がした。漠然とした視界の中で、ぼくは漠然と生きていた。

そのとき何かを見た。

電車の窓ガラスの向こうだった。電車は御茶ノ水《おちゃのみず》の駅に止まっていて、窓の外にはホームがあった。何かが見えたのは反対側のホームだった。

世界の靄《もや》が吹き飛んだ。一刹那《いっせつな》だけ視線がくぎづけになり、直後、反射的に立ち上がった。

電車のドアに向かってぼくは駆け出した。

あれは。

サユリだ!

ぼくはサユリの姿を見たのだ。

ドアは今まさに閉まるところだった。

隙間に体を滑り込ませるのは無理そうだった。

ぼくは迷わずドアの間に肘《ひじ》をつっこんだ。そして力任せにドアをこじ開けようとした。電車のドアは腕力で開くものではなかったが、センサーが反応してコンプレッサー音がし、開扉した。ぼくは勢いよくホームに躍り出た。

線路を隔てた反対側のホームに目を凝らした。

いない。

見失ってしまった。

駅員が近寄ってきて何か言ったが聞いていなかった。階段を駆け上がり、駆け下りて、サユリがいた場所まで行ってみた。すれ違わないか周りに注意を払うのも忘れなかった。

ホームを端から端まで歩いた。改札を出入りする人の流れをじっと注視したりもした。三十分ほどそうしてあきらめ悪くうろつきまわった。サユリはいなかった。

歩き回っている間、いっときかすかに古い空気の匂いがしたように感じたが、気のせいかもしれなかった。

急に理佳のことを思い出した。ぼくは彼女を黙っておっぽり出してしまったのだ。ホームの公衆電話に飛びついて彼女の携帯に電話し、あわてて言い訳をした。長い間連絡が取れなかった昔の友達を見かけた気がして飛び出してしまったのだと言った。

いいのよ、と彼女は言った。そういうことってあるよね、とも。

電話の向こうでひょっとして彼女は泣いていたかもしれない。

12

そうしてまた冬がやって来た。東京に来てから、三度目の冬だ。

学校はこれまで以上に受験一色になった。最後の追いこみとばかりに周囲のみんなはこぞって課外の特別講義に出席していた。ぼくは理系だったから演習は重要で、だからなるべく聴講するようにしていた。でも一日に八時間も九時間も授業があるとさすがに疲労が蓄積して、ときどきノートを取りながら意識は落ちた。

家でも学校でも、よくサユリの夢を見た。

いや、正確には、サユリを探してさまようぼくの夢だ。ぼくは廃墟《はいきょ》になった街を、きょろきょろしながら必死に走った。ときどきサユリの髪や服の端が街角にちらついたような気がするのだが、目をやってもそこには誰もいなかった。

やがて朽ち果てた高校の校舎にたどり着いた。サユリはここにいる、とぼくは確信する。サユリの気配と、別の宇宙の匂いがする。どこか冷たい場所にサユリが一人でいるのがわかる。見上げると教室の窓から夕焼け色の光が漏れている。

ぼくは自分の教室に駆けこむ。

ぼくの机に赤い光が宿っている。

それはすぐに消えてしまい、サユリの匂いも何もかもが消えうせる。ぼくは息を切らしたまま立ちすくむ。

そういう夢だ。

サユリが呼んでいる。

ぼくはサユリを探し求め、サユリもぼくを探している。ぼくはそう確信していた。冷静に考えれば危険な精神状態だ。けれどぼくはおかしなことだとは思わなかった。ぼくらがお互いを求めるのは当然のことだ。夢の中でサユリの気配がとぎれるとき、自分自身がちぎれるような心の痛みを感じた。

まるで、深く冷たい水の中で、息を止めつづけているような日々が続いた。自分だけが、世界に一人きり、取り残されている、そんな気がしていた。

髪の毛をかきまわされてぼくは目を覚ました。

「授業終わったよ」別の教室で別の補講を受けていた理佳が迎えに来ていた。「疲れてる?」

「うん。最近眠りが浅いんだ」

「へえ、なんか安心しちゃうな。藤沢くんでもそういうことあるんだ」

「もちろんあるよ。牛じゃあるまいし」

理佳を家まで送りがてら、二人で池袋方面を少し歩くことにした。

池袋駅の改札を出て、ガードレールにもたれて話をした。受験の話題は二人ともなるべく避けていた。音楽プレイヤーにコピーした新譜のタイトルチューンを、イヤフォンを片方ずつ使って二人で聞いた。理佳は目をつぶって体で軽くリズムを取っていた。

澄んだ冬の空気のせいだろうか。気づいてしまった。

北の方角に、塔が見えていた。

今日のは不意打ちだった。いつもは心の準備をしているのでそれほどダメージはないのだが、この日は直撃だった。透明な弾丸が飛んできたようなものだ。全身が暗い気持ちに支配された。

理佳に決して悟られないように意識を引き締めた。

都電荒川線《とでんあらかわ》の踏切を軽やかに渡りながら理佳が訊《き》いてきた。

「藤沢くんって、大学はこっちだよね。大学を出たあとは実家のほうに戻るの？」

「いや……そのつもりはないよ」

「ふーん、残念」

「どうしてさ」

「藤沢くんの生まれ育った場所、見てみたいし、住んでみたいから」彼女が唐突に、なんでもないことのように言ったので、ぼくは焦った。

慎重に答えた。「なんにもないところだよ。海と山と畑しかない。車がないと生活がまったく成り立たないし。交通機関は単線のローカル線が一本だけで、その一本を周辺に住んでる人全員が使うんだ。名前を知らなくても電車の中で顔見知りになっちゃうようなところなんだ。

あまりの不便さにカルチャーショック受けると思うよ」

「素敵じゃない」

「ずいぶんロマンチックな方向に誤解してる」ぼくは笑った。「時間の流れが倍くらい遅いよ。たぶん二、三日で苛々《いらいら》しはじめるんじゃないかな」

「苛々してるのは今だってそうだから気にならないよ、きっと。ねえ、私、東京みたいなところにずっと住む気なんてぜんぜんないの。忙しくてうるさいくせに、何もかもがあやふやなんだもの。確かなものがないっていうか、自分が不確かになってく場所っていうか……。そういう感じって、ない？」

「うーん、どうだろう」ぼくは明言を避けた。

「私ね、生まれも育ちも山手線の内側で、いなかがないのよ。そういうのって、けっこうしんどいものだっていうの、わかる？」

「わからない。どうして？」

「だってどこにも行けないって感じじゃない。いざとなったらどこかに行っちゃおうって思いたいときに、具体的な場所がないから。結局ここにいて、ここで暮らしていくしかないんだなあって思うと、ときどきゼツボウ的になったりする」

理佳の口ぶりはぜんぜん深刻なものではなくて、冗談を言うときとほとんど同じだった。だから余計にしんと染みこんできた。

「どこかに行きたいってよく思うの？」

「そうよ。知らなかった？」

「知らなかったよ、そんなこと」

「藤沢くんの住んでた場所のこと、もっと話して」

「そうだな……」なるべく心を動かさないように、淡々と話した。「日本のほぼ北端だよね。すごく雪が降る。この季節はなにもかも雪で埋まっちゃう。外に出るために家の前の雪かきが毎日必要なんだ。もちろん寒い。それから音がしない。物音って雪に吸収されるんだよ」

「いい感じじゃない」

「ぼくが住んでたのは三厩ってとこで……」

「ミンマヤ？」

「そう。三つの厩《うまや》って書くんだ。近くには義経寺っていうちょっと有名なお寺があって、源義経を祀《まつ》ってる。頼朝《よりとも》の手勢に追われてきた義経が、落ちのびるために天から三匹の龍馬《りゅうめ》を授かったっていう伝説があるわけ。それで三厩って言うんだね。伝説では義経は、その空飛ぶ馬に乗って、北海道に渡って生きのびたっていう……」ぼくは最後まで言い終えることができなかった。「まあそんなところだ」

「格好いいじゃない」

歩きながらそこまで話したところで、国鉄の踏切にひっかかってぼくらは立ち止まった。ぼくらの前を、長く長くつながった貨車がゆっくりと横切っていた。

貨車が運んでいるのは九〇式戦車だった。十両以上の戦車が目の前を通り過ぎていった。東北本線で北に向かうのだろう。確かに戦争はもうすぐのようだった。

「この戦車、藤沢くんの故郷まで行くんだよね？」

「ああ、そうだね」ぼくはかろうじて言った。

「ねえ、こういうのってゆっくり走るんだね。なんだか飛び乗れそうじゃない？　青森まで、二人で密航しようか」

笑おうとして、顔がゆがむのがわかった。

ぼくはついに我慢できなくなった。口元を押さえてうつむいた。こみあげてくるものを必死で押さえこもうとした。

唾《つば》を飲みこみ、息を止めつづけた。少しずつ落ち着きを取りもどすことができた。呼吸を整えようと思って背筋を伸ばした。

視界に塔が飛び込んできた。

夕焼けの赤色の中で信じられないくらい近くにあるように感じられた。

塔の気配はぼくにゆっくりとのしかかってきた。


気分が悪くなったと断って、ぼくは一人で西新宿に帰ってきた。帰り道沿いの鉄のフェンスに手を触れて、ばらばらと音を鳴らしながら歩いた。下宿に戻ると、郵便受けにまた岡部さんからの手紙が届いていた。それを手にとって自室に向かった。開封することはできそうになかった。うしろ手でドアを閉め、薄暗い自分だけの空間に帰ってきて、ぼくは荷物を肩から滑り落として背中をドアに預けゆっくりとしゃがみこんだ。

全身が痛かった。まるで体じゅうの骨が皮膚を突き破ってくるようだった。痛いのは心なのに、どうして体の痛みとして感じられるんだろう。

いつのまに、ぼくはこんなものを抱えこんでしまったのだろう。


立ち上がるだけの力が戻ってきたときには、もう外は暗くなっていた。制服を脱いで、セーターとジーンズに着替え、床に座ってベッドのへりにもたれた。

それからヘッドフォンを着け、目をつぶり、消音バイオリンを弾いた。自分の奏でた音が自分の耳にだけ戻ってくるのは、落ち着く。意識の対流が起きて、体の中身が修復されていくような心持がした。

ぼくは一心不乱に弾いた。知っている限りの曲を順番に弾いた。

いつのまにか、サユリがいつか聴かせてくれたあの曲を繰り返し繰り返し、弾いている自分がいた。今やこの曲は、ぼくが自分だけに聴かせる、自分だけの曲だった。誰とも共有するつもりがない曲を、ぼくはいつまでも弾きつづけた。

かなりの時間が経ったと思う。首と腕がこわばってきたので、バイオリンを置いてほっと息をついた。

物音と人の気配がドアの向こうの共用部分でした。たてつけの悪い薄い木製のドアがいつのまにか開いていた。

消耗した暗い蛍光灯の明かりの下に、私服に着替えた理佳が立っていた。

理佳は自分の唇を手の先で押さえるようにしていた。目を見開いて驚いたような顔をしていた。涙を流してはいなかったが、泣いているような顔だった。

「あの、私、心配だったから……」

ぼくは戸口まで出て、ひどく優しく言った。

「どうしたの」

理佳はつっかえつっかえ言った。「ドアは開いてて……一人でいる藤沢くんを見てたら、すごくこわくなって……」

「こわい？」ぼくは訊きかえした。

「藤沢くん、家にいるとき、いつもそんなひどい顔してるの……？」

ぼくはそっと彼女の肘《ひじ》に触れようとした。「そんなところに立ってると風邪ひくよ。入ったら」

「嫌《や》だ」

彼女はあとずさりしてぼくから距離をとった。

「だって藤沢くん、私に入ってきてほしくないと思っているもの」

ぼくは黙って差し伸べていた手を下ろした。「そんなことないよ」とぼくは言った。

「うそつき」

これはいったいなんだろうとぼくは思った。ひどい飛躍だ……。でも問題は、彼女の言ったことがまったく正しいということだった。

「藤沢くんてどうしてそうなの？　どうして一人ぼっちなの。私といるのに……」

「とにかく……帰るなら送るよ」

「いらない」

「このへんは暗いし、あまり治安も良くないから」

「嫌！」

彼女はきびすを返して小走りに行ってしまった。ぼくは彼女が階段を下りていく音を黙って聞いていた。

ぼくはしばらくじっとそこに立ち止まっていた。

家にいたくなくなってきた。ブルゾンを手にとってはおり、ドアに鍵《かぎ》をかけて外に出た。冬の冷気は心の痛みをなぐさめてくれた。寮の周りの古く薄汚れた住宅街をあてもなくふらふらとさまよった。

古い木造の家が多いせいか、この近所ではたいていどこかで建て替え工事が行われていた。ぼくが知らない間に、また一軒、古い家が解体され更地になっていた。砕けた建材はまだ搬出されずにうず高く積み上げられていて、敷地の周りは金網のフェンスで囲われていた。

その家が更地になったことで、道から遠景が見通せるようになっていた。フェンス越しに、西新宿の高層ビル群がまっすぐ見えた。緑色のビルや高級ホテルが無駄なエネルギーを使って闇の中に姿を浮かび上がらせていた。ほとんど全部の窓に明かりがともっていた。ぼくはその風景を綺麗《きれい》だと思った。なんとなく反感を覚えたりもするけれど、やっぱり綺麗だ。

でもフェンスが邪魔だな。

ふいに激情が走った。ぼくはフェンスを摑《つか》んだ。

なんだ、これは。

なんでこんなものがあるんだ。こんなものがあるからぼくは一人ぼっちで取り残されているんだ。どうしてぼくはこんなふうに隔てられているんだ？　どうしてぼくはあっち側に行くことができないんだ？　ぼくはフェンスをがしゃがしゃと激しく揺さぶっていた。金網がしなって前後に揺れた。拳《こぶし》を叩《たた》きつけた。こんなものがあるからぼくは理佳と寄り添いつづけることができないんだ。

でも本当はぼくにはわかっていた。ぼくと世界を隔てるフェンスは外から押しつけられたものではなかった。それは外にではなく、ぼくの中にあるのだ。世界がぼくを閉めだしているのではなく、ぼくが世界を閉めだしているのだ。ぼくが理佳を閉めだしているのだ。この街はぼくを受け入れようとしているし、理佳はぼくを受け入れたいと思ってくれた。

ぼくがそれを拒んでいるだけなのだ。

——ヴェラシーラ。

ぼくは白い飛行機を思った。あれは隔てるものを越えるための力だ。フェンスを飛び越える力はあそこにあるんだ。ぼくは力を全部あれに注ぎこんできた。あれを飛ばすのをやめたとき、ぼくはぼく自身を小さな箱の中に閉じこめてしまったのだ。

ぼくは致命的な間違いを犯したことを知った。ぼくはなんとしてもあれを飛ばすべきだった。ぼくはぼくが生きていくために必要なあらゆるものを、ヴェラシーラの中に詰めこんで、放り出してきてしまったんだ。

雪が降ってきた。

13

外は雪が降っているはずだ。機密保持のため窓がない青森アーミーカレッジ富澤研の院生室にいる限り、そんな気配は感じることもできなかった。

部屋には拓也と真希しかいなかった。拓也は家が遠いこともあって大学に泊りこむことが多かった。研究室にはしっかりした仮眠室とシャワーがあったので、何日も家に帰らなくてもさほど困らなかった。真希は家が近いので毎日遅くまで学内にいた。真希が意識的に拓也と時間帯を合わせているふしもあったが、拓也は礼儀正しく気づいていないように振舞った。

富澤教授が院生室に顔を出したとき、拓也は併設の給湯室でコーヒーを淹《い》れていた。

「真希ちゃん、患者の移送が決まったよ。雑事で大変になるだろうけど、よろしくね」

「ああ、ホントですか？　おめでとうございます」真希は明るく言った。

「やれやれ本国の研究所がうるさく横槍《よこやり》を入れるもんだから、発見してからこっちに連れてくるまでに半年もかかったよ。おかげでこの不穏な時期に、こんな不穏な場所に大事な被験者を運びこむ話になっちゃった。ほんとしょうもないよね」愚痴をこぼしながらも富澤の口調は軽かった。

「でも、塔の研究もこれで一気に進展するかもしれませんね」

拓也はそれを聞いて給湯室から顔を出した。

「あの、患者って……」

拓也がいることに気づいて、富澤はかすかに困った顔をしたが、その意味は拓也にはわからなかった。

「ああ白川くん……眠り姫だよ」

「眠り……」

「特殊な嗜眠症《しみんしょう》患者よ。九六年型変ナルコレプシー症の話、前にしたでしょ」真希が教えてくれた。「すごいわよ。普通の人間にはありえない脳波なの。そして、脳波の動きと塔の活動が、偶然とは思えない精度でリンクしてるのよ」

「へえ……」

「秋口に東京で見つけたんだ」富澤が言った。「発症してからほぼ三年間、目覚めることなく眠り続けてる。脳波記録と塔の活動記録を突きあわせたときにはさすがに震えたよ。うちの実験施設も、なんかの形でシールドする必要があるかもね……」

「すごい発見じゃないですか。初耳ですよ」拓也は言った。

「そりゃそうだよ。真希ちゃんたち脳化学チームの担当だもの。手続きの関係でぼくはしばらくまた東京だ」それから真希に言った。「悪いけど、特殊病棟の準備まかせていいかい？」

「わかりました」真希は答えた。

拓也のポケットの中で携帯が振動した。

確認すると、岡部からのメールだった。特に用件があるでもなく、近況を訊《たず》ねるような文面だったが、それは招集を表わす符丁だった。

「なんだ岡部さんか」

横から身を乗り出して携帯画面を覗《のぞ》きこんだ真希が言った。ほっとしたようなニュアンスがあった。

「白川くん、岡ちゃん最近元気にしてるのかな」富澤が急に言ったので、思わず顔を上げた。

「岡部さんをご存知なんですか」

「そりゃもう相当昔からね。九月の東京でも、思いがけず顔を合わせたよ。研究報告会を冷やかしに来てた」

「へえ……」

「実は高校時代の同級生なんだ」

「え、そんなに前から？」

「そうだよ」富澤は意味深に微笑した。「この歳になるとそういう友人は貴重だ。いや、歳は関係ないかな……」

朝まだきの海はからみつくような底冷えがした。三月に入っても、津軽地方は気候のゆるむ気配はなかった。

拓也は、岡部と三人の蝦夷製作所社員とともに漁船に乗りこみ、津軽海峡の洋上にあった。蝦夷製作所の社員は、全員がテロ組織ウィルタのメンバーでもあった。五人はキャビンに腰を下ろし、連続的なエンジン音を聞いていた。あからさまに緊張しているのは拓也一人だった。自分の指をひっきりなしに組んだりほどいたりしていた。

漁船はユニオン領の南端、白神岬《しらかみみさき》へと着こうとしていた。

エゾだ。

あの北海道だ……。

手が汗をかいていた。

漁船は岬の船着場に停泊した。

「俺、いつかエゾに来るのが夢だったんです。あっけなく来れちゃうもんですね」船のデッキで拓也は言った。

外気で冷えきった缶コーヒーを一口飲んで、佐藤が言った。「エゾっていっても、ここはほんの南端だけどな。ユニオン側に家族でもいるのか?」

「そういうわけじゃないんですが……」

「うん。おまえは分断後に生まれた世代だからな」

佐藤は立ち上がり、暗闇の向こうにある本州へと視線を向けた。

「ユニオンはテクノロジーの国だからな。憧《あこが》れる気持ちはわからないではないよ。社長なんかは、南北分断で家族と別れているから、また別の気持ちがあると思うけどな」

「えっ……そうなんですか」

「そうさ。奥さんとはもう二十年以上、連絡も取れてないはずだ」

「岡部さんが……」

拓也は港の片隅に停車している高級車のほうを見た。離れた場所に停まっていたのでよくは見えなかったが、後部座席に岡部がだるそうに身を沈めているのが車内灯の小さな光の中に見えた。隣にはロシア帽をかぶったユニオンの制服軍人がいて、密談を交わしていた。軍人は諜《ちょう》報《ほう》部員で、ウィルタへの内通者だ。会談のテーマはユニオンへの侵空ルートの確保だった。

「でも、意外だったよ」と佐藤が突然言った。

「何がです？」

「社長が、おまえを巻きこむとは思わなかった」

「俺が無理やり頼みこんだんです。手伝わせてくれなきゃ、公安にタレこむって」

「おっまえ、危ないことを……」佐藤はぎょっとして拓也を見た。危ないのはもちろん拓也の命だった。

そのとき。

乾いた破裂音が立て続けに三発響いた。

背中が粟立《あわだ》ってから、銃声だと認識した。

拓也と佐藤は同時に反応した。船に飛び込む。操舵《そうだ》室の社員が出港準備を始めた。

セダンのフロントガラスに蜘蛛《くも》の巣状のヒビが入った。その程度で済んだのはガラスが防弾仕様だったからだ。運転手は車を急速にバックさせ射撃に備えた。車が倉庫の陰に入ったと同時に後部座席から岡部が飛び出してきた。彼は船めがけてまっすぐ走ってきた。

背後から銃声が追いかけてきた。

「冗談じゃねえぞ」

一発、銃弾が岡部の腕をかすめて肉をそいだが、彼はかまわず走った。別方向に逃走していく諜報部のセダンを、追っ手の大型車が追いかけていった。グレネード弾の発射音がした。倉庫街の真ん中で爆発が起こった。ガソリン引火特有の煙の混じった赤黒い火が立ち上がった。爆発とほぼ同時に岡部は漁船に飛びこんだ。

「まったく間抜けな役人だぜ。内通がばれたんだ……出してくれ！」

漁船は岡部の号令に反応し、即座に出港した。セダンを始末した襲撃者の車がこちらに戻ってきた。船体にマシンガンの弾丸が立て続けに浴びせかけられたが、乗組員は全員キャビン内に避難済みだった。船は全速力で南の方角へ走った。船着場から発せられるあきらめの悪いセミオートの銃声が、むなしく海面に響いて消えていった。

「今回はちょっと危なかったですね」

宮川が慣れた手つきで岡部に包帯を巻きながら言った。

ってもんだ、なあ」

「まあ、おかげで侵空のメドがついたぜ」岡部は拓也に言った。「ここまで来た甲斐《かい》はあった

拓也が言おうとした返事は、操舵室からの警告にかき消された。「社長！　船がいます！

巡視船です！」

「なんだと！」

岡部は床を踏み鳴らして操舵室に入り、海上を見た。岡部たちの漁船に並走するように、軍船が追いついてきていた。警報を鳴らし、ロシア語で警告を発している。ロシア語がわからなくても内容は瞭然《りょうぜん》だ。白塗りの巡視船は漁船の何倍も大きかった。大人と子供よりも体格差があり、しかも船足は速かった。

岡部は舌打ちした。「どうせ開戦は決定済みだってのに、真面目に働きやがって。まずいな。振り切ってくれ！」

「はいっ！」操舵担当の社員は自分を鼓舞するように大声を出した。

「国境まであと三分保《も》たせろ。……佐藤！　宮川！　銃座に出てくれ！」

佐藤たちが攻撃準備を整える前に、巡視船の単装砲が火を噴いた。

音波だけで漁船が傾きそうな重低音。砲弾は漁船のわき腹に風穴を開けた。威嚇射撃という甘いものはなかった。続いて機銃斉射がやって来た。弾の雨は木造船の壁を紙のように貫いた。

横殴りに飛びこんできた銃弾がキャビンで乱反射した。拓也は悲鳴を上げて体を低くした。小さな死の塊が見えない速度で拓也の周りを飛び交っていた。

目の前が急に暗くなった。

照明が切れたと思ったが、そうではなかった。痺《しび》れがやって来て、寒さに変わって、それから痛みになった。左腕が吹き飛んだと感じたが、暗い視界の中で自分の左手はまだちゃんと付いているのが確認できた。跳弾か砕けた船体の一部かが二の腕を貫いたらしかった。背中と壁の間が液体でぬめった。血でびしょびしょになった服が気持ち悪い……。あいかわらず外では機銃の音が工事現場みたいに鳴り響いていた。別の世界から響く音みたいに聞こえた。

誰かが自分の名前を呼んだ。

大丈夫かと怒鳴っていた。

誰だよ。

岡部の野太い声だと思ったが、そうでないような気もした。

ずるずると体が横たわっていくのを感じた。砲撃で船は屋根をほとんどなくしていた。すっかり狭くなった視界の中央に、黎明《れいめい》があった。闇の空がほんのり赤い。まだ太陽は地平線の上には出ていない。

空高くに小さく、本当に砂粒くらいに小さく、白い海鳥が飛んでいた。

「飛んでんじゃねぇよ……」

意識はそこで消失した。

14

最初は鳥だと思った。

雲ひとつないのに陰鬱《いんうつ》な、褪色《たいしょく》した空に、純白の鳥が飛んでいた。生命の気配だ。サユリは立ち上がった。よく見るとそれは鳥ではなかった。

飛行機だ。

白い飛行機。

「あの翼……わたし知ってる」

サユリは走り出した。

走り出したその瞬間、周囲の景色が変貌《へんぼう》した。素焼きの塔の情景は消え、廃墟《はいきょ》の都市を彼女は走っていた。人の姿はなく、全ての建築物が朽ちはてた東京を彼女は駆けた。

「待って！　ヴェラシーラ！」

サユリの目は飛行機だけを追っていた。けれど同時体験しているぼくが引きつけられたのは街の風景だった。とても馴染《なじ》み深かった。廃墟になってはいたけれど、ぼくが三年間よく歩いた場所だった。

いくら走ってもサユリの息が切れることはなかった。しかし体は少しずつ重くなっていった。体の末端からじわじわと金属になっていくような感覚があった。顔だけはいつまでも空を見上げて、体をひきずるように前に進んだ。ぼくはその感覚を彼女と共有した。

ヴェラシーラが旋回を始めた。

サユリが追いついてくるのを待っているかのようだ。

彼女は立ち止まった。

また風景が入れ替わった。

風がなくなった。気づくとクリーム色の壁と床に囲まれていた。そこは生命の気配のない固く冷たい病室だった。

広い病室だ。六人でも入院できそうな広さだが、ほとんど何もなくがらんとしている。窓際にひとつだけベッドがある。ベッドの脇にバイタルモニターを始めとするいくつかの医療機器が設置されている。それらは定期的にパルス音を鳴らしている。

ベッドに横たわるものを見てサユリは驚愕《きょうがく》する。

それは。

サユリ自身だった。

ひどく痩《や》せて、髪がずいぶん長くなっていた。けれどそれはサユリ自身の肉体だった。

サユリの体は眠っていた。

サユリは口元を押さえたまま、おそるおそる近づいていった。

呼吸をしているかどうか判然としなかった。寝息は聞こえず、胸の上下もほとんどなかった。

生命を示すものはバイタルモニターのパルス音だけだ。

顔が、とサユリは思う。自分が認識していた自分の顔より、少し大人びている。ベッドのそばで、サユリは眠る自分の肉体をじっと見下ろした。どれだけの時間そうしていたのか、彼女にもわからない。サユリは時間の感覚を失っている。一瞬かもしれなかったし、数年だったかもしれない。

廊下へとつながる、大きく重いスライドドアが開かれる音がする。

開放されたドアから侵入してきたのはストレッチャーだ。続いてストレッチャーを押す黒服の男が三人。男たちはサユリには気づかない。

サユリの肉体は医療機器を外され、粛々とストレッチャーに移される。

途中でグレーのスーツを着た男が入ってきた。年齢不詳だが若くはない。ひどく痩せこけている。離れた場所で作業を見守っている。その男が富澤教授だとぼくが知ったのはずっとずっとあとのことだ。

サユリの体が運び出されていく。キャスターがきりきりと鳴る。サユリは一連の作業を、なすすべもなく見ていることしかできない。

退室する直前、富澤がこちらを振り向いて注視した。

サユリは緊張した。

しばらく時が止まった。

富澤は出て行った。

重いドアが非情な音を立てて閉じた。廊下から入ってくる照明の光と物音が遮蔽《しゃへい》された。

冷たい壁と床と天井。

今度こそ本当に生きるものの姿のない、動きのない四角い箱の中だ。

彼女はまた孤独になる。

*

「なんだ……今の夢……」

身を起こしてぼくはつぶやいた。高温に設定しすぎたガスストーブがちりちり鳴っていた。受験勉強をしながら、いつのまにか座卓に伏せて眠りこんでいたようだ。外はもう明るかった。

ヴェラシーラ。

病院。

いつになく彼女に近い自分。ぼくは夢の中でサユリだった。いや……それは正確な表現ではない。そこではぼくは、サユリの目に限りなく近いある無形の感覚だった。まるで自分がサユリであるかのように物事を感じ取ることができるひとつの視点だった。

ぼくにはそれが単なる夢だとは思えなかった。

夢判断だとか夢の啓示性だとかには、ほとんど興味がないけれど、何かが気になった。寝起きのせいで頭がうまく働かなかったので、酸素の補給のために窓を開けた。朝の冷たい新鮮な空気が入りこんできた。

視界の隅で動くものがあって、ドキリとした。白いものだったので、一瞬ヴェラシーラを連想してしまった。それはくしゃくしゃになった未開封の岡部さんからの封筒だった。対流であおられたのだ。ぼくはそれを手に取った。

手にとって座卓の上に置いて、しばらく見つめた。

開封する気になったのは、夢のせいだった。けれどカッターナイフを持つと、どうしようもなく気分が重くなった。立ち上がってやかんを火にかけ、コーヒーを作って気持ちを鎮めた。

封筒に刃を入れると、一回り小さな封筒と、メモが出てきた。メモはいつもの便箋《びんせん》とは違って、ノートを定規で切ったようなものだった。文面は短い。知り合いから無理やり奪い取ってきた。なかなか大変だった。礼を言いに来い。そう書いてあった。

その下に「入院先」とあり、住所と病院名が記してあった。渋谷の国鉄総合病院。脳神経科。

入院先？

中に入っていた封筒を確かめた。切手が貼ってあったが、消印はなかった。投函《とうかん》されなかったということだ。宛先《あてさき》は青森県津軽郡大川平、岡部様方……藤沢浩紀様、白川拓也様……。

ある予感に全身が冷えた。

裏返して差出人の名前を見た。

どっと汗が吹き出してきた。

「浩紀くん。拓也くん。二人の前から黙っていなくなってしまったこと、ごめんなさい」

手紙はそんなふうに書き出されていた。

「夏休みを一緒に過ごしたかったのに、残念です。目が覚めたとき、わたしは東京の病院にいて、それからずっと入院しています。病院の人には、今までの関係は一切断ち切って治療に専念するべきで、そのほうが気持ちも楽だし、治りも早いだろうと言われました。でも、どうしてもとお願いして、今これを書いています。お医者さんの言うことはもっともかもしれないけれど、二人にきちんと説明することは、わたしにとってとてもだいじなことのように思えるのです。

二人に一緒に読んでもらえるように、岡部のおじさん宛てに送ろうと思います。

でも、何を書いていいのか、よくわかりません。

とても戸惑っています。

お医者さんには、病気だと言われています。でもわたしは、そのことにうまく馴染めないのです。病室で目が覚めると、機械でわかるのか、お医者さんが駆けつけてきます。わたしの病気は、眠りが壊れてしまうというものだそうです。だから、起きるとみんなびっくりするみたいです。わたしは一度眠ると、何週間とか、何ヶ月とか、眠りつづけているみたいなのです。

何度も同じ夢を見ます。

誰もいないがらんどうの宇宙に、わたしひとりだけがいる夢です。夢の中で、わたしの全部、指や頬、つめやかかとや、髪の毛の先までが、さびしさに強く痛がっています。

三人で過ごした、あの場所を、もうなつかしく感じはじめています。

あのぬくもりに満ちた場所が、三人でいた時間が、まるで夢だったみたいに思えます。

もうわたしは、何が夢で、何がそうでないのか、わからなくなりはじめています。病室の壁の色や、窓から見える庭の眺めが、なんだか漠然として感じられます。わたし自身が夢なんじゃないかと思うときがあります。わたしという人間が、本当にいるのかどうかがよくわからないのです。

そんなとき、山の上のあの駅のことを思い出します。

わたしにはもう、思い出したいと思うことが、それしかないのです。わたしはきっと、これまで生きてきて、あのときだけしか幸せじゃなかったのでしょう。

眠りに落ちている期間は、だんだん、長くなってきているみたいです。次には、いつ目が覚めるか、わかりません。もう覚めないかもしれません。

でも三人で過ごした、あの時間、あの思い出さえなくさなければ、もしかしてわたしはこの先、ほんのかすかでも、現実につながっていられるかもしれないって、そう思っています。何が現実かなんて、わたしにはもうずいぶん不確かだけど、わたしがそう呼ぶのは、あなたたちのことです。

浩紀くん、拓也くん。白いきれいな飛行機は、」

そこで目を閉じた。読むのをやめたかった。でもそういうわけにはいかなかった。

「海の向こうのあの塔まで、無事に飛びましたか」

日付は三年前の冬だった。読み終えると、ぼくはコーヒーを飲んだ。それからもう一度最初から読み直した。気持ちが昂《たか》ぶりすぎていて、理解するためにさらに一回通読しなければならなかった。

書かれている内容をやっと受け止めると、ぼくは着替えて、ブルゾンを着こんで、家を出た。フェンスのある水路沿いの坂を一歩一歩意識して歩き、カーブを描く石段を上った。新宿駅から山手線に乗った。シートに座ると、手紙を取り出してまた読んだ。

〝わたしの全部、指や頬、つめやかかとや、髪の毛の先までが、さびしさに強く痛がっています〟

その一文にぼくは強くひきつけられ、目が離せなくなった。まるでぼくの気分を彼女が代弁しているようだった。そうだ、ぼくはさびしかった。三千万以上の人が住むこの街で、ぼくはどうしようもなくさびしかったのだ。

渋谷駅にはすぐに着いた。バスに乗って十五分ほどのところに国鉄総合病院はあった。広い前庭を進んで建物に入り、院内案内図を見つけてじっと見た。脳神経科は六階にあった。エレベーターに乗った。

面会時間は午後からだったが、かまわずに受付に訊《き》いた。

「沢渡佐由理さんは、転院されていますよ」

看護婦は書類を調べることもなく、そう即答した。

「転院？」

ぼくは気持ちが急《せ》いていたから、カウンターにしがみつくように訊きかえしてしまった。

「はい、一週間前に。詳しくは、移送先の病院に聞いていただけますか。ええと……」

ぼくは手帳も筆記具も持っていなかったので、メモ用紙に書き写してもらうことにした。礼を言って、受け取ったあと、ふと思いついたことがあって、再び訊いた。

「あの、沢渡さんの入っていた病室って……見せてもらうわけにはいきませんか」


脳神経科のフロアの廊下は薄暗く、やけに足元が冷える場所だった。病院独特のぴりぴりした雰囲気を最大限濃密にしたみたいだ。脳や神経にはそういった暗さや冷たさが必要なのだろうか。ぼくは回診前の廊下を歩き、教えられた病室の前に立った。

壁に名札はなかった。目の前に壁と同じ色の重たそうなドアがあった。部屋をぴっちりと密閉できるスライドドアだ。棒状の取っ手に手をかけ、力をこめてそれを滑らせた。

ぼくは部屋の中に入った。ドアは自分の重みで勝手に閉まり、病室は四角い箱になった。照明がついていないので光源は窓だけだった。窓からの光がひとつきりの無人のベッドを照らし出していた。

間違いなく夢で見たサユリの病室だった。

ぼくはゆっくりと周りを見回しながら部屋の真ん中に進み出ていった。

閉じた箱なのに、風を感じた。夢の中と同じ風だった。別の世界から吹きこんでくるような古い空気の匂いがした。

気配がする——。

白いきれいな飛行機は、

「沢渡」

ぼくはそうつぶやいてみた。夢の中でサユリはここにいたのだ。

海の向こうのあの塔まで、

「沢渡、そこにいるのか」

ぼくは何もない宙に手をのばした。

そのとき——。
視界の全てが蒸発した。

四方の壁は瞬きほどのうちに燃え尽きた。そこはもう、病院ではなかった。周囲はまったく別の世界に書き換わっていた。

広大な空間に、ぼくは立っていた。

草原。

そこは廃駅のあるあの草原だった。

すべてが記憶のままだった。風雨でぼろぼろになった跨線橋《こせんきょう》、打ちっぱなしのコンクリートのプラットホーム、空の広さ、水平線の低さ……。

軽い衝撃波が全身をあぶって通り抜けていった。海の向こうのユニオンの塔が真っ赤に燃えていた。その燃える炎であたりは夕暮れのように染まっていた。風が吹いて下草が波うった。

雪はなく、地面は青々としていた。夏の景色だ。生きた風が吹いている。

そして目の前には、
ぼくが求めていた
彼女がいた。

長い髪を揺らして
さし伸ばしたぼくの指先をとっていた。

サユリが立っていた。指先に彼女の指の感触を感じた。いつもの不確かな夢ではなかった。いや、夢ではあっただろう。しかし、まるで現実のようにはっきりとぼくは彼女を感じることができた。風は吹き、草は湿り、空の果てから夕焼けの匂いがした。そしてサユリはぼくの指の少し先に間違いなく存在していた。

「探してた……」

サユリが言った。いや、それはぼくが言ったのかもしれなかった。

「わたし、一人ぼっちで……寒くて、ヒロキくん……」

「わかってる」ぼくは言った。

彼女は顔を覆った。

声を出さずに、彼女は泣いていた。

ぼくは彼女の肩の薄さや、髪の一本一本の細さや、手のつくりの小ささをそっと眺めていた。

空はぼくとサユリが最後に会った日のように暖かな赤色だった。

ヒグラシの鳴き声がどこからか聞こえた。

ぼくの目の前にはサユリがいた。

息苦しくて何度も深呼吸をした。そうか、胸がいっぱいというのはこういうことか……。

けれどぼくはこれが現実ではないこともちゃんとわかっていた。これは夢だ。あるいは夢に似たものだ。ここはぼくと彼女の意識の端が奇跡的に重なった交点にすぎないのだ。ぼくと彼女が偶然にも共有した幻想にすぎないのだ。

そのことがわかっていてもぼくはこのひとときに酔った。この世界の果てにサユリと永遠にいたいと思った。それは不可能ではないような気がした。

けれど……。

ぼくが選びとるべきなのは別の方法だった。心が激しく痛んだ。

ぼくはゆっくりと目を閉じた。

そして開いた。

　すると、ぼくとサユリは、並んで跨線橋の上に立っていた。サユリとぼくが落っこちたあの場所だ。

　海を見下ろすことができた。

　海面には霧が出ていて、雲海のようだった。塔が発する赤い光で、雲海は赤く染まっていた。塔はあいかわらず中腹から赤白い閃光《せんこう》を発しながら燃えていた。燃えながら塔は平然と、美しくまっすぐに立ちつづけていた。ぼくとサユリは、二人でその姿を見つめていた。

「迎えに行くよ」

　ぼくは言った。

「君にもう一度きちんと会いたい。ここじゃなくて、もっとはっきりした場所で。君に触れたい。君に触れてほしい。君がいるってことをこの手で確かめたい。だから……」

　サユリは心細そうにぼくを見た。

「おれは、もう行くよ」

　サユリは黙っていた。

　ぼくは、この夢から醒《さ》める。醒めてから、しなければいけないことはわかっている。

「どこに？」

　サユリは小さな声で言った。「どこに、迎えに来てくれる？」

「沢渡のいるところだ」そしてぼくは塔をまっすぐ指差した。「あそこだ」

　ぼくとサユリは、約束でつながっている。

約束でだけ、つながっている。

「沢渡、おれ、今度こそ約束をかなえたいんだ。沢渡を塔まで乗せて、ヴェラシーラを飛ばすよ。そうすれば、おれたちはまた会える。こんな夢の中じゃない、もっとはっきりとお互いを確かめあえる」

サユリは黙っている。

「約束する」

ぼくは無意識に痛いほど拳《こぶし》を握り締めていた。

サユリはじっと、見上げるようにぼくを見つめていたが、ふいにうつむいて顔を押さえた。声を出して、肩を揺らして、子供みたいに泣きじゃくり始めた。両手の人差し指で何度も目をこすり、涙をすくっていた。揺れる声で、つっかえながら、うんと言った。

「うん……約束……」

「一緒に、塔まで飛ぼう」

空はいつまでも赤かった。ぼくは赤い空に点のように小さく、白いヴェラシーラが飛ぶのを幻視した。まるで迷子のカモメのように見えた。ぼくは夢の中の迷子の鳥が、群れに無事に戻れるといいと心から願った。

空っぽの病室に、ぼくは一人で立っていた。

ただ白昼夢を見ていたのかもしれなかった。それでも、指先に触れたサユリのぬくもりは、まだぼくの手の中にあった。小さな熱はぼくの体を温めつづけていた。ぼくは袖《そで》で顔を強くぬぐった。

今はもう遠いあの日、ぼくたちはかなえられない約束をした。廃駅の草原で見た白い塔は、今もぼくの魂の中で燦々《さんさん》と輝きを放っていた。

塔の章

1

夢の中でも額に汗をかいていた。おそらく夏だ。周囲が白っぽかった。

これは夢だ、と気づくのは、拓也にはよくあることだった。必ず気づくといってもよかった。しかしそれはいつも最初だけだ。すぐにどろりとした無意識のぬかるみ深くに沈みこみ、客観性が失われる。夢が動きはじめると、それが夢であることはわからなくなっていく。

書店に立っている。

駅前プラザビル四階の半フロアを使った大型書店だ。彼は物理関係の専門書を抱えている。今の彼に必要な書籍や雑誌はすべて研究室に入るし、一般書店に揃っている程度の本にほとんど用はない。だからこんな行動はありえない。矛盾に気づかない。

いや、矛盾ではない。拓也は今、自分が中学三年生であることに気づく。瞬時に十五歳の自分に同化する。十五歳的世界に包まれる。そして再び客観性を失う。

ゆっくり歩く。

棚を移動する。

文庫本の棚に挟まれた通路を歩いている。

目の前に細い少女を見つける。

彼女は細い指で、棚差しの本を取り出している。

拓也は少し驚いて呼びかける。

「沢渡《さわたり》？」

サユリが振り返る。

「……タクヤくん」


書店を出て、青森駅の津軽線のホームに二人で立った。電車の到着まであと十五分だ。会話はなく、気まずい思いをした。拓也はひっきりなしに電光掲示を確かめ、ホーム下の鉄のレールの具合を眺め、意味もなく自分の靴を見た。

「あの」

「あのさ」

二人は沈黙に耐えられず、同時に互いに話しかけた。

「ごめん、何？」

「ううん……」サユリは居心地悪そうに言葉をにごした。

沈黙。

どうしてだろう、と彼は思う。誰かと一緒にいて話題がないというのは、どうしてこうも落ち着かないのだろう。浩紀と一緒のときには、長時間黙りこくっていても、いっこうに平気なのだが……。

「浩紀がさ」

だが……。

どうしてこう、バッティングするのだ？　もちろん、共通の話題がそんなことしかないから
また同時に発声だ。

「ヒロキくんが」

小さく笑い声がした。

「わたしたち、二人だけで話したことって、あんまりないもんね」

サユリは笑顔をにじませながら言った。そのおかげで、二人の間の緊張がゆるんだ。

「そうかもな」拓也はうなずいた。

「ねえタクヤくん、物理好きなの？」

「え？」

「物理学の本、買ってたでしょう」

「ああ、ちょっと、興味があってさ」

「すごいなあ……」

「何がさ」

「物理なんて魔法みたい。ねえ、わたしのおじいちゃんもね、物理学者だったんだって」

「へえ……」かなり真剣に感心した。「そっちのほうがすごいよ」

「でも、わたしは才能をぜんぜん受け継いでないみたい。会ったこともないし」

「南北分断で？」

「そう。北海道にいたの」分断での生き別れを経験した家族は、エゾという言葉を使いたがらない傾向がある。「まだ生きてるのかなあ……」

「そっか……」

「ねえ、タクヤくんたち、今もアルバイトしてるんでしょ？　楽しい？」

「どうかな」自分の手を動かして金を稼ぐのは楽しかったが、あえて控えめに、否定的に言った。「こわいオヤジの工場だからさ。どなられるし、こきつかわれるし……」

「そんなにこわいの？」

「ねぶたの鬼みたいでさ。素顔でも隈取《くまど》りがあるんだ」

「うそお」サユリは顔をほころばせた。「ほんと？」

「こんど見にくるか？」拓也はごく自然に誘いを口にしていた。

「え、いいの？」サユリの表情にははっきりと喜びがあった。「でも邪魔じゃない？」

「浩紀もきっと喜ぶからさ」浩紀は嫌がるかもしれないと心の片隅で考えたが、すぐにその思いを追いやった。サユリの素直な感情表現を見ていると、もっといくらでも彼女の笑顔を見ていたいと思った。

「うん！　行く行く！」

蟹田《かにた》三厩《みんまや》方面行きの下り列車の到着を告げるアナウンスがあった。拓也はいつもの癖で、身を乗り出すように列車の来るほうを覗《のぞ》きこんだ。

「ねえ、タクヤくん、おかしな話かもしれないけれど、笑わない？」

サユリが急にそう話しかけてきた。拓也は向き直った。

「何？　笑わないよ」

「うん」

サユリは声だけでうなずいた。

「じゃあ話すね、あのね……」

列車がホームにすべりこんできた。


「高い塔？　ユニオンの塔みたいな？」

津軽線のボックス席に座りながら、拓也は問い返した。スカートに手を添えながら、サユリが音もなく向かいの席に座った。

「ううん」と彼女は首を振った。「もっといびつで、不思議な形をしてる。わたしがいる塔の他にも、そういうのが周りにはいっぱい立ってるの」

「どのくらい？」

サユリはしばらく考えこんだ。「十……二十……もっと数え切れないくらいかも。わからない。でも、わたしにはなぜかわかるんだけど、そのひとつひとつが、別々の世界なの。塔は全部、この宇宙の見ている夢なの」

拓也は窓のへりに肘《ひじ》をついて、サユリの話を注意深く聞いた。サユリは窓の外の景色を眺めながら話していた。あるいは窓に映る自分の姿を見ていたのかもしれなかった。

「ぱっくりと割れて、ねじれている塔の頂上から、わたしは周りを見回すんだけど、そこには、色あせた空と、林の木みたいにまっすぐ伸びているたくさんの塔があるばかりで……」

言葉を区切って、次に言うべきことをしばらくサユリは考えた。

「わたしは、ずっとその場所から出ることができなくて」

サユリの小さな膝《ひざ》に、小さなこぶしが乗っている。

「ずっとひとりきりで、すごくさびしくて、それでね、きっとわたしの心は、このまま消えてなくなっちゃうんだろうなっていうときにね」

ほんの少し身を乗り出して、サユリは拓也のほうを見た。

「空に白い飛行機が見えるの」

電車がトンネルに入り、風圧が窓を叩《たた》いた。拓也は弾《はじ》かれるように体を起こした。

「白い飛行機？」

「うん」

「それから？」

車両には、他の乗客はいなかった。拓也とサユリだけが、話していた。白い天井に据えつけられた扇風機も今日はなぜか止まっていた。

「夢は、そこでおしまい」

拓也は黙ったままでいた。どう受け止めたらいいかわからなかったからだ。茶化《ちゃか》すのも変だし、厳粛な顔をするのも違う気がした。

「さびしくて、辛《つら》くて、痛くなる夢なの。でも、その飛行機が見えると、ほっとするんだ。あったかい感じがするのよ。わたし、辛いことがあると、白い飛行機を思い浮かべるんだ。最近わたし……ちょっと辛いことが多いんだけど、でも大丈夫なんだって思うの。いつか白い飛行機が飛んできて、そしたらなにもかもがうまくいくんだ、って。さびしくない場所に連れてってくれるんだって。そんな感じがするんだ……」

「あのさ、俺」拓也は考えるより先にそう言い出していた。

「ん?」サユリは笑顔のまま首をかしげた。

「バイト先、絶対遊びに来いよ。それで俺……沢渡に絶対見せたいものがあるんだ」

＊

眩《まぶ》しいと思った。光に慣れてきて、最初に見たのは天井だった。眼鏡がないのでよく見えなかった。身動きしようとして、左の二の腕に激痛が走った。目をつぶって痛みの波が引くのを待った。全身が汗でべとついていた。空気は熱く、湿度は高かった。

「なんて夢だ……」

なるべく痛みがないように、首だけを動かした。古い病室だった。床はワックスの剝《は》げた板張りだった。枕元に消毒薬のたらいを置くスタンドがあった。ダルマストーブに乗ったやかんが音を立てていた。パイプ椅子が二つ。うちひとつの上にはハンドバッグが置いてあった。どこかで見たことがある。

窓は結露していた。外は白く曇っていた。雪が降っているようだった。音もなく舞い降りてくる細かく白いものを拓也は眺めた。

ドアが開く音がした。

床板を踏んで足音が近づいてきた。

「よかった……白川くん、目が覚めたのね」

「真希さん」

笠原真希は安堵《あんど》の笑みを浮かべた。彼女の髪に細かい雪がまとわりついていた。今まで外に出ていたようだ。「心配したんだから」と彼女は言った。

「まだ肩は痛む？」真希はコートを脱いで椅子にかけた。

「いえ……はい」

「ちょっとごめんね」

真希は拓也のベッドに近づき、覆いかぶさるようにして彼の額に手を当てた。真希の手は冷たくて心地よかった。目の前に、彼女の胸のふくらみがあった。そこから目が離せなくなった。

「熱あるね」と彼女が言った。彼女の冷たい手が離れていった。

「何か食べられそう？」と真希は買い物袋を持ち上げた。「果物買ってきたの。あとケーキも買ってきちゃった」

「いえ……何も」

「そう？」少し残念そうだった。「何かしてほしいことある？」

思わず真希の白い手を注視したが、結局拓也は何も言わずに首を振った。別のことを訊《き》いた。

「研究室、変わりありませんか」

「あ、そうそう！　大変だったのよ」急に思い出して彼女は早口になった。「塔の活動レベルが急に上昇したの。いま、スタッフはみんな解析で大騒ぎよ」

「えっ、それは……」

「塔の周りの、あの……位相変換の黒い円があっという間に広がりだしたの。私もモニターしてたんだけど、こわかったわ……」

真希はしばし口をつぐんだ。

「そんなに？」

「塔を中心に、半径二十六キロまでの範囲が平行世界に書き換わったわ」

「以前の三倍だ。急にどうしてそんな……データが見たい」

起き上がろうとした。「駄目よ」と真希が制した。彼女のやわらかい手が右肩に触れた。拓也はおとなしくベッドに体を預けた。彼女の手をとりたいと思って右手が動きかけたが、辛《かろ》うじておしとどめた。自分がひどく弱っていることを彼は自覚した。弱っているから、甘えようとしているのだ。

「大丈夫よ。解析のめどは立っているから、調子が戻ったらゆっくりレポートを見るといいわ」

「今わかっていることを教えてください」

真希は聞き分けのない弟を見るような困り顔をしたが、すぐに教えてくれた。

「例の患者よ」

「例の……。ああ、富澤先生が東京から」

「そう、連れてきた子。塔の活動とまったく同じタイミングで、意識活動レベルが上昇しているの。つまり、目覚めようとしたのね。レベルの上昇と同期して、位相変換も加速。その後、意識レベルが急に低下に転じて、元の深い眠りに戻ると同時に、塔の活動も停止したわ」

「それは……」現象を受け止めるのに拓也は数秒を要した。

「やっぱり、患者の眠りと、塔の活動は完全にリンクしているということよね。私、実際に見るまでは半信半疑だったんだけど。あれを見たら、もう疑いようがないわ」

「じゃあ患者が、塔を作動させるスイッチになっている……」

「富澤先生は、スイッチというより活動抑制システムだっておっしゃってるわね。塔が受信する平行世界の情報が、この世界に流れ出さずに、対象の脳のなかに……つまり夢のなかに流れこんでいるんじゃないかって」

「夢の……」

「眠りのなかで、平行世界の情報をどんなふうに処理してるのかしらね。映像として認識しているのかしら。どちらにしても、それだけの情報を受け止めていたら、通常の意識を保っている余裕はないわ。逆に、彼女の意識が戻るときには、平行世界はオーバーフローして……」

「塔は暴走……」

「この世界全体が、あの黒い空間に上書きされる可能性もあるわ」

「じゃあ……その患者は……？」

「そうね。ずっと……。ずっと眠っていてもらうしかない……というのが、おおかたの結論ね。沢渡さんにはかわいそうだけど……」

全身の毛穴が急に閉じた。

呼吸が停止した。

いまなんと言った⁉

声を上げたかったが喉《のど》も口も動かなかった。

思考が圧縮されすぎて体がついていかなかったのだ。

断片的な記憶の数々が一点に集合してきてひとつの解をつくりあげた。全ての情報のベクトルがひとつの結論を指し示していた。全部を理解した。

体温が上昇するのを感じた。体中が痛かった。息を吐いた。息が熱かった。

「沢渡？」と熱い息で拓也は言った。

「そう、沢渡佐由理ちゃん」真希は同情をこめて吐息した。「たしかあなたと同い年ね。すごく綺麗《きれい》な子なのよ……」

二日で退院することができた。三角巾《さんかくきん》で左腕を吊《つ》ったまま車を運転するのは骨の折れる作業だった。カレッジの駐車場に車を停めると、拓也はまっすぐ実験棟の特殊病棟に向かった。

真新しい実験棟は、すべてのドアがカード式の自動ロックになっている。クリップで胸ポケットにぶら下げてあるIDカードを外し、ドア横に取りつけられたカードリーダーに通過させた。警告を示す小さなブザーが鳴り、LEDランプが緑から赤に変わる。ドアは開かない。

もう一度、上から下にカードをゆっくりと通した。ブザーが鳴った。結果は同じだった。

足音がした。窓もカーテンもないアーミーカレッジ実験棟は、音を吸収するものがなく、いつも足音が冷ややかに反響する。

「白川くんのIDじゃ入れないよ」

足音の主が言った。富澤教授だった。

「ケガはもういいの？」

「あ、はい。すみません。ご心配をおかけして……、あの……」

「真希ちゃんがえらく心配してたよ。お礼を言っておいたほうがいいね」

「はい」

「彼女から聞いたんだって？　会っていくかい？」

富澤は答えを聞く前から、自分のIDカードを外していた。

圧搾《あっさく》空気の音がして、重く分厚い自動ドアが、なめらかに開いた。

特殊病棟の照明は控えめに落とされていた。影が出ないように綿密に配置された天井の光源が、青みがかった光を室内に満たしていた。CTスキャナーを思わせる大型医療機器の寝台に若い女が寝かされていた。体に薄いシートが一枚かけられていたが、その下はおそらく全裸だった。

見間違えようもなく、それは——。

沢渡サユリだった。

「なんで……」拓也はつぶやいた。

記憶にある彼女とは、ずいぶん印象が変わっていた。三年の時間の流れは、眠っている彼女にも相応の外見的変化を与えていた。背も少し伸びているかもしれない。ふっくらとやわらかそうだった頬がすっかり落ちて、面長《おもなが》な印象に変わっていた。シート越しに体型がはっきりと出ていた。ほとんど肉がなかった。まるで生気が感じられなかった。

にもかかわらず、目の前の女は美しかった。いや、だからこそ、というべきかもしれない。人間の形を、これほど美しいと思ったのは初めてだと拓也は思った。

完璧《かんぺき》だ。

彼女の顔を見つめた。目を開きそうな気配はなかった。最初から、開くという機能はないように美術的に造形された瞼《まぶた》ではないかとすら思えた。

肌が白い。よく見ると、頬に静脈が透けて見えた。透明な素材でできたものが、光の加減で白く見えているだけであるような質感だった。

ぞっとするほど綺麗だ。

拓也は、自分が泣きそうになっていることに気づいた。

「眠りつづけるのは、塔から流れこむ平行世界の情報に、彼女の脳が耐えきれないからだと推測されている……」

講義のときと変わらないさくさくした口調で、富澤が言った。彼の口調はどんなときにも軽い。

「もし彼女の眠りが破られれば、どうなるか」富澤は左手の指を立てて塔に見立て、右手のジェスチャーで黒い領域が広がるさまを表わした。「塔を中心として、世界はまたたく間に平行世界に飲みこまれることになると思うよ」

「どうやったら……」

「うん？　なんだい？」

「どうやったら、眠りは破れますか」

「わからないね。眠り姫がどうしたら目覚めるのか。われわれはそんなこともまだ解明できないんだ。けれどそれは……世界にとっては幸いなことかもしれないんだけどね」

拓也は黙って、サユリのまつ毛に視線を落としていた。

「この一、二週間のうちに、戦争が始まるよ。それに備えて、米国のNSA本部に彼女を移送することが決まった」富澤は言った。「ほんとはね、白川くん、君には最後まで伏せておきたかった。知っても苦しむだけで……ぼくらにできることは、何もないからね……。無理かもしれないけど、あまり思いつめないほうがいい」

「どうして、ご存知だったんですか。その、俺とのこと……」

「記録を調べたら、同じ学校だということはすぐにわかったし、眠りがまだ断続的なとき、君にコンタクトを取ろうとした形跡があった」

「沢渡が俺に？」

「ああ。岡ちゃん気付で君に手紙を出そうとしていたみたいだね。書き上げる前に、完全な睡眠状態に入ってしまって、ついに出せなかったようだけど」

「どうして……」なぜ、どうして、そんな言葉ばかりが拓也のなかで反響している。「どうして、沢渡なんでしょうか？」

「わかってないことのほうが多いが、たぶん、偶然ではないとぼくは思う。身上調査書を読んで驚いたよ。塔の設計者であるエクスン・ツキノエは……」

富澤は小さくため息をついた。何か小さな感慨をかみ殺していた。

「彼女の祖父だ」


逃げるように病室を出た。防火扉を開けて非常階段を降りた。出入り口から外に出た。スプリンクラーからの放水で駐車場の雪は溶けていたが、植え込みのなかや車寄せの端には、白い雪がこんもりと積もっていた。

冷え切った外気を肺に取りこみ、濁った熱を吐いた。呼吸し、また呼吸した。呼吸するたびに胸に痒《かゆ》いような思いが昂《たか》ぶってきた。

塔、塔。——塔。

むやみにその単語がこだました。

嫌な匂いを感じた。

――塔だ。

見上げると頭上に塔があった。いつになく、やけにくっきりと見えた。大気のレンズが塔の姿を目の前に引き寄せていた。

拓也の顔はくしゃくしゃにゆがんでいった。彼は塔を睨《にら》みつけていた。そこにはありったけの憎悪がこめられていた。

三日が経った。

「米軍は、エゾ中央に立つユニオン量子塔を兵器だと断定した」

がらんとした蝦夷《えみし》製作所の工場スペースに岡部の声が響いた。岡部の声はよく通るバリトンだ。

岡部の前には、拓也を含む七人の男たちが起立している。反ユニオン武装テロ組織ウィルタの全メンバーだ。全員が蝦夷製作所の従業員でもある。そもそも蝦夷製作所自体、ウィルタの隠れ蓑《みの》として岡部が設立したものだ。

拓也は、吊った左腕を抱くようにして岡部を注視している。

「この二十五年間、あの塔は日本人の日常の風景に同化した。塔はあらゆるものの象徴とみなされてきた。国家の象徴、戦争の象徴、民族の象徴……あるいは絶望、あるいは憧憬《しょうけい》。なんの象徴であるかは世代によっても違うし、立場によっても異なる。だが、共通していることがひとつだけある。それは、誰しもがあれを、手の届かないもの、変えられないものとして見ているという点だ。馬鹿げたことに、信仰の対象にしてるヤカラまでいる始末だ」

岡部の声が、高い天井に反響している。

「大勢の人間が、塔を不可侵だと感じている限り、この国はこのまま何も変わらん。人々が塔に威圧されている限り、この国はユニオンを必要以上におそれ、世界が南北統一に向けて動くことはない。塔がある限り、この国は分断されたままでいることだろう。分断された家族は分断されたままありつづけることだろう……」

拓也の視線は、岡部の背後にうずくまっている玩具《がんぐ》のような小型飛行機に向かう。人間が乗れる大きさではない。機首が透明な風防になっており、その内側に大きな可動式カメラが搭載されている。

米軍から提供された無人偵察機プレデターだ。すでに従業員によってしかるべき改造がなされている。

「三日後の早朝、ユニオンに対し、アメリカ政府は宣戦を布告する。その開戦の混乱に乗じ、塔への爆破テロを行う」

一同に、ざわめきはない。計画は全員が熟知している。これは確認の儀式にすぎないのだ。にもかかわらず拓也は総毛立った。岡部は、岡部なりのやり方で、世界を書き換えようとしている男なのだった。

「無人のプレデターでエゾに侵空する。攻撃には、PL外殻弾を搭載したシーカーミサイルを使用する」

　拓也は再びプレデターに目を向けた。腹に赤いミサイルを抱えている。あれが塔を消し去るのだ、と思う。事実を頭のなかで反芻《はんすう》する。シーカーミサイルの航空プログラムは拓也が組んだものだ。シミュレートも完璧だ。射程距離内で発射されれば、自動的に目標に向かう。確実に塔に命中する。

　俺が塔を殺《や》るんだ。

　武者震いが起こる。

「ウィルタ解放戦線は同日解散。この工場も、今日で閉鎖だ」

　ついに。

　拓也はそう思う。

　あれを殺して重石《おもし》から自由になるんだ。

　右手を、固く固く握った。

2

　涙はすぐに止まり、すぐに乾いた。病院を出て、渋谷駅までの道をバスに乗らずに歩いた。自然に早足になった。バス停の前で立ち止まっていたくなかったのだ。立ち止まらず、少しでもどこかへ向かって進んでいる自分を実感したかった。

移動することで肌にあたる風がぼくを鋭敏にした。眠りの雲が晴れていくようだった。心臓が活動し、酸素をめぐらせた。頭脳が動きはじめた。そしてぼくの頭は何かに気づこうとしていた。

ぼくはその何かについて考えつづけた。山手線で新宿に戻り、寮までの道を歩いているとき、鉄と鉄が噛《か》みあうガチンという音が頭のなかで響いた。それは錆《さ》びついた線路の切り替え器のレバーを手動で倒す音に似ていた。

病院で看護婦に書いてもらったサユリの転院先のメモを、ぼくはじっと目に焼きつけた。寮に戻ると、カラーボックスの奥に封印していた岡部さんからの手紙を全て取り出した。そして指で文面をなぞった。

『青森アーミーカレッジ戦時下特殊戦略情報処理研究室脳神経化学班特殊病棟』

メモにはそうあった。手紙と照らし合わせた。

間違いなかった。

拓也の大学の、拓也の研究室だ……。

サユリはそこにいるのだ。拓也のところに。

指し示されている。導かれている。

もちろん、偶然ではある。

だけど、もし仮に偶然というものに人格があるとしたら、そいつはぼくに、日本の北端に戻れと告げていた。

でもその前に、ぼくはひとつだけ、この東京でやっておかなければならないことがあった。この街でたったひとり大事にしたかった人と、ぼくは話をしなければならないはずだった。話をするのは辛《つら》いことだった。できれば避けて通りたかった。でもそういうわけにはいかないのだ。ぼくはさまざまなものを避けて通ることによって、自分自身を損ないつづけてきたのだ。


理佳とはあれから、連絡を取りあっていなかった。

いや、正確には、こちらからは何度か電話をしたのだが、取ってもらえなかったのだ。彼女は裏表のない性格だ。理佳が電話を取らないからには、それは取りたくないのだ。ぼくも、そういうことを無理押しする性格ではないので、なんとなく、しばらくぼくと彼女の間には感情や情報の流通がなくなっていた。私学の試験と国公立の前期日程は終わっていたが、国公立後期や私学の二次がまだ控えている時期でもあった。ぼくらにはやるべきことが他にもたくさんあった。

でも、もうそんなことを言ってはいられない。

この時期になるとさすがに、学校に行くことはほとんどなくなっていたが、一日置いて翌々日に登校日があった。そこで彼女をつかまえるしかなさそうだった。待つだけの二日間は何も手につかなかった。

その日が来ると、ぼくはいつもより三十分早く学校に行き、教室の前で理佳を待った。彼女は登校時間の五分前になって、パーマをかけた髪の長い友達と一緒にやって来た。名前を呼ぶと彼女は肩を震わせた。そしてぼくのことを石ころみたいに無視して教室へと入っていこうとした。一発で状況を推測したらしい彼女の友達が、あっちへ行けという意味のことをいくぶん丁寧に言った。

「どうしても話しておきたいことがあるんだ」ぼくは鋭く、でも小さな声で言った。

えっ、という軽い息とともに、彼女は少しだけ振り返った。何か意外なことを聞いたような反応で、そこに皮肉のニュアンスはなく、ただただ思いがけないことを言われたという感じだった。

けれどすぐに彼女は表情を固く戻して、「またこんどにして」と冷たく言った。

「今日でないと駄目なんだ」

理佳は友達と一緒に教室に入っていった。

教室に押しこんで強引につかまえようか、とぼくは一瞬考えた。それだとたぶん、あとから彼女はずいぶん好奇の視線を浴びることになるだろう。それは避けたかった。

数秒間考えて、ぼくは廊下を進み、階段を降りた。二階の廊下の端に出ると、まっすぐ廊下の逆の端に向かって歩き、つきあたりにある事務室の前まで行った。事務室の前のカウンターには緑色の公衆電話が置いてある。ぼくは財布からテレフォンカードを取り出して投入し、指が覚えている理佳の携帯の番号を押した。

コール音を五回聞いたところで、電話がつながった。「はい」も「水野です」もなかった。

かわりに教室の物音や話し声が聞こえた。それから、彼女の息遣いが。

「おれはこれから青森に戻る」

ぼくは前置きもなく言った。

電話の向こうはあいかわらず無言だったけれど、それでも困惑の様子が伝わってきた。

話の続きを言おうとすると、その前に彼女が言った。「だって……まだ後期の試験が残ってるでしょう？」

「ああ。向こうですべきことが早く済めば、戻ってきて受験するつもりだよ。でも、どうなるかわからないな。長引けば、すっぽかしだ。たぶんそうなると思う」

「そんなにまでしていったい何を……」

「こっちは三年も遅刻してるんだ。もう一日も遅らせたくない。理佳、おれはあっちにやり残してきたことがあるんだ」

「そう」理佳は嫌味っぽく言った。「遅刻や忘れ物は良くないわよね」

「そうだよ。絶対に良くなかった」ぼくは彼女の皮肉をかわさなかった。「おれはずっと大事なことをほったらかしにしていたんだ。とても大事なことだ。やりとげなかったら、生きていけなくなるようなことだよ。おれがおれでいられるかどうかの瀬戸際だったんだ。そんな大切なことを、ちょっとした行き違い程度のことで諦《あきら》めて、放り出しちゃった。そのせいでおれはこの三年間、ずっと自分がなんだかわからなくなっちゃっていた。わからないままフワフワ漂ってた。思えば当たり前のことなんだ。おれは自分の中のいちばん大事なエンジンを置いてきたままにしてきたんだから……」

「それで？　それを取りもどしに行くのね」

「そうなんだ」

「女の子でしょう」声が不確かに揺れていた。「あっちに好きな子がいるのね」

「違う」ぼくは即答した。それは嘘でもなんでもなかった。「確かに女の子が関わっている。だけどそういうことじゃない。おれ自身を取りもどしに行くんだ。山の上の格納庫に、おれの半身が眠ってる。それとひとつになって戻ってくる」

「ねえ、すごく漠然としてて、私にはよくわからない」

少し前から、受話器の向こうで、がさがさとした衣擦《きぬず》れの音が聞こえていた。彼女は移動しているようだった。

ぼくは気づいた。そして振り返った。

まっすぐの廊下のつきあたりにある階段から、携帯電話を顔の側面に押し当てた理佳が降りてくるところだった。

ぼくと彼女は校舎の端と端にいた。廊下は長く、彼女は遠かった。彼女がこっちを見た。ぼくらの間には他の生徒が何人も行き来していて、そのたびに視界が遮られた。彼女のほうに行こうとした。受話器のコードが限界まで伸びてつっぱった。コードにつなぎとめられて、ぼくはそれ以上近づけなかった。

受話器を置こうかと迷ったが、できなかった。電話を切ったら、二度と理佳と話ができなくなるんじゃないかという予感にとらわれたからだ。

少なくとも、今は話はできる。そのことに満足しようと思った。受話器をにぎりしめたまま、遠くに小さく見える理佳から、ぼくは片時も目を離さなかった。

「藤沢くん、私のこと好きでもなんでもなかったでしょう」と耳元で理佳が言った。「それは、わかってた。わかってて、それでもいいと思ってたの。私、物心ついたころから、ずっとさびしかった。私、ときどき自分を幽霊みたいに感じることがあるの。私なんてものはいなくて、周りの人たちもみんな幽霊で、みんなからっぽなんだって感じてた。いつもぼんやり不安だった。でも藤沢くんといると、ちゃんとした、しっかりした地面を感じられて、いろんなものとつながっていられるように思ったの。だから、近くにいたかった。藤沢くんは、そういう、特殊なところがあるのよ……」

五秒間ほど、ぼくは言葉を出せなかった。

「問題は、今のおれ自身にしっかりした確かなものがないってことなんだ」

人がとぎれて、消失点の手前に立つ理佳と目が合った。

「おれはずっと眠っていたんだよ、理佳。起きていてもずっと夢の中にいるような気分だった。ずっと。この三年。誰のせいでもない自分自身のせいだ。おれはこの三年間、何にも心を震わさなかった。からっぽだから震えないんだ。おれに特別なものがあったとしたら、それは昔の話だ。その特殊さはすっかりなくなってしまった。理佳がおれに特別なものを感じるとしたら、それはおれが確かなものだったころの匂いがまとわりついているだけだよ」

「私はそれでもいいって言ってるのに」

その一言は、正直、ぼくの決心をずいぶん揺さぶった。

「なあ。たぶん、このまま一緒にいると、おれが幽霊みたいにからっぽだってことに気づいて君は幻滅すると思う。どっちみちなんだ。袋小路が見えているんだ。だから再生する。壁を壊し、柵《さく》を飛び越える力を取りもどしてくる。本当に確かな人間になって戻ってくる」

「ねえ、藤沢くんがいなくなったら、私、ばらばらになるよ」理佳は読み上げるように抑揚なく言った。「だって私は、藤沢くんを通して、いろんなものと結びつこうとしているんだもの。それでも行っちゃうの？」

ごめん、と反射的に言おうとして、不適切だと思った。「行く」

耳元で理佳のため息が聞こえた。遠くで彼女の肩が上下するのをぼくは見た。彼女はうつむきがちになっていて、表情はわからなかった。

「それで、向こうで実際に何をするの？」

「飛行機を飛ばす」とぼくは行った。「海峡を飛びこえる。塔まで行く」

「ユニオンの？」

「そう」

「ちょっと待って」理佳が顔を上げた。「藤沢くん、あなた新聞もニュースもろくに見てないでしょう。今週中には、もう戦争が始まるかもしれないって言ってるのよ。青森とエゾの間って、戦場になる場所なんじゃないの？」

「そうだよ」そのくらいは知っていた。

「それでも行くの？　どうして今なの？」

訊《き》かれてはじめて、ぼくは重要なことに気づいた。「ラストチャンスなんだ。もしかすると今度の戦争で、塔がなくなっちゃうかもしれない」

「何をそんなに――」彼女は揶揄《やゆ》しようとして途中でやめた。かわりに別のことを言った。

「私、前に二人で青森まで行こうって言ったことあったでしょ」

「うん」

「あれ、本気だったよ」

ぼくは黙った。

「冗談だと思ってた？」

「いや――」ぼくは考えこんだ。「わからない」

「藤沢くんて、ときどきどこか遠くの国から来た人みたいに思える」彼女は言った。「あなたが言っているのは、たぶんそういうことなんでしょう」

「なあ、全部終わったら……それがいつで、どうなってるかはわからないけど、また会いたい。そのとき、何があって、何をしたのか全部話すよ。絶対、会ってほしいんだ」

理佳は答えなかった。おそろしく長い沈黙があった。ぼくも彼女も身動きしなかった。息をひそめて待った。やがて彼女は携帯を下ろし、通話を切った。ぶつっという音を立てて、ぼくの片耳は死んだ。

彼女が人の流れと階段に隠れて見えなくなってしまっても、ぼくは緑色の受話器をにぎりしめていた。そして理佳との会話を反芻《はんすう》しつづけた。彼女はぼくだ。ぼくと同じ弱さを抱えた、もう一人のぼくだったのだ。ぼくは自分が理佳に対してどんなことをしてしまったのかを思い知って、かなり長いこと、石像みたいにじっと立ちすくんだ。

3

それでも、ぼくの周りに現れはじめたある流れに逆らうことはできなかった。そうするわけにはいかなかったのだ。

寮で着替えて、ごく簡単に荷物を作り、東京駅から東北新幹線に乗りこんだ。自由席の窓際に身を落ち着け、列車が動き出すと、ブルゾンのポケットにつっこんであった文庫本を取り出した。東京駅の構内の本屋でふと思い立って買っておいた『宮沢賢治詩集』だった。ぼくはそれを読みはじめた。

深い意味があって買った本ではなかったのだけど、思いのほかぼくの胸を打った。以前読んだときにはなんとも思わなかったのに、今日はまるで自分の血肉を感じるように言葉と感情の手触りを感じることができた。

あなたの方からみたらずゐぶんさんたんたるけしきでせうが

わたくしから見えるのは
やっぱりきれいな青ぞらと
すきとほった風ばかりです。
（眼にて云ふ）

ぼくはそのフレーズに、サユリがたたずんでいる夢の世界を重ねあわせた。サユリは夢のかの塔の世界で、ずいぶんさびしがっていたけれど、ぼくはあの景色を綺麗《きれい》だとずっと思っていた。いや……このフレーズに触れることで、ぼくはそう思っていた無意識の自分に気づいたのだ。

サユリの夢と比べれば、ぼくのいた東京の街は惨憺《さんたん》たる景色かもしれないな、と思った。

そのときふとひらめくものがあった。

サユリも眠りのなかで、ぼくの暮らしを夢に見ていたんじゃないだろうか。

彼女はぼくを取り巻く世界を、どんなふうに見ただろう。

さびしがりのサユリのことだから、ビルに囲まれて電線に覆われた狭い空を、にぎやかで好ましいと思ったかもしれない。空と風しかないあの場所から、うるさくて狭いぼくの街を、それでも綺麗だなと憧《あこが》れたかもしれない……。

ぼくは本を読みつづけた。「鳥」という一編が、やけに心をざわつかせた。不快なざわつきではなくて、気持ちがゆるやかに対流を起こすような感じだ。

そういえば、ずっと前に文学かぶれの吉鶴が何か言っていたのを思い出した。賢治作品に出てくる鳥は彼岸と此岸《しがん》の橋渡しなんだとかなんとかだ。先立たれた妹と心を通わせようとするとき、その思いを空飛ぶ鳥に託すのだと。

ぼくはその詩をくりかえしくりかえし何度も読んだ。疲れてきたので、本を膝《ひざ》の上に伏せて少し眠った。窓ガラスにもたれて、瞼《まぶた》が落ちる直前、外の景色にユニオンの塔が見えた。どういうわけか、いつもの威圧感を全く感じなかった。綺麗だな、という感情に抱かれながらぼくはつかのま闇に落ちた。

ローカル電車を乗り継いで津軽浜名で降りた。実家に寄る気は全くなかった。雪を踏み分け、三年前と同じように蝦夷製作所の敷地を通り抜けて、ぼくはなつかしい廃駅の野原に立った。降り積もった雪が太陽の光を反射し、一面やけに明るかった。くるぶしまで足を踏みこませながら、足跡ひとつない雪面を格納庫に向けて歩いた。そういえば蝦夷製作所の庭にも、足跡がぜんぜんなかったな、とぼくは思った。通りがかりに岡部さんに挨拶《あいさつ》に行ったのだが、工場も事務所も閉まっていて人の気配はなかった。

格納庫の裏口のそばの雪をどかし、地面を掘ると、鍵《かぎ》は埋めたときと同じようにそこにあった。

鍵は回りにくかった。丁寧に土を落として、再び差しこんだ。そしてドアを開けた。

一歩入って、ぼくは動けなくなった。

開け放した裏口から入りこんだ雪の反射の白い光が、その物体を一方向から照らしだしていた。白と銀色の物体がうずくまっていた。記憶より少し小さく感じた。良きものだけを集めたような凝縮感があった。たとえば雪の結晶を見るような感動……。

ヴェラシーラだ。

ぼくは靴の裏を床から引き剝《は》がし、歩み寄った。歩を進めるごとに、体が震えた。機首のところで立ち止まり、右手の中指の先でおそるおそる触れた。

固くてかすかに弾力のあるカーボンナノネットの感触と匂いがなつかしくて泣きそうになった。

詳しく点検した。不思議なことに、機体にはほとんど劣化が見られなかった。何年もほったらかしにしたのだから、全体にゆるみが生じているはずだった。飛ばすためにはかなりの大工事が必要だと覚悟していたのだが……。

「まるで時間が止まっていたみたいだ」

そうつぶやいてみた。ぼくのその言葉も、冬の冷気の中で凍りついたように、しばらくそこにとどまっていた。

鎖で封印した大扉を開け、エンジンに火を入れて様子を見た。ほとんど問題はなかった。航空燃料が燃える匂いと熱が周囲に満ちた。

エンジンを止め、ぼくはすぐに製作にとりかかった。

資材も工作機械も、すべて庫内に残してあった。体と手を動かしているうちに、時間の感覚がなくなった。一心不乱になった。久しく味わっていなかった快感だった。

ハードウェアとしてのヴェラシーラは、三年前の時点でほぼ完成している。細かい調整はかなり残っているが、それは難しくないことだ。

問題は、航空制御ソフトウェアだった。それと、もうひとつ……。

壁に立てかけられたバイオリンケースに、ぼくは近づいた。それもまた、三年前とまったく一緒の場所にあった。

哀しみに似ているけれどちょっと手触りの違う、なんともいえない感慨があった。

開けてみようかと思って手を伸ばしかけたが、やめておいた。いつの間にか、夜になっていた。ぼくは山を降り、浜名の駅前まで出て、雑貨屋の前の公衆電話から拓也の家に電話をかけた。番号は覚えていたが、ダイヤルボタンを押すのにちょっとした勇気らしきものを必要とした。

誰も出なかった。

同じ道をたどって廃駅に帰った。誰にも出会わなかった。通りがかりに見た蝦夷製作所にもやはり灯《あか》りはなかった。格納庫に戻って、ハロゲン投光器の青白い光のなかにいると、まるでこの世界に自分一人しかいないような気分になった。

ベンチのそばにストーブを運び、毛布にくるまって眠りについた。

翌日も、ほとんど同じことを繰り返した。拓也との連絡もつかなかった。

その次の日、電話がつながった。

待ち合わせ場所は大川平《おおかわだい》の商店街の外れだった。

拓也は先に来ていて、電柱にもたれて煙草を吸っていた。彼の背後には鉄道の陸橋があって、戦車を載せた貨物列車がのろのろと道の上を横切っていた。彼はじっと戦車の列を眺めていたが、ぼくの足音を聞いてこっちを見た。

そして無表情に言った。

「よう」

ぼくはそれまで緊張していたのだが、彼の顔を見て照れくさいような痒《かゆ》いような気分になり、自然に軽く頬がもちあがった。

「三年ぶりだな、拓也」

午後三時過ぎだったが、二人とも昼食をとっていなかったので、商店街の中華料理屋に入ってラーメンを食った。店内にはぼくらの他に、米兵が二組ほどいた。高い棚に置かれた14インチのテレビが、開戦に備えて都下が厳戒態勢に入ったというニュースを伝えていた。拓也はそのニュースを鋭い目で睨《にら》んでいた。

「いつ来たんだ?」

拓也がテレビに目を向けたまま言った。

「おととい。いまは廃駅に泊まりこんでるんだ」ぼくはラーメンをすすりながら言った。

「廃駅に?」

「うん」それからぼくはさっきから気になっていたことを訊《き》いた。「拓也、その腕、どうしたんだ」

彼は三角巾《さんかくきん》で吊《つ》った左腕をちらりと見てから言った。「ああ、ちょっとな」

「なんだよ、ちょっとって」

「あとで話すよ」

そう言って拓也は片手だけで器用にラーメンを食べた。まったく、ケガしていても、ラーメンを食うときにも、品のいいやつだ。そういう感触みたいなものは、ぜんぜん変わらない。

少しおかしくなって、笑みを含んだ。

そういえば、ぼくと彼は、三年前にケンカ別れしたのだった。彼はそのことにはまったく触れないつもりらしかった。ぼくもそのほうがありがたかった。ちょっとだけ、あのころ拓也が付きあいはじめた後輩の女の子とはどうなったのか訊きたい気がしたけれど、馬鹿な質問だとわかっていたのでやめておいた。

「それで、用件はなんなんだ」と拓也が言った。ぼくはまだ彼に何も言っていなかった。こみいった話だし、どんなふうに切り出したらいいかわからなかったからだ。

「ここではちょっと……」とぼくは言った。「廃駅に行かないか」

拓也は口を一文字に閉じて、かなり長い間黙っていた。

低い声で言った。

「いいぜ」

廃駅に行く途中、蝦夷製作所の事務所のドアを叩《たた》いてみたが、やはり人はいなかった。

「今日も休みなのかなあ……。拓也、知らないか？」

拓也は無言だった。

足元で猫の鳴き声がした。工場に棲《す》みついていた半ノラだった。

「おお、チョビ。元気だったか、久しぶりだなあ！」

しゃがみこんで手を出すと、チョビは懐っこく額をこすりつけてきた。嬉《うれ》しくなって、ぼくはしばらく頭をなでまわしたり、鼻先で指を動かしたりしてからかった。

ざりっと地面の砂を踏む音がしたのでそっちを見ると、硬い表情をした拓也が、まるで気分を悪くしたみたいにそっぽを向いて歩き出すところだった。

「おい拓也」

ぼくは最後に一回だけチョビを撫《な》でると、立ち上がって彼に追いついた。彼は早足で廃駅への山道へと進み、ぼくは追いかけるようにその後ろを歩いた。

森を抜けて廃駅の野原に出ると、拓也は格納庫ではなく、プラットホームのほうに歩いていった。最初からそこが目的地だというような、有無を言わさぬ歩き方だった。ぼくはあとをついていった。そして二人でホームに立った。湖水は凍結していた。そっと足を下ろせば、氷の上を歩けそうに見えた。

二人で並んで立ち、凍った湖を眺めた。

「話ってのはさ、ちょっとこみいってるんだけど……」

ぼくは切り出したが、拓也に遮られた。

「待てよ。俺の話が先だ。こっちも深刻だ。一切他言無用だ」

「なんだよ、おい……」

ぼくはそんなふうに軽い調子で切り返したが、さっきからのピリついた態度で、彼にも何かシリアスな問題があることはわかっていた。

「蝦夷製作所はウィルタ解放戦線だ」拓也はいきなり核心を言った。「人がいないのはそういう理由だ。あそこはもう閉鎖された」

ぼくはひきむすんでいた口を開いて、質問した。「いつ閉めた?」

「今週だ」それから彼は意外そうにぼくを見た。「あまり驚かないな。気づいてたか?」

「いや」ぼくは首を横に振った。「けど、そんなこともあるだろうって納得した。あの会社が額面どおりじゃないって、昔おまえ、おれに言ったもんな」

「そんなこと言ったか?」彼はつぶやいた。「まあいい、話が早い。これから言うことは……おまえには全部事情を伝えておくことが最低限の筋だと思ったから教えるんだ。悪いがしばらく黙って聞いてくれ」

そして彼は長い物語を語りはじめた。全てが驚くべきことだった。

ウィルタの理念の話。

岡部さんの生き別れた奥さんの話。

カレッジで学んだ量子物理学と塔の関係。

ユニオンの塔は平行世界を感知し、高精度な未来予測を行うためのシステムであること。

そのシステムは暴走し、塔を中心として別の世界がどんどん漏れ出してきていること。

米軍は塔を一種の自爆兵器とみなしていること。

ぼくはホームに落ちていた石を拾い、湖水に向かって力いっぱい投げた。

石は氷の上に落ちて滑っていった。

拓也はウィルタの一員になり、活動のなかで負傷したこと。

そして……彼が病棟で出会った、眠りつづけるサユリのこと。

サユリの頭脳が塔と密接にリンクしていること。サユリの意識レベルが上昇すると同時に、塔の活動が活性化したこと。サユリが目覚めれば塔は完全な稼動状態に入ること。それに伴い、この世界の「書き換え」が行われるであろうこと。おそらくサユリの覚醒《かくせい》と同時にほぼ一瞬にしてこの世界は消えうせること。

米軍とウィルタは手を組み、塔の爆破テロ計画を実行しようとしていること。

拓也はホームにしゃがみこんで、表情を変えずに、中立的な口調で話しつづけた。それは彼の内心が中立的でない証拠だった。自分を過剰にコントロールしようとして、そういう態度になるのだ。

ぼくはまた石を投げた。

石はまた滑っていった。

石は氷のバリアに阻《はば》まれて決して深いところに届くことはなかった。

ひと通り話し終えて、ぼくが沈黙を保ったままだったので、彼はもう少し専門的な話を始めた。平行世界の存在の証明に関してや、それが人間の脳に影響を与える可能性についてだ。いきなり平行世界うんぬんを持ち出して、納得させるのは難しいと思ったのだろう。「わかるか、浩紀」と拓也は言った。

「わかるさ。それで全部わかったよ」とぼくは答えた。今のぼくには、真水を飲むようにすんなりと理解することができた。なにしろぼくは世界の分岐を具体的な映像として見たことがあるのだ。

「どうわかる?」と彼は訊いた。

「〝わたくしといふ現象は仮定された有機交流電燈《でんとう》のひとつの青い照明です（あらゆる透明な幽霊の複合体）〟……」

「なんだ?」

「おれもおまえも、人間は仮定的な現象だってことだろ」ぼくは言った。「世界も人間も仮説にすぎなくて、幽霊みたいなものなんだ。そして沢渡はどの現象をアクティブにするか決めるジャンクションに立ってる」

拓也は数秒考えて、漠然とのみこんだようだ。「変わった言い方をする」

「ひとつ質問がある」ぼくは訊《たず》ねた。「塔が破壊されたら、沢渡はどうなる?」

「そんなことは誰にもわからない」彼はつっぱねるように言った。「だが、可能性の高い仮説はある」

「どんな？」

「今の沢渡は、エクスン・ツキノエの量子塔システムの外部装置なんだ。本来なら塔が行うべき情報処理を沢渡の脳が代行している。その一方で、沢渡の意識活動は、その一部が塔システムに移管されているんだ。つまり、沢渡と塔は、通信的な関係ではなくて、ひとつのものとして同化している。塔は沢渡の脳であり、沢渡は塔そのものなんだ」

「まさか……」

ゾッとする感覚が足元から肩まで這《は》い上がってきた。

「たぶん……」と彼は言った。「塔を壊せば、沢渡の意識活動は永久に停止するだろう」

冷ややかな雰囲気がぼくと彼との間に満ちた。

「俺の話は終わりだ」と彼が言った。「おまえの番だ」


「ヴェラシーラを飛ばす？」

拓也はおうむ返しに訊《き》いた。ぼくは歩きながらすべてを話した。拓也の話に比べて、自分の話は漠然としていると感じた。裏口から彼と一緒に格納庫に入り、ブレーカーを上げた。連動して投光器がともり、白い翼が照らし出された。

「沢渡を乗せてか？」彼は重ねて訊いた。

「ああ」

ぼくは機体を撫でた。

「組み立てはあと一日もあれば終わるんだ。あとは制御ソフトの問題なんだけど……」

「待てよ。おまえ俺の話本当に聞いてたのか？　沢渡は眠り続けてるし、塔は」

「塔はテロの標的になってるんだろ。全部理解したさ」

ぼくはヴェラシーラから手を離し、木製の椅子に座った拓也に近づいた。

「だからおまえの助けが必要なんだよ。言っただろう、ずっと考えてたんだ。塔まで一緒に飛べば、沢渡は目覚めるんだよ」

拓也はぼくのほうを見ず、机の上に置いてあるモデムのLEDの明滅を細い目で眺めていた。

そして彼は言った。

「おまえ、そんな馬鹿なことのために帰ってきたのか」

それは軽蔑《けいべつ》するような口調だった。

ぼくの体と表情はこわばった。

そんなことを言われるとは想像していなかった。あまりに心外だった。小さな怒りの萌芽《ほうが》があった。

「そんなことって……」ぼくは言葉を探して、詰まった。どうしてぼくはいつもうまく言えないんだろう。「だって約束したじゃないか、おれたちは」

モデムの赤い光はあいかわらず明滅を続けていた。拓也は飽きもせずそれを見つづけていた。

ぼくは急にその光が腹立たしくなった。ぼくはゆっくりと机に近づいた。スイッチを切ってやろうと思ったのだが、むなしくなってやめた。代わりに、机の角を指先でつかんだ。

「沢渡の夢を見るんだ。何度も繰り返し」

ぼくはうつむいて机の木目に目を落とした。

「沢渡は誰もいない場所に一人でいて、何も思い出せないって言ってた。でも、あいつ、約束のことは覚えてる……」

ぼくは首だけ振り返ってヴェラシーラの翼を見た。投光器の青いランプに照らし出されていた。そして拓也の青白い横顔を見た。彼はじっと動かなかった。

「夢でもう一度約束したんだよ、おれは。こんどこそ、塔に連れて行くって。あれがただの夢とは思えないんだ！」

大きな声を出したせいで息が切れた。

拓也はダッフルコートのポケットから煙草を取り出し、火をつけた。そして小さく三口吸った。ため息とともに煙を吐き出した。

「今さらのこのこ帰ってきて、何かと思えば夢の話か。おまえ見てるとイライラするよ」

彼は人差し指で煙草を弾《はじ》いて捨てた。つまらないものを見えないところに追いやるようなしぐさだった。ぼくはその態度に驚愕《きょうがく》した。拓也はオレンジ色の火を踏みつけた。

彼は立ち上がった。

「ガキの遊びにつきあっているほど暇じゃないんだ」

彼が懐から取り出したものを、最初うまく認識できなかった。

「いつまでもこんなものに執着してるからだ」

ヴェラシーラに歩み寄った彼は、ひどく慣れた手つきでグリップにカートリッジを差しこみ、スライドを引いた。

「俺が忘れさせてやるよ……」

彼は黒光りする拳銃《けんじゅう》をヴェラシーラに向けて構えた。

「やめろ！」ぼくは反射的に絶叫した。

拓也の酷薄そうな目が光った。

それがまともな意識の下で見た最後のもので、すぐにぼくは何も分からなくなった。半分気絶したような状態で体だけが勝手に動いた。ときどき不思議だ。考えるより先に、自動的に動く体って何なのだろう。まるで自分の体が別人のように動くことがある。

銃声が響いた。

ぼくの鼓膜は破裂音に強く叩《たた》かれた。

外でカラスが驚いて飛び立つ音がした。

拓也が床に倒れ伏していた。

自動拳銃が床に転がっていた。

ヴェラシーラが無事であることは、確かめなくてもわかっていた。

右手の指のつけねが激しく痺《しび》れていた。ぼくは拓也を殴り倒していた。自分がそんなことをしたと知って息が荒くなった。いくら息をしても興奮が醒《さ》めなかった。むしろ息をすればするほど頭に血が上っていった。

拓也は唾《つば》を吐いて立ち上がった。

興奮で反応が遅れた。拓也がすぐ目の前にいた。衝撃があり、顔に何かがぶつかったことがわかり、殴り返されたことを知った。気が遠くなり、気をしっかり持とうとした。ぼくは床に倒れた。咳《せ》きこんだ。

「拓也ぁ！」

自分で聞いた自分の絶叫は、怒りと懇願と困惑が同配分で混ざっていた。上体を起こしたぼくは拳《こぶし》を握っていた。腕の筋肉が固くなっていた。どうやらぼくはそれを振るおうとしているらしかった。右足で地面を踏んだとき目の前に黒い孔《あな》があった。銃口だ。ぼくの動きは止まった。危ないとか死ぬとか、そんなことに考えが至る前から動けなくなった。銃のグリップを握っている骨ばった手を見た。よく知っている手だった。その向こうに眼鏡越しの拓也の目があった。

「沢渡を救うのか、世界を救うのかだ」

その声は決して大きくはなかったのに、格納庫全体にいんいんと響き渡った。響き渡ったのはぼくの頭の中だったかもしれなかった。ぼくは動けなかった。もう拳銃はどうでもよかった。それよりもおそろしいものが撃ちだされたあとだった。眼球さえ動かなかった。わかっていて、それでも言葉として聞きたくなかったことがはっきりと宣告された。彼は拳銃を下ろした。しかしあいかわらず別のものがぼくにつきつけられていた。

拓也はきびすを返し、板の床を踏んで裏口のほうへ歩み去った。

ぼくは足音を聞いていた。彼の足音は正確なリズムを刻んでいた。リズムがぼくの中で、あるフレーズを再生した。『鳥』——。

(水いろの天の下)

(高原の雪の反射のなかを)

(風がすきとほって吹いてゐる)

「苦しくて我慢できないんだ」とぼくは言った。

(鳥が一羽菫外線に灼けながら)

(その一本の異状に延びた心にとまって)

「沢渡のことをずっと考えつづけていた」

(ずゐぶん古い水いろの夢を)

「沢渡のことを考えないようにすると辛《つら》くて痛いんだ」

(おもひださうとあせってゐる)

「おれたちの時間は止まっちまってる。気持ちが凍りついてる。このままじゃ、どんどん置き去りにされていくばかりなんだよ……」

(鳥は一つのボートのように)

拓也がふいに怒鳴った。「だから塔を壊すんだ!」

足音のリズムは止まった。

「拓也、おまえ、変わったな」

ぼくは動けないまま、彼のほうを見ずに言った。

「当然だ」彼は言い放った。「浩紀、おまえは子供のままだ」

裏口の扉が非情な音をたてた。


（にもかかはらずあちこち雪の彫刻が）

（あんまりひっそりしすぎるのだ）

4

眠りの中にいた。

世界を救うのか。

拓也にとって、世界などどうでもよかった。世界などどうなってもいい。「沢渡か世界か」など、自分の決心を鈍らせないために言ったフレーズにすぎない。拓也の望みはただ塔をこの世から消し去ることだ。自分自身の中の幼さを殺すことだ。塔を破壊することによって、付随的にサユリを救わないことによって、自分は過去の自分から解放され別のものになることができるはずだった。

「すごい……ひこうき！」

夢のなかで拓也は廃駅の格納庫にいた。サユリがいた。中学三年生の幼いサユリだった。彼女はヴェラシーラに駆け寄っていって、振り返り、こっちを向いてそう言った。

夏だった。廃駅の周りは濃い緑色だった。熱い空気があった。

拓也は目を覚ました。

ベッドに起き上がった。知らず知らず奥歯を噛《か》んでいた。殴られた頬が痛い。

「畜生っ！」

5

眠りの中にいた。

頬の肉が痺れていた。頬骨が痛んでいた。ひどい気分だ。チャイムの音が学校中に響いた。

「そろそろ家に帰れ」という意味を表わすチャイムだった。

ぬるい風呂《ふろ》みたいな春の空気が皮膚にまとわりついていた。ぼくは夢のなかで、今より少しサイズの小さい十五歳の体を抱えて、中学の廊下を歩いていた。窓の外に薄いピンク色の桜の木が風に揺れていた。だいぶ葉が出てきている。今も花が落ちて風に舞っている。

三年三組と書かれた木彫りのプレートの下まで来て、ぼくは木製の引き戸をガラガラと開けた。教室に入って、人影に気づいた。まだ残っているクラスメートがいたのか。

サユリだった。

彼女は一人で自分の席に座っていた。

ぼくが入ってきたのを見て、サユリは慌てて涙を拭《ふ》いた。ぼくは彼女が泣いていたことには気づかなかったふりをした。サユリは体育のときのジャージ姿で、運動部でもない彼女が下校時刻にそんな格好でいるのもおかしなことだったが、それも考えないようにした。

ぼくはいくぶん気まずい思いをしながら、言い訳めいたことを言った。

「ちょっと、忘れ物しちゃってさ」

「そうなんだ」

サユリはつとめて平静を装おうとしていたが、声は揺れていた。

ぼくの足音以外はなんの物音もしなかった。ぼくは自分の席に近づきながら、間をとるためだけに言った。

「沢渡、帰らないのか？」

「う、うん、帰るよ……」

サユリはぼくから目をそらして、自分の格好を気にしたのか、もじもじとジャージの裾《すそ》を引っ張っていた。机の上には彼女のバイオリンケースがあった。

ぼくはそっぽを向いたまま、自分の机のなかをごそごそと手で探り、雑誌を二冊取り出した。サユリを意識して、芝居がかったような不自然な動きになってしまった。サユリの視線を感じていた。

「ヒロキくん、どうしたの、ほっぺ」

彼女が訊《き》いて、ドキリとした。

「ちょっと、拓也とケンカしてさ……」雑誌をかばんの中にしまいながら言った。

「大丈夫？」

「だいじょぶだいじょぶ。きっと、すぐ仲直りするんだ。たぶん」

ぼくはかばんを肩にかけた。

「じゃあな、沢渡。おやすみ」

「あ、待って、ヒロキくん」

呼び止められて、振り返った。彼女は椅子から立ちあがりかけていた。

「ねえ、駅まで行くの？」

「そうだよ？」

「一緒に行っていい？　すぐ着替えるから」


サユリは女子更衣室に入って扉を閉めた。ぼくは廊下の壁にもたれて待った。あまり扉のほうを見ているのもきまりが悪いので横を向いて窓の外を見ていた。傾いた太陽から、暖かい色の光がガラスを通して投げこまれていた。

校舎に人けはすっかり絶えて、静かだった。扉の向こうからかすかに衣擦《きぬず》れの音が聞こえてきて、ぼくは中で行われていることを想像したり想像するのをやめようと努めたりしていた。サユリはすぐにセーラー服に着替えて出てきた。胸にバイオリンケースを抱きしめていた。

「いつも予感があるの」

薄暗くなったグラウンドを並んで横切っているとき、サユリは言った。ぼくに言っているというより、独り言のようなニュアンスがあった。

「予感？」

「何かをなくす予感。世界はほんとうに綺麗《きれい》なのに……」

学校の敷地を出て、林の横を通る細い道を歩いた。

「わたしだけが」

畑とまばらな民家がある道を歩いた。

「そこから、遠く離れちゃっている気がするんだ……」

その何もない道の途中には、ぽつりとひとつだけ自動販売機が立っている。薄暗い夕暮れの時間に、そこから放たれる青白い蛍光灯の光は、ひどく寂寥《せきりょう》を感じさせた。

ぼくはそこで立ち止まって、ポケットから裸のまま入れていた硬貨を取り出し、温かいコーヒーをふたつ買った。そしてひとつをサユリの手に押しつけた。彼女の反応は、よく確かめなかった。

三年前……いや、もう四年前になろうとしているが、ぼくはそのとき、自分がどうしてそうしたのかよくわかっていなかった。

いま考えると、それは、こういうことだったと思う。君は世界やいろんなものから遠く離れて、たった一人でさびしく立っているかもしれないけれど、ぼくは君が光り輝くものを持っていることを知っている。一人でいるその姿の内側に、温かいものが宿っていることをわかっている……。そういうことをぼくはきっと言いたかったのだけれど、ぼく自身が伝えたいことをはっきり自覚していなかったし、そんな感情を誰かに言葉で伝えるのはとても難しいことだった。

ぼくは歩き出したが、サユリは立ち止まったままだった。

振り返ってみた。

空は暖かい色に染まっていた。

サユリのすぐ背後に、赤く染まった塔があった。

夕日に染まった、低い赤い空のまんなかに、赤い光を浴びて光るサユリが立っていた。

背中に塔。胸にバイオリン。

サユリはほのかに微笑んでいた。

ぼくには、そのとき——。

サユリが輝く世界の中心にいるように見えたんだと思う。

風が吹いてサユリの髪が揺れる。サユリはぼくを見ている。

ぼくはサユリを見ている。

「ああ、そうか……」

＊

廃駅の格納庫で目が覚めた。ストーブの熱で顔がほてっていた。意識が覚醒《かくせい》し、夢は失われていった。額に手を当てて起き上がった。ぼくはヴェラシーラの格納庫に置いたソファーベッドで眠っていたのだった。

「今、とても大切なことが……」

ぼくは消えてしまった夢を取りもどそうとした。記憶の迷路の奥で見たはずの光景を。帰ってはこなかった。かすかに残った感情の余韻が、ぼくを落ち着かなくさせていた。

「わかった気がしたのに……」

どうして重要なことは夢の中にばかり現れるのだ？　どうして夢は目覚めたとたんに手が届かなくなってしまうのだ？　ぼくは未練がましく意識の深淵《しんえん》に手を伸ばしつづけた。指先は何にも触れることはなかった。

自分は一人なんだということが実感されてきた。助けはない。一人で全部やるしかないのだ。ぼくは一人でもやりとげなければならないことをするためにここに戻ってきたのだ。

腹がすわってきた。

ストーブの火を落とし、外に飛び出した。気分がアグレッシブになってきた。気持ちのいい青空が広がっていた。周りには白い雪が積もっていた。ドアが開く音に驚いて鳥が飛び立った。

ぼくはいったん立ち止まって、数秒間、景色を眺めると、下りの山道へ向けて駆け出した。

走りながら、これから自分がするべきことを考えた。具体的な方法を抜きにすれば、やるべきことはシンプルだった。岡部さんの爆破テロを中止させるか、延期させる。サユリを大学の病棟から連れ出す。ヴェラシーラを完成させてサユリを乗せ、塔が破壊される前にたどり着く。ちょっとばかり、やることが増えただけだ。なんとかなるだろうか。もちろん、なんとかするしかない。中止や後退の選択肢はない。

破れたフェンスをくぐって蝦夷製作所の敷地に入った。

いつもなら中庭をまっすぐつっきるのだが、目立たないようにフェンス沿いにぐるりと回った。そして工場にたどり着いた。工場はシャッターで完全に閉じられていて、蓋《ふた》のない巨大な箱みたいになっていた。もちろん鍵《かぎ》がかかっていた。ぐるりと一周してみたが、忍びこめそうな場所はなかった。

プレハブ造りの事務棟のほうに行ってみた。工場と事務棟は内部でつながっている。こちらも完全に施錠されていたが、さすがに窓にシャッターはない。ぼくは息をひそめて様子をうかがった。内側に人の気配はなかった。

足音を殺して庭に面したスチール製の階段を上がった。事務室への入り口は階段を上がった二階部分にある。上半分が磨りガラスになったアルミのドアに体をくっつけてしばらく様子をみた。

大丈夫だと確信して、ぼくは空き缶を使ってガラスを割った。

割れたところから内側に手をつっこみ、ノブのレバーをひねってロックをはずした。ドアを開けた。もちろん、灯《あか》りはひとつもついていなかった。薄暗い。

ぼくは建物の中に踏みこんだ。

テロに使う無人機が、工場に保管されている可能性は、五分五分だと判断していた。簡単な細工でいい。飛ばすときになってはじめて発見されるようなやつだ。できれば半日、うまくいけば一日、計画の実行が遅れればいい。

ぼくは、人がようやくすれ違えるほどの狭い廊下を進んだ。

油断していた。廊下の曲がり角で腕をつかまれた。つかまれたと思ったときには強い力でひっぱられ、押し倒され、組み伏せられていた。肩が逆にひねられて激痛が走った。下手に身動きすると関節が外れる組み伏せ方だった。

後頭部に固いものが押しつけられた。たぶん、昨日も見たものだろうと思った。毛穴が開いて湿度が上がるのを感じた。

「やっぱり浩紀か。でかくなったたな。……これが手紙の礼か、恩を仇《あだ》だな」

岡部さんの声だった。顔は見えなかった。ぼくに見えるのは床の埃《ほこり》ばかりだった。

「岡部さん！」大声で言った。「塔を壊すと、沢渡が死ぬんだ！」

「あァ？」岡部さんは銃を押しつける手も肩を極《き》める力もゆるめなかった。

「沢渡が眠ってるのは、塔のせいなんだ！　つながってるんです、塔と！　中止してください！　じゃなきゃ、少し待ってください！　おれが沢渡を連れ戻すから、それまで」

「なんだかわからんがな、浩紀」低い声がぼくの首の後ろを振動させた。「今さら計画は変わらん」

「頼みます！　岡部さん！」

「駄目だな。もう決まってることだ。――それから、おまえをここから出すわけにもいかん」

汗が一瞬で冷えた。銃口がぼくの頭を押さえつけ、顔が床に押しつけられた。殺される――。自分に死が訪れることを実感したのは初めてだった。脚には岡部さんの体重が乗っていて、暴れようにも完全に動けなかった。目をつぶった。

「待ってください！」

その声にぼくは痙攣《けいれん》した。鋭い声だったので撃たれたと思ったのだ。続いて足音が近づいてきた。よく知っている足音だった。

「なんだ」と岡部さんが言った。

「塔の破壊、俺たちにやらせてください」と拓也の声が言った。

ぼくは無理に顔を上げた。銃口の冷たさが首の後ろに触れてまたぞっとなった。左腕を吊《つ》った拓也が、腕を組むようにして廊下の角に立っていた。

「俺とそいつが塔をやります。ヴェラシーラで沢渡とシーカーミサイルを運びます。塔まで行けば、沢渡は目覚めるらしい。そのあとでミサイルを投下します」

「ふん……？」

「どっちみち、沢渡のために、塔はなくならなきゃいけない。沢渡が目覚めたあとなら塔はどうなってもいいんだ。彼女のために……いや、もう違う。俺たちは俺たち自身のために塔に行くんだ」

「………」

「お願いします、岡部さん」

「拓也！」とぼくは腹の底から言った。

「そういうわけにはいかん」

拓也はぴくりと腕の筋肉をこわばらせた。

冷たい沈黙が部屋に満ちた。

ぼくから見えるのは拓也だけだったが、拓也と岡部さんはにらみあっていた。拓也の肩が深く何度か上下した。

「と言いたいところだが」

岡部さんの体重がぼくから離れた。「俺ァ、そういう話には実のとこめっぽう弱くてなァ。離れ離れにされちまったものを、元通りにくっつけるのがウィルタの目的だ。……必ず壊せ」

ぼくは息をついた。「岡部さん！」何度目か彼の名を呼んだ。うしろから頭をひっぱたかれた。

「シーカーのデータをやる。おまえらの飛行機に積めるようにしとけ」それから岡部さんは拓也に言った。「さっさとその物騒なのをしまえ」

拓也は三角巾《さんかくきん》の下でにぎりしめていた拳銃《けんじゅう》をポケットにしまった。そして手のひらの汗をジーンズで何度もぬぐった。

6

夜の街中を車で走りながら、拓也は方法を考えつづけていた。こみいったやり方を試す時間的余裕はなかったし、そうなると道筋はひとつしかなかった。

笠原真希に協力を求めることだ。しかし拓也は彼女を巻きこみたくはなかった。それだけはどうしても避けたかった。だが他に方法はない。時間もない……。

決心しないまま、拓也はカレッジに赴《おもむ》いた。ふだんは使わない地下駐車場に車を止め、彼の仕事場である富澤研の院生室に入った。

「白川くん。こんな時間に出勤？」

午前二時をまわっているというのに、笠原真希が自分の席でパソコンに向かっていた。電話で呼び出すつもりだった彼女がいるのを見て、拓也は少し動揺した。

「真希さんこそ……」

「私は、患者がいるもの。今日は宿直」

「ああ……」

「本国への移送、結局間に合わなかったのよね……」真希はオフィスチェアを回して伸びをした。「今日か、明日《あした》にはもう開戦だっていうのに」

拓也は真希の隣の机まで近づき、そこに軽く体重を預けた。机の上にニューズウィークの最新号が置かれていたので、何気なく手に取った。「どうでしょうか……。むしろ開戦が目前だから、その……もう患者どころじゃないのかもしれない。戦争が予定より拡大すれば、塔の研究そのものが意味のないものになるかもしれません」

「こわいこと言うなあ……。爆破テロの噂とか、ほんとうかしら」

「どこのですか？」

「塔のよ。聞いたことないの？」

「ありません。そんな噂が？」

「このラボも、標的になってるかも……」真希はポッキーを一本手にとってかじった。「やだ、今日明日なんていちばん危なそうじゃない」

「大丈夫ですよ」拓也は淡々と言った。

「どうして？」

「ここは塔の研究をしてるだけで、分断とは関係ないじゃないですか。テロ組織は、この国を二つに分けるものに対して抵抗してるんです」

「ふうん？」

「結局すべての問題は分断なんです。ひとつだったものを、無理やり分けるのは、やっぱり間違ってるんです。真希さん、俺は最近、ツキノエも同じことをしようとしたんじゃないかって思うんですよ……」拓也は雑誌をめくりながら言った。開戦危機の特集号だった。特集・テロリズムの脅威、最後の一線への秒読み、戦争長期化が招く悪夢のシナリオ……緊張感のある見出しが並んでいる。「塔の周辺の反転現象……あれ、原因不明、おそらく機能暴走ってことになってますけど、本州出身者のエクスン・ツキノエが意図的に組みこんだトラップじゃないかって思うんです。おそらく、南北分断への抗議の意味で、こんなことを続けるならエゾも本州もユニオン本国も巻き添えにして、全部なくなってしまえっていう一種の爆弾テロなんじゃないかって……」

真希は目を丸くして拓也を見ていた。ポッキーをつまんだ手も止まっていた。

彼女はふと拓也から視線をそらした。

「白川くんって、ちょっと不思議よね。なんだか秘密が多いみたい」

「いえ……そんなことは……」

真希は椅子から立ち上がって、硬直した雰囲気をかき混ぜた。「ごめん、お茶淹れるね。それから……」

すれ違いながら、彼女は自分の頬を指さした。「傷。手当てさせなさいね」

笠原真希はコーヒーメーカーに二人ぶんの豆をセットし、共用ロッカーから救急箱を取って戻ってきた。「座って」と彼女は言った。拓也は言われるままにオフィスチェアに座り、されるがままに殴られた傷の手当てを受けた。

「白川くん、最近、傷だらけだね」と真希が言った。

「すみません……」

「何か大変なこととか、あるの？」

「いえ、大丈夫です……」

真希は拓也の前に立って彼の頬に絆創膏《ばんそうこう》を貼った。拓也の目の前にIDカードのついた彼女の薄い胸があった。真希に優しくされると心が脆《もろ》くなるのを拓也は自覚していた。姉というのはこんな感じだろうか。たぶん、少し違うだろう。ほとんど同じかもしれない。

「すみません……」拓也はもう一度言った。

ふいに真希が辛《つら》そうな顔をした。それはほんのいっときのことで、すぐに無表情に戻った。彼女は残ったガーゼを片付けはじめた。

「そいつ、いちばんの友達だったんです」

ぽつりとつぶやいた。

「えっ」真希が振り返る。

「ケンカの相手です。同じことにあこがれて、同じものを目指してました」

「うん」真希が優しくうなずく。真希はいつも優しい。

「でも、別々の場所に進んで、目指すものがなくなって……なんていうか、俺は、どこに向かっていけばいいのかわからなくて、わけのわからない力や衝動は、それでも体のなかからあふれてくるのに、俺はどこにもたどり着けなくて、なんか、閉じこめられてるみたいに感じて」

「うん」真希が促す。

「だから、この研究室に入れて、すごく安心したんです。やるべきことが見つかったような気がして。それに、真希さんに会えたことも、嬉《うれ》しかった」

真希を見上げた。

真希は頬を染めた。

「だから」拓也は立ち上がった。「あなたを巻きこみたくなかった。こんなふうにはしたくなかった」

歩み寄った。抱き寄せられるくらい彼女に近づいた。抱き寄せようかと思ったが、やめた。彼女が拓也を見上げていた。拓也は手を伸ばした。そして彼女の胸に留められているＩＤカードを外した。

困惑しながら、真希は抵抗もしなかった。問いかけるように拓也を見上げている。

拓也はＩＤをポケットに入れると、彼女を一瞥《いちべつ》して、ドアに向かった。顔の内側が水っぽくなっていた。自分がべそをかきそうになっているのがわかった。真希は普通と違う気配を拓也に感じたようだったが、まだ立ちすくんだままでいた。拓也はドアの脇のコンソールを操作した。

「どうしても、やらなきゃいけないことがあるんです。……全部終わったら」

また真希のほうを振り返った。

「俺、もう一度真希さんに会いたいです……」

真希ははっとした。彼女はようやくそれが別れの挨拶《あいさつ》だということに思い至った。二度と会えない可能性をはらんだ挨拶だということも悟ったようだった。「白川くん！」彼女は拓也に駆け寄った。拓也はその前にドアを開け、素早く廊下に出て、ドアを閉めた。そして真希のIDカードでドアをロックした。IDがなければドアは一切開かない。

拓也は廊下から、自分で閉めたドアを見つめた。かなり長い間、彼はそうしていた。きっと内側から、彼女は開かない扉を激しく叩《たた》いているだろう。分厚い気密ドアはそんな音すらさえぎっていた。

やがて彼は決意の表情で廊下を歩き出した。

私物を整理したスポーツバッグを抱えて、拓也は特殊病棟のドアの前に立った。カードリーダーに、真希のIDを滑らせた。圧搾空気音がして重いドアが自動的にスライドした。

サユリの体は、以前見たときと変わらずにそこに横たわっていた。

美しかった。複雑にねじくれた迷路を正確にたどって、心の一番深いところに直接触れてくるような美しさだ。

彼女に触れるとき、敬虔《けいけん》な、恐れ多いような気持ちになった。

「沢渡」

彼女を抱き起こした。手早く自分の予備の私服を着せ、コートにくるんだ。

「こんどこそ、約束の場所に行こう」

サユリを背負って、無人の廊下を歩いた。これでこのカレッジも見納めだと思うと、やはり感慨があった。つるりとした無菌室じみた廊下。青白い無機的な照明。理知的で合理的な人たち。嫌いではなかった。ぜんぜん、嫌いではなかった。サユリを背負った足音はいつもと違って響く。もう二度とここに戻ることはないだろう。心にきしみを感じた。自分には行くべき場所があるのだ。

地下駐車場へ続く通路に、人が立っていた。

「いまなら間に合うよ、白川くん」

富澤教授は見たことのない厳しい顔をしていた。

「なんにですか、先生」

「なかったことにできるよ。その子を病室に戻して、君は家で一週間ほど休みを取るといい。ぼくは忘れる。きみも忘れる。真希ちゃんも忘れてくれるだろう。そうしないか」

「いいえ、先生。もっと大事なものに間に合わなくなります」

富澤は芝居がかったため息をついた。ため息は彼の癖だ。「白川くん、聞き分けろよ。彼女は今や米日側の最重要サンプルなんだよ。連れ出したらいったいどんなことになると思うんだ？　君は研究どころか、一生西側では、表の世界に出てこられなくなるぞ」

「でしょうね」拓也は硬直した口調で言った。「でも、彼女は助かる……かもしれない」

「ぼくは正直、君のほうを大事にしたいよ、白川くん。きみには才能がある。できればこのまま研究を続けて、研究者として大成してほしいと思っているんだ」

「申し訳ありません……。そうとしか言えません」

「位相変換のこともある。彼女を起こしたら、世界そのものがなくなるかもしれない」

「それは、なんとかします。見通しもあります」

「ウィルタかい」富澤はそれも承知していた。「そんなにうまくいくもんか。君は世界全部を賭《か》けのチップにするつもりかい」

「ええ」拓也はうなずいた。「そうです」

拓也と富澤はにらみあった。

「そっちの道は、きみのためにならない……」富澤が言った。

「いいえ、先生。これが俺のためです。こうしなければ、俺の魂は死にます」

売り言葉に買い言葉だったが、口にした瞬間、それは真実だと拓也は確信した。

「先生。先生にはありませんか。今、何をさしおいてもっていうこと……。今がそうなんです。俺にとっては」

富澤の表情に動揺が走った。彼の中の、何か核心のようなものを突いたようだった。

「実はさっきまで、揺れてたんです。でも話していて、心が定まりました。俺はこのまま行きます。どいてください」

「………」

「どいてください」

富澤はやがて力なく道をあけた。拓也はまっすぐ歩き、彼の横を通り過ぎた。富澤は彼がすれ違うのを目で追っていた。

「先生……」

拓也は振り向かずに言った。

「……ありがとうございました」

そしてまた歩き出した。二度と振り返らなかった。

闇の中、車を走らせた。ほとんどの信号は徐行を指示する点滅信号になっていた。ときどき赤信号にひっかかると、バックシートに横たえたサユリの様子を確かめた。煙草は吸わなかった。

前を走る車はなく、対向車にも出会わなかった。一時間で蝦夷製作所に着いた。事務棟の二階にはり出したベランダの柵《さく》にひとり岡部がもたれかかって待っていた。彼は拓也の車が入ってくるのを見ると、階段を降りて中庭で出迎えた。拓也は車から降りた。

「サユリちゃん、ほんとにそれで目覚めるのか?」車を覗《のぞ》きこんで毛布にくるまれたサユリを確かめてから、岡部は訊《たず》ねた。

「俺も、最初は半信半疑だったんですが……今は確信しています」

岡部が煙草に火をつけたのを見て、拓也も自分の煙草をくわえた。

「たぶん沢渡の現実への絆《きずな》がそれなんです。いまも夢の中で、ヴェラシーラをずっと待ってる。

沢渡は眠りに入る前から未来を予感していて、俺たちに頼みごとをしたんです。助け出してくれって……。俺も浩紀もずっと、そのことをどこかで感じつづけていたような気がします」

拓也は煙草を捨てて足で踏んだ。ほとんど吸いこまなかった。なぜか体があまり煙草を欲しがっていなかった。落としていた視線を岡部に戻した。

「ヴェラシーラは二人乗りだし、この腕じゃ操縦はできないから、俺は残って塔の行方を見届けます。……岡部さん、ひとつ訊《き》いていいですか」

「なんだ」

「どうして俺たちにやらせてくれるんですか」

「ああ……」

「あの時点で計画を変更して不確定要素が加わるのは、正直ウィルタとしてはありえない選択だと思いました。どうしてです？」

「どうしてってなァ……」

岡部はくわえ煙草のままにやにや笑っていた。

「昔、飛行機を作ってた二人組のガキがいてな。……おまえらじゃないぞ、もっと昔の話だ」

「えっ？」

「レシプロの水上機だった。女が一人いてな、気を引こうと必死だったわけさ」

「………」

「そいつをうっかり思い出しちまったんだなァ……」

「二人とも、俺の知ってる人ですね？」拓也は訊いた。

「さあなァ。……こっちも訊いていいか」

「はい」

「女を助けたい、それが理由か？」

「それもあります。沢渡は俺たちを頼ってくれた。俺たちは請けあった。だから責任がある。けど、それだけじゃなくて自分のためです。約束は、自分のために果たさなきゃいけないものだったんです。負い目を感じたまま生きていくことはできない。約束を果たせる人間であることを、自分に証明しなきゃいけないんです」

岡部は煙草をくわえたまま器用に両頬をつりあげた。「大人ぶっただけのガキが、少しは大人になったようだな。……うん？」

岡部は視線を動かして空を見上げた。

「冷えると思ったら、また降ってきやがった」

雪がちらつきはじめていた。垂直に天を見上げると、一点から放射状に、あるいはときおり螺旋《らせん》を描いて、無数の雪の粉が広がっていくように見えた。

「本降りになる前に行きます」拓也は言った。

「ああ。……まあ、あれだ」

岡部は拓也に歩み寄り、背中を思い切り叩《たた》いた。「久しぶりのコンビだ、仲良くやれよ」

それが彼の日記に書かれていた最後のエピソードだ。

ぼくは見たこともないその情景を、よく夢に見る。

＊

7

雪の夜特有の青ざめた雰囲気がしんしんと忍びこんできていた。ぼくは廃駅の格納庫で、三年前から使っているノートパソコンに向かいつづけていた。

ヴェラシーラはフライ・バイ・ワイヤ方式を採用している。つまり完全にコンピュータ制御だ。正確に、一分《いちぶ》の狂いもなく、完璧《かんぺき》に機体の手足を動かすために複雑なプログラムが要る。人工の体に神経を通すような作業だ。意識と肉体を連結する作業だ。三年前に拓也と二人で作っていたものを仕上げるだけなのだが、ぼくのプログラムに関するカンはすっかり鈍っていた。

BIOS《バイオス》のリストを表示させ、必要なものを視線で拾った。緑色の文字はちらついて目が疲れる。

「どれだ……これか」

ファイル名を入力する。

コクピット内のモニターから反応音がする。

エラーだ。手元のパソコンの液晶にも赤い文字列が表示された。エラーメッセージは〝BIOSのバージョンが違う！　よく確かめろバカ！〟

一瞬カチンときて、目をつぶった。ため息が出た。なんだよこれは。

裏口のドアが開く音がして、はっとした。

拓也がゆっくりと歩を進めて入ってきた。背中に人を背負っていた。ぼくは細かい雪をまとわりつかせた黒く長い髪を見て息も意識も止まってしまった。われに返り、机の横に置いていたストーブを火のついたまま持ち上げてソファーベッドのそばに運んだ。拓也はソファーベッドにサユリを下ろして横たえ、毛布でくるみなおした。

ぼくと拓也は、眠る彼女を無言で見つめた。

十八歳になった彼女の容貌《ようぼう》は三年ぶん変化していた。夢で見た彼女の姿と寸分たがわず同じだった。やはりあの夢はただの夢じゃない……。

サユリは静かに寝息を立てている。ストーブの熱で雪が溶けて、彼女の髪から雫《しずく》が落ちた。

サユリがここにいる……。夢の中ではなく。

胸にこみあげるものがあった。

黙っていると、そのまま永遠に見入ってしまいそうだった。だから無理に声を出した。「拓也、BIOSはどのバージョンを使えばいいんだよ。途中でラダーの位置変えただろう、それ以降のがないんだ」

言ってから、おとといここで殴りあってから初めてまともに交わす会話だと気づいて、猛烈に照れくさくなった。拓也も同じ気分だったかもしれない。彼も軽く上気していた。彼はポケットからケースに入ったディスクを取り出して放り投げてきた。受け取ってまじまじと見た。表面に何も書かれていない。

「この中だ。シーカーミサイルの分も入ってる。……あと何が残っているんだ？」

「超電導モーターの配線が少し……。あとはソフトが」

「岡部さん経由で米軍の情報が聞けた」拓也は自分のバッグからノートパソコンを取り出した。「宣戦布告予定まであと五時間だ。もう開戦直後の混乱にまぎれて飛ぶしか手はないからな。ソフトは俺が全部やるから、おまえは配線を仕上げてくれ」

「わかった」返事してから、ぼくはさっきから言おうと思っていた文句を言った。「それから拓也、なんだよあのエラーメッセージ」

「ああ？」

「バージョンチェックの。馬鹿にすんなよ」

「バージョンチェック？」

彼は首をかしげた。

「……ああ、そこおまえが組んだとこじゃないのか？　三年前に」

「あれ？」気分がつんのめった。「そうだっけ？」

そうだったような気がしてきた。

拓也が片頬でにやりと笑った。

「おまえはそういうやつだよ。馬鹿」

拓也はあっという間にソフトを仕上げてしまった。必要なパーツは彼のコンピュータ内に揃っていたようだが、それにしても数時間でというのは驚異的だった。

「簡単だ、こんなのは」と彼は言った。「やるべきことがわかってて、あとは手を動かすだけなんだからな。難しいのは、何をするのか決めることだ」

その通りだ、とぼくは思った。

ぼくはモーターを仕上げ、発電機を運んできてバッテリーに充電し、ポンプをつないで燃料タンクに航空燃料を送りこんだ。思えばここには大量のケロシンが何年も置きっぱなしになっていたのだ。危ない話だ……。発電機とポンプの振動がやかましく響いて、テンションが上がってきた。躍動がある。生命感。

外はうっすらと明るくなっている。日の出はまだ先だ。

コクピットの中に入ってモニターとスイッチをチェックした。ペダルを踏んでラダーの調子を確かめ、フラップとエルロンを交互に動かしてみた。アクチュエーターのいい音がする。

いける、と思う。

完成だ……。

スティックを握りしめたまま、しばらく呆然《ぼうぜん》とした。

下から拓也の声がした。「浩紀、ちょっと来てくれ」

「何？」ぼくはコクピットのへりから身を乗り出した。

「津軽沖での戦闘状況予測が出た」

　ぼくは機体から降りて、拓也が向かっているデスクのそばまで行った。

「だいたい予想通りだ」

　ノートパソコンに津軽海峡を中心とした青森と北海道の地図が表示されていた。拓也の背後からそれを覗《のぞ》きこんだ。戦力の展開予想がパーセンテージ付きで図示されている。

「前線は四十二度線あたりまでか……」米日、ユニオンとも、海上で会敵するシナリオを想定しているようだった。「エゾ内陸部……特に塔の周辺はユニオン軍の空白地帯になってる……」

「地上は塔の侵食でかなりやられちまってるんだ。だからだろうな……。どう行く？」

「そうだな……」

　少し考えて、指で画面を指し示しながら言った。「海峡を抜けるまではジェットで超低空飛行……。戦場をすり抜けて四十二度線を越えて、ここの山にさしかかったあたりで高度をとる。巡航飛行。そんな感じでどうかな」

「そうだな……けど、おもいっきり空戦地帯をつっきるぜ」

「うん」

「今さらだけど、墜とされたらおしまいだぞ。いいのか」

「開戦前は逆に警戒が強くて、とても飛べないだろ。周りで戦争やってる中を、どさくさまぎれに飛ぶしかない。他にやりようもないだろ？」

「ない」拓也は即答した。「よくまあ、覚悟したもんだな」

「麻痺《まひ》してるのかもしれないけど」

拓也は別の画面を表示した。

「塔に着いて、沢渡が目覚めたら、それを契機として地上の位相変換が再開されるはずだ。そうなったらすぐに離脱して、塔から十キロ離れた時点でシーカーミサイルを飛ばしてくれ。ベイから解放するだけで自律飛行で塔まで飛ぶようにしてある。……それで全て終わりだ」

昔、岡部さんに強要されてしぶしぶ胴体下部槽《ベイ》を設計に加えたことを思い出した。空からビラを撒《ま》きたいとか言っていたが、今思うと意図は歴然だ。

拓也は椅子を後ろに引き、投光器に照らし出されたヴェラシーラを眺めた。その位置からは、完成した機体の形をすべて視界におさめることができた。

「開戦までまだ二時間もある。思ったより早く仕上がったな」彼は言った。

ぼくもヴェラシーラの全身を眺めた。それから、ひとつひとつの部分を見つめた。全てのパーツに苦心の記憶が焼きついている。少しばかり遅れてしまったけど、ぼくらは自分自身との約束を果たしつつある。あとは彼女との約束を果たすだけだ。

急におかしさがこみあげてきた。

「これって変だな。普通、飛ばなかったらどうしよう、くらい考えるんじゃないか？　でもおれ、そんなの一度も考えたことなかったよ」

拓也がクールに言った。「飛ぶように設計して、飛ぶように作ったんだから、当然飛ぶ」

「おまえがそう言うと、安心するよ」

「不安だなんて思ったことないくせに、何言ってるんだよ」

飛ぶように作られたものは飛ぶ。なんともいえず良い言葉だ。

ぼくらが作ったものが飛ばないかもしれないなんて、考えもしないし、ありえない。

力とはそういうことだ。おそれるものなんて何もない。

「なあ浩紀、訊いていいか。これは突飛な想像というか、カンなんだけどさ」

「なんだよ」

「おまえひょっとして、バイオリン弾けるんじゃないのか？」

図星かよ、と拓也がゲラゲラ笑うのを聞きながら、ぼくはブゼンとしてサユリのバイオリンを取り出し、チューニングした。

信じられないことだが、ほとんど音が狂っていなかった。きれいな音が出た。ほんの少し調弦するだけで済んだ。バイオリンもここに留《とど》まっていたのだ。止まっていたんだ。

拓也は床に座りこんで、体の左半分をストーブにあぶらせていた。ぼくはヴェラシーラと拓也のちょうど中間に立って、ヴェラシーラのほうを見ながら音を確かめていた。

「こっち向いてやれよ」

「うるせ」

振り返るとずいぶん晴れ晴れとした表情の拓也がいた。

「拍手いるか?」

「黙って聴け」

屈託なく笑う彼に、一瞬、三年前の姿がダブった。

息を吸って、吐き、ぼくはヴェラシーラを背にして、弾きはじめた。

まず手始めに「星に願いを」を弾いた。簡単だけど、いい曲だ。ぼくは好きだ。サユリのバイオリンの癖をそれでつかんだ。サイレントじゃないバイオリンを弾くのは初めてだ。

それから最近のJポップでヒットしたのを数曲。ぼくはFMラジオばかり聴いてるから、案外そういうのに詳しい。ついでに古いブリティッシュロックも一曲弾いた。

ショパンから選んで、「夜想曲二〇番嬰ハ短調」。

趣味的な曲を弾きたくなって、ジャズバイオリンに切り替えた。雰囲気がガラリと変わる。複雑なメロディー。激しく動く自分の指を実感する。いい気持ちだ。

夢中になった。

生の音はいい。ボディ全体から音が発して、波となって空間に響く。顎《あご》から音を感じる。

ぼくは音になる。

最後にあの曲を弾いた。

サユリの曲だ。「遠い呼び声」……。

何度も弾いた曲だ。もう、完璧《かんぺき》に弾ける。いつかのサユリよりも、ずっと上手《うま》くなってしまった。それがほんの少しさびしいけれど。

でも、なぜだろう、初めて弾く曲みたいに感じた。

こんなに美しい曲だったっけ……。

屋根や壁の、板のかみ合わせの悪い隙間から、外の光が忍びこんできた。太陽が頭をのぞかせるのはもう少し先だけれど、空はもうほの明るいはずだ。

拓也が急に顔をくしゃくしゃにした。この三年間に、彼に何があったのか、このときのぼくはまだ知らない。

サユリはソファーで眠りつづけている。

三人で野原を歩いた思い出が意識のスクリーンに再生される。

サユリはバイオリンケースを背負って、ぼくと拓也の前を、ときどき振り返りながら、嬉しそうに歩いていく。

いつも何かをなくす予感があると、サユリはそう言った。

今、ぼくもかすかに、同じ予感を感じる。

ぼくは弾いた。

目をつぶった。

外はまだきっと、雪が降っている。

雪の降る廃駅のホーム。

雪の降る駅舎。

腐った壁や床の穴から朝の光がさしこむ跨線橋《こせんきょう》。

ぼくは外に広がっているだろう、そういったものを想像した。

綺麗《きれい》だ。

愛している。


そしてぼくらは宣戦布告の第一報を聞いた。

8

サユリをヴェラシーラの後部座席に乗せ、セーフティベルトで固定した。

二人がかりでヴェラシーラを押した。ぼくらはヴェラシーラを最初からトロッコ台車の上に乗せた状態で建造していたし、台車は格納庫内まで引きこまれた線路の上に乗っていた。だから移動させるのはわりあい簡単だった。台車はそのままカタパルト代わりに利用するのだ。

格納庫の大扉をいっぱいに開放し、機体を黎明《れいめい》の外気にさらした。

線路に沿って機体を移動させながら、空を見た。低い空は赤い。高い空はほとんど暗灰色だ。

切り替え器のところでスイッチバックさせて、方向転換。滑走路として使う直線の線路の端までヴェラシーラを移動させると、車輪を固定した。

コクピットに上体だけをつっこんで、イグニッションを入れた。エンジンに命が宿る。高音と轟音《ごうおん》が混じったジェット音が空気を振動させる。これだけでサユリが目覚めるんじゃないかと思うくらいだ。

もう、たいした話はしなかった。必要のない話をわざわざして連帯を確認しあうような習慣を、ぼくも彼も持っていない。

コクピットに乗りこんだ。サユリのいる後部席には背もたれがあるが、前席にはない。本来はつけるはずだったのだが、後部席用のコンソールを前部に集約する改造をしたときに作業の関係で取り払ってしまった。発進時のGで、若干体勢が不安定になるかもしれない。

そのかわり、後ろを少し振り向けば、すぐにサユリの顔を見ることができる。

ぼくと拓也は最後に無言でサユリを見た。ぼくはシートから。彼は搭乗用の梯子《はしご》に足をかけて。

彼がスライド式のキャノピーを閉めてくれた。そして地面に降りて梯子を外し、機体から離れた。それから見守る姿勢に入った。行け、とも言わないし、合図もしない。

ぼくは前を見た。まっすぐに線路が伸びている。

その直線を延ばした先に、塔がそびえている。

塔の手前の海に、断続的にいくつもの発光が見える。きっと戦闘の光だ。

ぼくは上を見た。戦闘機の編隊が、丸い空にまるで爪痕《つめあと》みたいな飛行機雲を幾筋もつけていた。

エンジンの振動と体の震えの区別がつかない。

緊張に由来する痺《しび》れを手のひらに感じながらスロットルを押し上げる。エンジンが高鳴る。自分自身に対する合図が必要だった。

「行こう」

自分の声も轟音にかき消される。

車輪のロックを解除する。

ジェットエンジンが力を解放されて吼《ほ》えた。

ローラーコースターに似た唐突なスタート感があった。背中を支えるシートがないので前のめりになった。線路を滑走。前方のものが瞬時に目の前に、そして背後に。景色が流れる。スピードが乗る。視界が狭くなる。体は後ろに引っぱられつづけている。

目の前に崖《がけ》——。

右横のレバーを力いっぱい握った。下方に衝撃があった。台車と機体を切り離す爆破装置の作動だ。

地面が消滅したことを直感で知った。ヴェラシーラは線路を離れ、大気の透明な軌道を進みはじめた。圧倒的な心細さが肉体的感覚となってぼくを襲った。

袴腰岳《はかまごしだけ》の稜線《りょうせん》が下方に沈みこみ、雲が上から降りてきた。見えるものすべてが降りてゆく、とぼくには認識される。前方から豪風がキャノピーに吹きつけてきた。

もう一度、同じ場所に帰ってくることはできないかもしれない、という諦《あきら》めに似た解放感がぼくをつつんだ。

飛んでいる――。

ジェット航行は全く優雅なものではなかった。ぼくはひたすら震動に耐えた。体中が攪拌《かくはん》された。内臓が震わされて吐きそうになった。脳味噌《のうみそ》が壊れるんじゃないかと心配になった。特にきついのは眼球にくる震動だった。ぼくは手の感覚がなくなるくらいスティックを握りしめた。握りしめていることで震動はよけい体に伝わってくるのだが、そうしないわけにはいかなかった。機体が今にもバラバラになりそうに思えた。キャノピーの合わせ目がガタガタ鳴った。ぼくはどこか一ヶ所でも作りこみが甘いところがなかったろうかとひとつひとつ思い浮かべた。その一ヶ所から空中分解しそうに思えたのだ。スロットルを引き戻したい衝動にぼくは耐えた。ヴェラシーラは全速で飛びつづけた。山を越えた。陸がとぎれた。海が広がった。

海か。

海の上にいることを認識するのに時間を要した。海上は霞《かす》んでいた。

この海を渡りたかったんだ――。

じわっとスティックを前に倒した。高度を下げた。水面ギリギリを飛んだ。機体の腹が水面をこするんじゃないかという高度だ。背後を見る余裕はないが、きっと通ったあとが波立っている。水面からの反力が作用して、ヴェラシーラはさかんに浮き上がろうとした。ぼくは機速をまったく落とさず、ヴェラシーラの頭を力ずくで押さえつけていた。自然に体が前のめりになる。

海から立ちのぼる水蒸気で機体は濡《ぬ》れた。

前方を見る。遠くにたくさんの黒い艦影がある。遠いから小さく見えるが、大型の戦闘艦だ。その周囲に火線が飛び交っている。空に向けて斜めに、たてつづけに幾筋も花火に似た光が飛ぶ。ぼくは火を吹くガトリング砲や、固定式ロケットランチャーからゆっくり打ち出されるミサイルを想像する。でも遠くから見ると、家庭用の小さな花火の光にしか見えないのだ。ぼくはモニターの表示と相談して、そこを避けるルートを飛ぶ。

いやな感じがよぎって上空を見上げた。

そこは空中格闘戦のどまんなかだった。

灰色やネイビーブルーの戦闘機がドッグファイトを繰り広げていた。何機もの戦闘機が夏場の蠅みたいに飛び回っていた。思わず首をひっこめた。少し声も出たかもしれない。

ヴェラシーラのステルス性はかなり高い。視認さえされなければ、大丈夫だ。それにヴェラシーラにかまうほど余裕のある機体はなさそうだ……。

そう自分に言い聞かせた。

天頂から真下に向けて二機が落ちるようにつっこんできた。F-23の尻《しり》にミグが張りついていた。F-23はぼくの目の前で反転しながら急速上昇した。ミグは追随した。そして空対空ミサイルを放った。それはひとつの肉食魚が、もうひとつの魚に狙いを定めて、一気に食いつくのに似ていた。

着弾する直前、獲物のほうの魚がラダーをじたばたと動かした。生き物の断末魔みたいだった。ぼくの進路上でF-23は爆発した。それはねばっこい爆発で、細かく糸を引く煙がさわれそうなほど固体じみていた。いつか記録映像で見たスペースシャトルの爆発に似ていた。散らばって落ちてくる雹《ひょう》みたいな機体の破片を避けてぼくは飛んだ。それでも細かい残骸《ざんがい》がこつんこつんと機体に当たった。

そのとき機首で何かを轢《ひ》いた。

キャノピーが真っ赤に塗装されて眼前がふさがれた。そうなってから、機首でぐにゃりとしたものをはねた感触を認識した。今度こそぼくは悲鳴を上げた。

目を薄開きにして、身をすくませながらそれでも飛びつづけた。とにかく飛びつづける。風圧で、どろりとした赤い液体はだんだん振り払われていった。視界はもどった。血の痕跡《こんせき》がすっかり風に洗い流されたあとも、息の荒さはおさまらなかった。

ぼくは意味のない声を上げげた。声の勢いを利用しておもてを上げた。

なつかしいようなものが見えてきた。

「陸だ……」

そうつぶやいたときにはもう海岸線を越え、北海道の陸地を見下ろしていた。

スティックを起こした。起こした状態で固定したまま、ぼんやりとした、それでいて敬虔《けいけん》な気持ちで空気の流れを眺めていた。

ヴェラシーラは、はるか上空へ、雲の上へと浮き上がっていく。

ぼくは世界の果ての向こう側へとやって来ていた。

9

真っ青な世界に、ぼくはいた。青は好きな色だ。世界をデザインしたトータル・デザイナーがいるとしたら、青い空に白い雲を浮かべることを思いついたそいつは天才だ。靄《もや》と煙はすでになかった。完全に透明な空気だけがぼくの周りにあった。

音と震動ももうない。スロットルをオフにした。

ぼくは間をおかずに、超電導モーターの出力を制御するもう一本のスロットルレバーを握った。ロックを解除し、ゆっくり押し上げた。

コクピットの斜め上にある長大なブレードが、二つに分かれた。一見すると主翼に見えるそれは、実は揚力の発生にはほぼ関与していない。二枚のブレードはがちゃりとねじれてピッチ角をつくり、互いに逆方向に回転を始めた。

二重反転プロペラだ。ジェット推進からレシプロへ。

これがやりたかった……。

プロペラはゆっくりと交互に回転して、大気をかき混ぜ、後方に送り出している。

モーターの音は、ほとんど届いてこない。よく耳をすまさないと聞こえてこない。

無音だ。

気が遠くなるほどの青い上空にぼくはいる。

ちょっと視線を横にそらすと、下の世界を覗《のぞ》きこむことができた。何もない。地面についていない。足の下には透明な空気だけがある。そんなあたりまえのことを、あらためて確認してこわくなる。エゾの大地はずっとずっと下にあって、航空写真みたいにのっぺりと広がっている。ラダーペダルに置いた自分の両足が寒くなる。この下には何もないんだ。自分がどっかりと体重を預けているこのシートの下にも……。

ぼくは急にいたたまれなくなって背後を振り返った。サユリの胸がゆっくりと上下していた。寝息が聞こえた。ぼくは安堵《あんど》のため息をついた。どうしてだろう、一人じゃないと思うだけで落ち着く。

モニターに地図を出して現在位置を確認した。

ジーンズで手のひらをぬぐって、スティックを握りなおした。そしてゆっくりと右に倒した。ヴェラシーラもゆっくりと右にバンクしていった。バンクしたまま機首を起こして方向転換した。

機体を向けた先に、塔があった。

思わず手を伸ばしたくなるほど、すぐ近くにあの塔がある。

塔だ。

湧き上がった思いを自分自身に定着させる余裕もなく、塔は大きく迫ってきた。それはぼくが想像していたものよりずっとずっと大きかった。小さなヴェラシーラは、拓也が見せてくれた航空写真と同じあの真っ黒な丸い位相転換の領域にさしかかっていった。真っ黒に染まった大地の上を、ぼくはもっともっと塔に近づくために飛んでいった。

ぼくは塔にやって来た。

大きい。

遠くからではわからなかったことだが、塔は四角柱の形をしていた。面取りされているから正確には八角柱だ。表面は鏡面処理がほどこされていた。空の色や雲が映りこんでいた。

喉《のど》のあたりからこみあげてきた。鼻の奥が痛くなって、うつむいた。うつむくと目のなかの水分が移動してこぼれだしてきた。こぼれだすのを止めようと思って歯を食いしばった。食いしばると水分はよけいにくみ出されてきた。

なんだろう。

なんだろう、これは。

そこに塔があった。

ぼくは飛んでいた。

スティックを左に倒して、塔の周りを旋回した。何回も何回も。ヴェラシーラが塔の陰に入ると、真っ暗になる。そのかわり、塔はくっきりと鏡になって白い雲や白いヴェラシーラを映りこませる。日の光のもとに出る。塔は真っ白になる。コクピットの中にも光が満ちて真っ白になる。ぼくの意識も白く灼《や》かれる。旋回をつづける。塔の周りを回りつづける。ゆっくりと、闇。鏡。やがてゆっくりと光……そして闇。

螺旋《らせん》を描くように少しずつ上昇していった。回りつづけながら、鏡に映った機体という自分を見ていた。限界高度までたどり着いたけれど、塔はまだ続いていた。ヴェラシーラは上方視界がよくないので、機首を起こして上のほうが見えるように工夫した。塔の頂上は見えなかった。空に向かってずっとずっと続いていた。細くなって、かすんで、やがて消失点となっていた。

ずっとこうして塔の周りをめぐっていたいと思った。永遠に飽きることはないだろうと思えた。

拓也にも見せてやりたかった。

……サユリにも。

「サユリ」

ぼくは後部座席を振り向いた。

サユリは静かに眠っている。

眠りの中にいるサユリは、あのいくつもの褐色の塔のひとつから、この白い翼を見つけているだろうか。

ここに来たよ。サユリ。

君の場所に来たよ。

「ねえ、サユリ」

ぼくは言った。

「約束の場所だよ」

サユリに反応はなかった。ぼくはスロットルから左手を離し、スティックに添えた右手に軽く重ねた。うつむいた。目を閉じた。

そして祈った。

「神様……」

ぼくは祈った。ぼくは宗教に共感したことはない。でもこの青の空間と白亜の碑《いしぶみ》の前でぼくはこの上なく敬虔《けいけん》だった。自然に神様という言葉が漏れたが、神様でなくてもよかった。自分の力をはるかに超越したものに対して祈った。ぼくは大きなものをイメージしていた。塔よりも大きなものだ。青くて丸い地球を思い浮かべ、地球がぽつりと浮かぶ暗黒の宇宙を想像し、幾多の天体の運行を冷徹に支配する巨大な歯車がこりこりと音を立てて動くさまを幻視し、その歯車のさらに裏側にある別の宇宙へと仮想の視覚を貫通させた。それらすべてに対してぼくは祈った。ぼくの心の目は尖《とが》った一基のオベリスクとなって複数の宇宙を串《くし》に刺すように通り抜けた。塔。

「サユリを、眠りから覚まさせてください。……どうか」

ヴェラシーラは鏡のようになった塔の周りを旋回しつづけている。塔には空が映り、雲が映り、ときおりヴェラシーラが映る。塔の面。塔の角。塔の面。雲。空。ヴェラシーラ……。

ふいに眩暈《めまい》をおぼえた。

塔に映りこんだヴェラシーラが方向を変え、こちらに向かって飛んできた。

ヴェラシーラがぼくの視界を覆った。

白い……。

白のなかに埋まった。

ぼくは……。

ヴェラシーラごと塔の内側へと吸いこまれていった。

＊

ここから先に書くことは、ずっとあとになって思い出したことだ。

何年もあとになって、あるきっかけで、錆《さ》びついた錠がふとしたはずみで開いたみたいに蘇《よみがえ》ってきた記憶だ。

体験……と言っていいのかどうかすら定かではないそれを、ぼくは経験した直後に忘却することになる。

ぼくはくすんだ空のなかを飛んでいた。日焼けした壁紙みたいな色だ。ぼくが三年間暮らした寮の壁の色に似ている。

いくつもの塔が立っていた。エゾの塔みたいに洗練されたデザインじゃない。複雑にねじれている。素焼きか日干し煉瓦《れんが》のような素材でできている。でも、継ぎ目はない。完全に一体成型だ。表面には赤い染料で複雑な模様が描かれている。

空気は、閉めきった書庫に似た匂いがする。

それらの塔は少しずつ色を失っていった。ホログラフみたいに半透明になって消えゆきつつあった。塔群はもとから幻影にすぎなかったかのようにおのれの姿を消し去ろうとしていた。

ぼくはいつのまにかコクピットにはいなかった。ぼくはどこにもいなかった。いや、今このときぼくはサユリだった。ぼくはぼく自身でありながらサユリでもあった。夢が混ざり合っている。塔は混ざり合っている。ここは幾多の塔が出会う場所だ。平行世界のターミナル駅だ。すべての世界は人の夢だ。ここは人の夢が合流する特異点だ。この根源の地ではぼくはサユリであり、サユリはぼくでもある。だからぼくには、彼女のことが透過的にわかる。

サユリは一基の塔の上に立っている。

サユリは劣化した色の空に二重反転する翼を見つける。

サユリはつぶやく。

「あの翼、ヴェラシーラ……」

目覚めの予感がする。

もうすぐ。

塔群の透明化が加速する。塔はどんどん色をなくしていく。半透明になり、透明になり、消えていく。

「夢が消えてく……ああ、そうか……」

わかった。

「わたしがこれから、何をなくすのか、わかった……」

それは、

「この気持ち。今の気持ち……」

それは。

「……嫌っ！」

感情が弾《はじ》けた。拒否。拒否。全身で拒否。消えかけていた塔の色が戻りはじめた。土の色。焼けた土の色が濃さを増す。

「サユリ！」

ぼくは叫んだ。制止の叫びだ。それはいけない。そう思うが、ぼくは同時にサユリでもあった。拒否しているのはぼくだった。サユリであるぼくは今のこの気持ちを失うくらいなら目覚めたくなかった。目覚めたくない。この奇跡的な夢を失いたくない。

「だってヒロキくんが来てくれたんだもの。わたしはヒロキくんのこと全部わかるの。それだけでいいの。それだけをなくしたくないの」

サユリは訴える。

「ここには何もないかわりに、なんでもあるの。ヒロキくんがいてくれるなら、わたしはずっとここにいたい」

濡《ぬ》れた声だ。それはぼくの声でもある。

「わたしはずっとひとりだった。ここに閉じこめられる前から、ずっとひとりだった。世界はきれいなのに、美しいものや、幸せや気持ちよさから、わたしひとりがずっと取り残されてる気がしてた」

「だから、世界は何かまちがってるんじゃないかって、思ったことがあったの。これはほんとうのものじゃないのかもしれないって。どこかに正しい世界があって、そこでは、わたしは取り残されずに、いろんなものに含まれていられるのよ。わたしは、世界を書き換えたいと思ってたのかもしれない……」

「ねえ、ヒロキくん」とサユリは言った。「ここにはどんな夢もあるの。わたしは元の場所には戻りたくない。別のところがいい。わたしは、夢を、忘れたくない」

すべての塔が高く大きく歌いはじめた。

サユリは塔を従えていた。塔はサユリに仕えている。サユリは世界のありかたを司《つかさど》っている。

塔のひとつが色をいっそう増した。そして輝きだした。頂点に光が生まれた。刺すような光がどんどん大きくなっていった。

白光が視界を塗り替えた。

世界が塗り替わった。

その世界は、ぼくやサユリのいた世界とほとんど同じだった。つまり、少し違っていた。日本は米国とユニオンに分割統治されていなかった。そもそも、ユニオンという超大国がその世界には存在していなかった。ロシアを中心とした連邦が存在したことはあったが、すでに瓦解《がかい》していた。北海道は今も昔も日本の領土だ。分断された人々などというものはいない。岡部さんは奥さんと一緒に暮らしていた。蝦夷製作所に遊びに行くと、奥さんがお茶を出してくれた。国鉄も存在していなかった。分割民営化され、ＪＲとかいう意味不明の名前になっていた。不採算路線が全国でいくつも廃線になっていたが、ありがたいことに津軽線は存続していた。ぼくはあの列車から見える津軽半島の田園風景が好きだ。ぼくは車窓から景色を眺める。もちろん、塔などというものはない。ぼくはそんなものに挑発されることなく少年時代を過ごしている。

ぼくとタクヤとサユリは、あの綺麗《きれい》な夏の廃駅で、飛行機を作っている。

レシプロの水上機だ。

複座のコクピットの前にぼくが、後ろにタクヤが乗っている。プロペラが機体を引っぱる。着水脚がふわりと水面から浮き上がる。

サユリが嬉《うれ》しそうに湖の岸沿いを走って追いかけてくる。

誰も疎外されていない。

不幸のかけらはどこにも見当たらない。

塔はない。

サユリは不当な眠りに支配されたりしない。

飛行機が飛ぶ。

ぼくら三人はいつまでもぼくらでありつづける。ぼくは東京になんか行かない。タクヤはアーミーカレッジなんてところに入る必要がない。

だから、
理佳には出会わない。

笠原真希とも出会わない。

「違うよ、サユリ」

ぼくはレシプロ機から降りて、ヘルメットを脱いだ。

そしてまっすぐサユリを見た。


ぼくはサユリの前に立っていた。土色の塔の頂上だ。ざらついた色の空がマーブルみたいに縞《しま》を作ってうねっていた。サユリは小さな手を握って胸に押し当てていた。空虚に耐えているとき、辛《つら》さをかみしめているとき、サユリはいつもそんなしぐさをする。

ぼくとサユリの周囲を、ヴェラシーラが音もなく旋回していた。バンクしているから、常になめらかな背中をこちらに向けている。ぼくとサユリは、ヴェラシーラが描く円の中心にいる。

「ぼくは君の辛さを知ってる」とぼくは言った。

「そして君はぼくの痛みを知ってる。だからこそ、ここに価値があるんだ。そうだろ？　辛いことも痛いことも、全部ぼくらの持ち物だろ。不幸も悲しみも。傷つけられたことも、傷つけてしまったことも、なかったことにしちゃいけないんだよ。傷ついた痛みも忘れちゃいけないんだ。だって、そういったこと全部が、ぼくと君をここに連れてきてくれたんだからさ」

「でも……」

「忘れられてしまうというのは、哀しいことだよ。……そうだろ、サユリ」

「だったら！」とサユリは言った。「目が覚めたら、この気持ちを忘れちゃう！　わたしはヒロキくんのこと全部わかって、ヒロキくんはわたしのこと全部わかって、二人が全部で、お互いに含まれていて、それしかいらなくて……わたしはそういうものを求めていたのよ。目覚めたら、これはなくなっちゃうの。ヒロキくんしかいらないわたしのこの気持ちはここでしか持ちつづけられないのよ。あなただって、わたしのことを全てだと思ってるその気持ちを忘れちゃうのよ」

「だって、夢だからね……」

「そんな……」

「サユリ、君にだって、わかっている。ぼくは君だ。だから、君は目覚めるべきだと思っている……」

「でも……」

「大丈夫だよ」ぼくは微笑みかけた。「これからひとつひとつ、全部また……。大丈夫」

サユリの周りに集まる塔群が次々と消滅した。さっきのように薄くなるような消え方ではなかった。瞬時に光の粒になってはじけて消えた。

「でもお願い、神様……」

たった一つ残った塔の頂点で、サユリは祈っていた。

「お願い、目覚めてから一瞬でもいいの。今の気持ちを消さないでください……」

ヴェラシーラがいったん大きく旋回し、こちらに近づいてきた。

「ヒロキくんにわたしは伝えなきゃ。わたしたちの、夢での心のつながりが、どんなに特別なものだったか……。誰もいない世界で、わたしがどんなにヒロキくんを求めていて、ヒロキくんがどんなにわたしを求めていたか……。お願い！」

白いヴェラシーラに、ぼくが乗っている。

「わたしが今まで、どんなにヒロキくんを好きだったか、それだけを伝えることができれば、わたしは他には何もいりません」

ヴェラシーラが視界いっぱいに広がる。

「どうか一瞬だけでも」

白い——。

「この気持ちを——」

そしてぼくらは塔の中で起こったことを全て忘れた。

＊

「サユリを、眠りから覚まさせてください。……どうか」

ぼくは祈った。

「神様……」

ヴェラシーラは鏡のようになった塔の周りを旋回しつづけている。空の青が、塔の面に映りこんでいる。

純白の雲に隠れていた朝日が姿を見せて、強い光をサユリの顔に投げかけた。

ぼくは怯《おび》えに似た小さな予兆を感じた。

スティックをロックした。そして体をひねった。後席のサユリを見つめた。サユリだけを見た。

強い朝の光が、サユリを溶かしてゆく。

ゆっくりと。

彼女は目を開ける。

ぼくも目を見開く。

心臓が止まる。心臓が動く。心臓が止まる。

ぼくはサユリに手を伸ばす。

サユリの頬に指を触れる。中指の先だけで。ほんのかすかに。

「サユリ」

塔の中腹に光が生まれた。

刺すような、刃物みたいな銀の光だ。凶暴な強い光。

「藤沢くん……」

塔全体が輝きだした。輝きはさらに強くなる。際限なく。そして塔は全身から衝撃を放った。

機体には全く影響がなかったが、空気の質が変わった。

塔も目覚めたのだ。

ぼくはそれには構わなかった。ぼくはサユリを見つめた。サユリのどんな小さな動きも、ぼくは捉《とら》えつづけた。瞼《まぶた》の震え。収縮する瞳孔《どうこう》。指先。呼吸。

地上の黒い孔《あな》の濃さが増した。

塔はますます輝きを増し、螺旋《らせん》状の光の粉をまとわりつかせていく。

地上を侵食する暗黒の領域が、急速に拡大していくのが肌で感じられた。塔の足元から別の宇宙がみるみる這《は》い出してきた。岩を崩し、大地を溶かし、いよいよ勢力を大きくしていった。

北海道は自らの中心に生まれた虚無に飲みこまれ、なくなろうとしていた。

たぶん、すぐに世界そのものも。

鳴動する塔の周りをぼくたちは回りつづける。サユリの心は戻ってきているのだろうか。サユリの頰に手をさし伸べたまま、ぼくは止まっていた。サユリの心は戻ってきているのだろうか。不安だった。三年という眠りが彼女の意識にどんな影響を与えているかわからなかった。ぼくのことがちゃんとわかっているだろうか。

「サユリ」ぼくは彼女を呼んだ。

それを契機に、彼女はひとつしゃくりあげた。そしてまるでポンプでくみ上げるみたいにぽろぽろと涙をこぼしはじめた。体中の水分が全部流れ出してしまうんじゃないかと心配になるくらい、彼女は頰を濡《ぬ》らした。

「わたし……」

彼女はぼくの手をとった。

「何かあなたに言わなくちゃ……とても大切な……」

彼女はぼくの手にしがみついた。そうしなければぼくがいなくなってしまうとでもいうように強く……といっても体にうまく力が入らないらしく、ほとんど握力が感じられなかった。

「消えちゃった……」

胸と肩が痙攣《けいれん》した。彼女は嗚咽《おえつ》し始《はじ》めた。嗚咽はやまず、涙もあふれつづけた。「消えちゃった……」と彼女はもう一度言った。そう言った自分の言葉が自分自身を苛《さいな》むらしく、彼女はますます子供みたいに泣きじゃくった。

「大丈夫だよ」

ぼくは言った。

「目が覚めたんだから。これから、全部、また……」

サユリは顔を上げた。

ヴェラシーラは音もなく飛んでいる。ぼくと彼女は、約束の翼で、約束の場所にいる。

ぼくは微笑もうと思った。

「お帰り、サユリ」

10

機体の高度を下げた。距離が近づくにつれ、足元の闇が大きくなっていった。充分に高度が下がったところでプロペラを停止させ、ジェット推進に切り替えた。塔から離れて、南へ向かって飛んだ。行きのように全速にはしなかった。急いではいたが、サユリになるべく刺激を与えたくなかった。

航行補助プログラムがその時を告げた。塔から十キロ以上離れたことを示すアラームが小さく二度鳴った。ボタンひとつ。あっけないほど簡単な操作だ。機体腹部のベイが開き、赤く塗られた円筒が落ちていく。

シーカーミサイルは一秒ほど大気に抱かれて自由落下していたが、尾部からぱっと光を放ち、白い煙の糸をひいて飛びはじめた。細かく方向を変え、やがてカーブを描いて、ぼくらが後にしてきた塔へといっさんに飛び去っていった。

塔の中腹に新たな光が生まれた。

爆発は赤黄色だった。塔は一瞬で炎上した。着弾点を中心として、下と上に火が伝った。塔が燃える色は真紅だった。

轟音《ごうおん》が響き、衝撃がやって来た。ぼくは機体を制御した。奇妙な既視感があったが、ぼくはそれよりも重要なさまざまなことを考えつづけていた。サユリはぼくの背中に額をつけ、ぼくの上着にしがみついて、声を殺して泣いていた。指に力が入らないのか、何度も何度もぼくの上着をつかみなおしていた。

海峡にさしかかった。戦闘機はまだ飛び交っていた。船からの火線はあいかわらず空にオレンジの縫い目をつくっていた。ぼくらはそのまっただなかを悠々と飛んだ。塔はかなり長いこと火柱でありつづけたが、やがて燃えつきて内部のやわらかな螺旋構造がむき出しになり、それもすぐに風に散った。

あの黒い領域の侵食はたぶん止まっただろう。世界は虚無に飲まれずにすんだわけだ。ぼくには、サユリがもう二度と不自然な眠りに囚《とら》われないことのほうが重要だった。

廃駅に戻ると、拓也は姿を消していた。

これでぼくの話は終わりだ。

少なくとも、ぼくが書きたかったことはすべて書き終えた。当初ぼくは、この先のことは書かずにいようと思っていた。けれどそういうわけにもいかないようだ。ひとたび飛んだからには、どこかに着地しなければならない。飛行機も人間も、文章も、それは同じことだ。

11

拓也がいなくなったことは、すでに述べた。それから十数年、ぼくは彼に一度も会っていない。五年前に、例の日記が送られてきただけだ。神経質な彼らしく、高校時代の三年間以外のことが記述されているページは、カッターできれいに切り取られていた。小包はユニオンから発送されていた。

ふとしたきっかけで、笠原真希と一度だけ会う機会があった。笑顔が似合いそうな可愛らしい人だったが、ぼくに笑顔を見せることはなかった。ぼくと彼女は、礼儀正しく挨拶《あいさつ》し、礼儀正しく別れた。彼女もあれから拓也とは会っていないという。

水野理佳には、ぼくはまっさきに連絡を取った。携帯に電話をかけたが、電源が入っていなかったので、自宅の番号を押した。理佳本人が出た。

「ひとりでなんとかやってみることにしたの」と彼女は言った。「あれからずっと考えてたの。私、きちんと着地できるわ。誰かに頼ってつながるんじゃなくて、ひとりでやっていけるようにならなきゃいけないと思う」彼女は少し黙って、考え、また言った。「でも、そうしようと思えるようになったのは、藤沢くん、あなたのおかげ。あなたを見て、私も世界としっかり向きあおうと思ったの。私はそれを、ずっと忘れることはないと思う」

彼女はぼくに礼まで言った。礼を言わなきゃいけないのはぼくのほうだ。ぼくを取りもどしてくれたのは理佳だ。彼女の存在がぼくを再生に導いてくれたのだ。

電話が切れてからも、ぼくは五分くらい、受話器から聞こえてくるツーツーという発信音を聞いていた。やりきれない気持ちを電話に向けた。たぶんこのときぼくは決定的に電話が嫌いになったと思う。

約束の場所をなくした世界で、ぼくとサユリは生活を再開した。

青森に来る前に受けていた入試の結果が出た。第一志望だった国立大学には落ちたが、第二志望にしていた私立に受かった。ぼくは東京に引き返し、荷物を整理し、寮を引き払った。そして大学入学と同時に休学届けを出し、青森に戻った。そしてサユリと二人きりの生活を始めた。

サユリは体も心も弱りきっていて、彼女の家族は完全に姿を消していた。アメリカ本国にいるという噂は聞いたがそれ以上の調べはつかなかった。ぼくがサユリを守るしかなかったし、他の誰にもサユリに触れさせたくなかった。詳しくは述べないが、生活費なんかどうにでもなった。サユリを守り、サユリを癒《いや》し、サユリと語り、サユリを抱いた。そのことだけが重要なことだった。

サユリは、長い眠りの中で見た夢をひとつも覚えていなかった。

二年間、二人だけで暮らした。

青森は寒かったけれど、やはり住んでいてしっくりくる場所だった。でも、ぼくはかなり長いこと、しかるべき場所に塔が見えないことに違和感を感じつづけた。北向きの、景色のひらけた場所にさしかかるたびに、ぼくは首をかしげた。

「どうしてだ?」ときおりは、そんなふうにつぶやくこともあった。

三年目に、サユリを連れて東京に出て、復学した。

そのころには、彼女は外見的にはすっかり回復していた。一緒に暮らし始めた当初、彼女は眠りに落ちるのを極度におそれていたのだが、最近ではその症状もなくなっていた。少し睡眠が不安定なだけの美しい二十一歳の女性になっていた。二十一歳……。

ぼくは、彼女が二十一歳であることに、なぜだかうまくなじむことができなかった。

ぼくが二十一になったのだから、彼女だって二十一になる道理だ。不思議なことは何ひとつない。けれど違和感はいつもぼくの中にありつづけた。大人の歳だ。ぼくは大人になり、もっと大人になろうとしていた。ぼくは大人と呼ばれるにふさわしいだけの力を持ちはじめていた。

誰でもそうだ。何も不当なことはない。

なのになぜだろう。彼女に二十一歳の歳が訪れたことが、とても不当に思える。

彼女はぼくを愛してくれた。ぼくが帰ってくる時間に、彼女はかならず家にいてくれた。ぼくが玄関に入ると、彼女は迎え出てくれて、小さな力でそっとぼくに抱きつき、しばらくじっと動かなかった。まるで言葉にはできない何かを確かめ、受け渡そうとしているかのようだった。そのたびにぼくは彼女の肩に手を置き、彼女が満足するまで立ち止まりつづけた。

日々の暮らしの中で、彼女はぼくだけのものだった。彼女がぼくだけのものであることは幸福だった。またぼくも彼女だけのものだった。それは静かで、穏やかな、凪《なぎ》の幸せだった。いつかずいぶん昔、電車の中で彼女がぼくに与えた嵐のような感情はもう巻き起こらなかった。ぼくたちはとても静かに、お互いを満たしあっていた。

ときおりぼくはその生活のあまりの穏やかさがこわくなることがあった。何かにつき動かされるような生き方ばかりしてきたせいだろうか。ゆるゆると、かわいていく感じを自覚することがあった。あるいは、アイスクリームが溶けていくような……。

ぼくはそんな気持ちを味わうたびに、彼女に触れ、彼女を抱き寄せ、彼女の髪に顔をうずめた。ぼくはいろんなものを失ってここにいる。ぼくが持っているものはもはやサユリだけだった。彼女はぼくの手のひらにたったひとつ残った小さな雪の結晶だった。ぼくはそれを壊さないように、そっと大事に、手のひらの中で守りつづけた。

いくつか奇妙なことが起こった。

ひとつは、飛行機に関することだ。

日曜日に、高円寺《こうえんじ》のとある公園にサユリと二人で散歩に出かけた。天気はよくて、公園は人でにぎわっていた。ぼくらは緑道をゆっくり歩いたり、柵《さく》にもたれかかって池の亀が泳ぐのを眺めたりした。それから芝生に座りこんでのんびり日光浴をした。

小学生くらいの男の子が三人、ペーパークラフトの飛行機を飛ばしていた。一人だけ、さっぱりうまく飛ばせない子がいた。風に乗せようとしても、いつも機首が下を向いて、すぐに頭から墜落してしまうのだ。飛行機はぼくのそばに落ちて、ぼくはそれを拾い上げた。

「浩紀くん、直せない？」とサユリが言った。

たぶん重心が悪いだけだろうと思ったが、ぼくはもう飛行機にはあまり関わりたくなかった。ぼくはあの戦争の日以来、飛行機に対する興味を全く失ってしまっていた。飛び立つ時は終わり、今は留《と》まる時だった。ぼくはただ首を振って、飛行機を男の子に返そうとした。

横からサユリが飛行機を取った。しばらくいろんな角度からそれを眺めたあと、髪をまとめていた針金みたいなヘアクリップを一本抜き取り、胴体の中央に挟んだ。そして飛行機を構えて微風の中にそっと送り出した。飛行機は空気の流れに乗って、目の覚めるような鮮やかさでまっすぐに飛んで行った。

「やるなあ……」ぼくはひどく感心して言った。

サユリは急にはっとした。自分のしたことが信じられないといった顔だった。彼女は爪の先を指でつかみながら真剣に考えこんだ。

「どうしてあんなことできたんだろう……」と彼女は言った。「わたし、紙飛行機も折ったことないの」

もうひとつは、猫に関することだ。

ぼくらが借りていた部屋は五階建てのアパートの一階にあった。小さな庭がついていた。鉢植えをいくつか置いたらすぐいっぱいになってしまうような狭い庭だ。

秋のはじめころ、その庭に一匹の猫が寄りつくようになった。白と灰色のはちわれ模様をしたずいぶん若い猫で、たぶん春ごろに生まれたばかりだと思われた。

ためしに剝《む》き栗を投げてやったら、おっかなびっくり近づいて匂いをかいだあと、喜んで食べ始めた。そして二日に一度くらい遊びに来るようになった。そのうち人慣れして、猫は掃き出し窓から部屋の中に入ってきはじめた。

サユリは猫をずいぶんかわいがっていた。やがて猫はぼくらの部屋に完全に居ついて離れなくなったので、アパートはペット禁止だったが、かまわず飼うことにした。

猫は彼女になついた。どういうわけかぼくにはあまりなつかなかった。彼女と猫との間には、何かしら通じあうものがあるようにぼくには感じられた。猫が庭の鉢植えに止まった小さな羽虫を地面に伏せてじっと見つめ、隙を見て飛びかかろうとしている様子を、よく彼女はほほえましげに眺めていた。たいてい猫は虫を捕まえることができず、そのたびに彼女は鈴みたいに笑っていた。

二ヶ月ほどして、猫は消えた。

ある日ぼくとサユリは近くのスーパーマーケットに買い物に出かけた。ほんの一時間ほどのつもりだったから、猫は外に出さずにそのまま戸締りをした。帰ってくると、猫の姿はなかった。窓もドアも鍵《かぎ》がかかっていたし、外に出られるはずはなかった。ぼくらは部屋中を探した。どこかの隅っこに入りこんで出られなくなっているんじゃないかと思い、全部の家具を動かして確かめた。クロゼットの中身まで全部引っぱり出した。それでも猫はいなかった。

そんなことってありえない、とぼくは主張したが、サユリは事実をあっさりと受け入れた。

「そういう時が来たのよ」と彼女は言った。少しさびしそうではあったが、かわいがっていたわりにずいぶん冷静だなという気がした。

何日かして、夜中にふと目覚めたとき、彼女が声を殺して泣いているのに気づいた。ぼくは寝返りをうって彼女を抱き寄せた。震えていた。

「こわいの」と彼女は言った。

こわがることなんて何もない、とぼくは言った。

彼女は何も言わなかった。

「浩紀くん」

その年の終わりが近づいたある日、彼女は言った。「わたし、あなたにさよならを言わなくちゃ……」

「さよなら？」

彼女との別れはそんなふうに、ひどく唐突にしのびよってきた。

「わたし、あなたとこのまま一緒にいてはいけないと思う。ひとりにならなければいけないんじゃないかと思うの」

「どうして？」

ぼくは愕然《がくぜん》として訊《たず》ねた。

「甘えてしまうから。任せてしまうから。あなたといたら、自分で歩かなくても、浩紀くんが歩いてくれるから……」

あまりに唐突で、ぼくは混乱した。「ねえ、ぼくに何か良くない部分があるなら……」

「違うの、あなたは少しも悪くないの」

彼女は首を振り、長い長い髪を揺らした。

「わたしは、自分で決めて、自分で生きてみたくなったの」

ぼくは混乱したままで、それでも辛うじて、自分が彼女を失おうとしていることを悟った。

「あなたはこの三年、わたしをずっと守ってくれた」彼女は、からんだ糸を丁寧にほぐして送り出すように話した。「でも、あなたに大切にされていることはとても気持ちがいいけれど、そのかわりに、今のわたしと世界との接点はあなただけなの。あなたは強いし、なんでもできる人で、わたしはなんにもできない人間で、それは、いけないことだって気がする。わたしはあなたの中に閉じこもっていないで、世界に身をさらさなければいけないんだと思うの……」

「なあ、思うんだけど」ぼくは言った。「君の言う通りだとしても、そんな、急に離れる必要はないんじゃないかな。二人で少しずつ、ゆっくり考えていけば……」

「ううん、それでは、きっと駄目だと思う。わたしが」

彼女は言葉の糸を送りつづけた。そっと、静かに。ぼくに。

「わたしは自分自身にならなくちゃいけないと思う。あなたのいないところで。あなたに頼らずに、自分で選んだり、自分で歩いたりしなければいけないの。たぶん、その時が来たのよ。それは今なの。今、飛び出さなければ、わたしはこのままずるずるとあなたに寄りかかりつづけると思う。わたしは自分になりたいの。三年間の眠りが……いいえ、六年間棚上げにしてきちゃったことを、わたしは、返済しなくちゃ。わたしは今から、わたしの時間を取りもどさなきゃ」

ぼくは沈黙した。

いつだったか、ぼくもそんなふうに自分を取りもどそうと決意したことがあった。だからそれ以上何も言えなかった。ぼくは、彼女の気持ちが、わかる……。

「わかるよ」

ぼくはそう言った。声がかすれていた。

わかりたくなかった。

「この三年間、夢でも見ているみたいに幸せだった……」

彼女は泣きそうな顔で、笑った。

「わたしは、目覚めたくなったの」

彼女は家を出ていくための手続きや雑事をぼくに手伝わせなかった。すべて一人で片付けてしまった。前から、その準備をしていたみたいだった。

「お願い、連絡先、訊《き》かないでね」

荷物をまとめて、家を出て行こうとするとき、彼女はそう言った。

「どうして……」

「声を聴いたり、会ったりしたら、わたし、駄目になっちゃうから。ひとりになるっていうのは、そういうことなの」

「これからどうするの」とぼくは訊いた。

サユリは、ごくかすかな不安と、同じくらいかすかな笑みを、同時に顔に浮かべた。

「再生するのよ」と彼女は言った。

「ねえ、わたしがあなたのことを愛していないなんて思わないで。わたしはあなたのことをずっと愛している。辛《つら》いときには、わたしはあなたのことを考える。遠い空の下で、あなたが生きて、歩いていることを考える。そうすることで、わたしは歩いていける。ねえ、あなたもそうして。あなたは歩けなくて立ち止まることなんてきっとないだろうけど、世界のどこかで、わたしがひとりの力で生きていけることを、ときどきでいいから思い浮かべて」

ぼくはときおり空を見上げて、どこかで今も生きている彼女を思い浮かべる。

こうしてぼくは一人になった。
みんな一人で歩く。ぼくだけじゃない。

なんべんさびしくないと云つたとこで
またさびしくなるのはきまつてゐる
けれどもここはこれでいいのだ
すべてさびしさと悲傷とを焚《た》いて
ひとは透明な軌道をすすむ
（小岩井農場　パート九）

最後に、岡部さんの消息について記しておく。
サユリがぼくの前から姿を消した翌年に、一度だけ、思い出したように岡部さんから手紙が来た。転送の貼り紙が何枚もくっついていた。名前も聞いたことのないどこかの国の切手が貼られていた。たぶん、もうとっくにその国を離れているだろう。

岡部さんと奥さんが一緒に写った写真が一枚同封されていた。意図がよくわからないけど、たぶん、のろけなんだろうなと思う。可愛いオッサンだ、全く。奥さんはもちろん岡部さんと同年代くらい。それなりに歳を取っているわけだが、歳を取っても美人のままというタイプの人だった。というか、かなりびっくりするくらい美人だった。

戦争と、塔がなくなったあの事件のあと、エゾは日本に復帰した。

あの冬の日に、飛行機を飛ばして、ぼくらがしたことは、少なくともこの夫婦を再会させる役には立ったわけだった。ぼくらがしたことは、少しは意味のあることだったのだ。

そう思うと、心がなぐさめられた。


写真といえば……。


ぼくはサユリと暮らした部屋を引き払うための片づけをしていた。彼女との記憶がしみついた場所にいつづけるのが辛かったからだ。サユリは膨大な量の書籍を部屋に残していった。業者を呼んで、それを引き取ってもらうことにした。ぼくは残すものとそうでないものの選別をした。その作業中にそれを見つけた。ある本に写真がはさまっていた。

中学時代の写真だった。ぼくと拓也とサユリが、仲良く三人で写っていた。場所は廃駅だった。ぼろぼろの駅舎が背後に写りこんでいた。

それを見たとたん、「塔の中」で起こったことが、全て記憶の中に蘇《よみがえ》った。

どうしてあれを忘れたのだろう。あんなに大切なことを。

あのときぼくとサユリはひとつだった。お互いを持ち、お互いだけが全てだった。

その奇跡はもうない。

いや、ぼくがこれを思い出したことがむしろ奇跡だった。サユリは、今も忘れたままだろう。

この記憶は、こちら側には持ち出せないものなのだ。思い出させる必要もない。むしろ、彼女のためにならない。

忘れられたことは、起こらなかったことなのだ。

ぼくだけは、起こらなかったことを覚えている。そのことは、やはりぼくを強くうちのめした。忘れ去られてしまうということは、哀しいことだった。

その写真を眺めていて、ふいに心がざわめいた。

こんな写真、いつ撮った？

撮った覚えが全くなかった。単に忘れているだけだろうか。

写真にはぼくら三人が写っている。ということは、シャッターを押したのは誰だ？

セルフタイマー？　そうかもしれない。

ぼくはあの廃駅の周りにある細かなものを、ひとつひとつ思い浮かべた。積み上げられた枕木や、バスの廃タイヤや、そんなものまで。カメラを置いて固定できるような場所があっただろうか？　うまく思い出せない……。

けれど、とにかく写真はここに存在する。

ぼくは写真の来歴について考えるのをやめた。

そのかわりそこに写っている三人をじっと見つめた。

彼らのなんともいえない幸福そうな姿に、ぼくはひどく心を揺さぶられた。笑顔というわけではなかった。サユリは首をかしげてちょっと困ったような顔をしているし、拓也は写真なんてくだらないという態度でそっぽを向いている。ぼくに至っては顔があからさまにひきつっている(昔から写真は苦手だ)。

けれどそこには、何がしか、満ち足りたものがあった。よきものだけを集めた優しく強い世界がそこにあった。彼らを脅《おびや》かすものは何もなかった。おそれるものなんて何もないという気配が満ちていた。ぼくはその写真を強く強くつかんだまま、身動きひとつできずに、今はもう消えてしまったあの夏の一瞬をいつまでも覗《のぞ》きこみつづけていた。

解説

榎《えの》本《もと》正《まさ》樹《き》

商業デビュー作『ほしのこえ』（２００２年）で、地球と宇宙に引き裂かれる少年と少女の交感する魂の物語を描きあげた新海誠《しんかいまこと》が、新たに取り組んだアニメーション作品が『雲のむこう、約束の場所』（２００４年）である。戦後処理によって、南北に分断されたもう一つの日本。かつて北海道と呼ばれたエゾの地に謎の塔を建設した巨大な共産国家群ユニオンと日米連合の間に軍事的緊張が続く。

物語の主人公は、国境の地である津軽《つがる》で暮らす中学生たち。飛行機の趣味を通じて親密な関係になったクラスメートの藤沢浩紀《ふじさわひろき》と白川拓也《しらかわたくや》は、自作飛行機の制作に没頭する。彼らの夢は、この飛行機でユニオンの塔まで飛ぶこと。二人が密《ひそ》かに思いを寄せる沢渡《さわたり》サユリが仲間に加わり、彼女が命名したヴェラシーラに乗って雲のむこうに聳《そび》える塔まで一緒に行くことを約束する。しかし、原因不明の眠り病に罹《かか》ったサユリは二人の前から突然姿を消す。約束は果たされぬまま、ヴェラシーラの制作も中断される。

『雲のむこう、約束の場所』は、フィリップ・K・ディックの『高い城の男』や村上龍《むらかみりゅう》の『五分後の世界』のような、もう一つのありえたかもしれない平行世界を描いた歴史改変ＳＦである。平行世界の情報を観測し、位相変換する装置として開発・建造されたのがユニオンの塔であり、塔の設計者こそサユリの祖父であった。かくして眠り続けるサユリと塔の関係が、徐々に明らかになっていく。

本書は、新海誠監督による原作アニメの設定とストーリーラインを忠実に再現しつつ、小説作品としての独立性が確保された加納新太《かのうあらた》によるノベライズである。新海監督によるアニメ版絵コンテでは、アバンタイトル（本編に入る前のプロローグ）の後、三人の過ごした中学時代を描いた第一部、浩紀と拓也が別々の場所で高校時代を送る第二部、そして再会した浩紀と拓也がサユリを救うべく行動を起こす第三部の構成が採られている。本書ではアバンタイトルが「序章」に、第一部が「夏の章」に、第二部が「眠りの章」に、第三部が「塔の章」に、それぞれ充当している。

『ほしのこえ』に引き続きSF的趣向が採り入れられた『雲のむこう、約束の場所』において私たちを魅了してやまないのは、物語の中心に置かれる塔の造型である。ユニオンの科学の粋を集めた純白で美しい塔のイメージは、サブカル批評誌「新現実」Vol.01（カドカワムック156、角川書店、02・9）からの依頼に応《こた》えて新海が寄稿した短編マンガ『塔のむこう』での塔の設定と描写を出発点にしている。

全十六ページ、フルカラーで構成された『塔のむこう』は、現在手に取って読むことができる新海唯一のストーリーマンガである（『新海誠 Walker 光の輝跡』に再録、KADOKAWA、16・8）。物語の主人公は女子高生の「あたし」。高校三年生の彼女は、「6月の天気の良いある朝」、通学電車には乗らずに学校をエスケープする。そして「今日いちにちの目標」として、「高架線の果てにいつでもくっきりと見える」「高層ビルよりも高いあの塔」まで歩いていくことを決める。いつもと違う非日常に身を委《ゆだ》ねた彼女は、解放感を味わいながらひたすら塔を目指す。歩くうち、心は徐々に内側に向いてくる。将来に対して不安を抱く彼女は、「きっとそのうち、あたしにぴったりの何かが見つかるんじゃないか」と、何となく思う。ようやく塔に到着するが、敷地の中には入れてもらえない。「突然、胸の奥からわけのわからない気持ちがこみ上げて」くる。夜の十時を回り、帰りの電車に乗った彼女は、涙を必死にこらえながら、結局我慢できずに電車の中で泣きながら痛切な心の内をモノローグするのである。

ここに表現されているのは、世界から疎外されていると感じる少女の切実な訴えであり、心の叫びだ。他者や世界との関係の中で、孤絶した状況に置かれた（と考える）一人の少女の生の声をすくいとった作品として、タイトル的な類縁性を含めて、『塔のむこう』は『雲のむこう、約束の場所』のプレストーリーとして読むことができる。

『雲のむこう、約束の場所』への接続点として、二つの要素が指摘できる。一つは「塔」というランドマークの設定である。塔は周辺の景観をとりまとめるイメージの集積体であるとともに、地理的な目印である。津軽半島から望むエゾの地に聳えるユニオンの塔は、浩紀たちにとって「手が届くほどの距離に見えているのに、行くことのできない場所」である。ユニオンの塔は、憧憬《しょうけい》と畏怖《いふ》とオブセッションを呼び起こす存在であり、対象である。『塔のむこう』において、塔への小さな冒険は一時の自由を「あたし」に与える。目的の塔に到着するやいなや、浮き立った感情は急速にしぼみ、「わけのわからない気持ち」に襲われる。ここに、『雲のむこう、約束の場所』につながる二つ目のリンクポイントが立ちあがってくる。

ゴールに辿《たど》り着いた瞬間、目標は霧散する。約束が果たされた時、約束の場所は消滅する。目的を達成した後の身の処し方こそが問題なのである。塔に到着した「あたし」の感情の行きづまりを、『雲のむこう、約束の場所』の三人の登場人物、浩紀、拓也、サユリもまた経験することになる。三人の行動を規定するのは、中学三年の七月初旬に跨線橋《こせんきょう》のある廃駅のホームで取り交わされた約束の実現、すなわちサユリをヴェラシーラに乗せて塔まで飛ぶことである。『雲のむこう、約束の場所』は「約束の物語」である。サユリの病状が深刻化して約束は留保されたまま、彼らの関係は一度は破綻《はたん》するものの、対立やディスコミュニケーション的状況を乗り越え、約束を実現しようとする強い意志によって彼らは再び結びつく。三人の日常に密着した関係劇は、ユニオンと日米連合の対立や国際情勢と密接にリンクしている。本作の物語としてのダイナミズムは、ミニマムな「個人の営み」とマキシマムな「歴史」とのシームレスな融合によってもたらされる。

一般的にノベライズは、原作の映画やマンガ、アニメ、ゲームなどの映像系の作品を、小説の表現世界に移し替えるメディアミックスの一貫と考えられている。メインはあくまで原作であり、ノベライズは二次的、副次的表現と見なされる。加納新太の手による本書もまた、新海監督のアニメーションのノベライズであるが、単に原作の設定とストーリーをなぞったものではない。

加納が本書で行っていることは大きく二つある。一つは原作のストーリーを補完する作業である。映像作品は時間に依存した表現形式である。作品の尺は決まっており、観客は二時間の映画であれば二時間かけてその作品を観賞する。対して小説は、読み手側にメディアを操縦する権利が委ねられている。読者は、一冊の本を好きな時に、好きな場所で、好きな時間をかけて読むことができる。パッケージ内にインプットできるプロットレベルの情報量も、圧倒的に小説の方が多い。

ノベライズ版『雲のむこう、約束の場所』には、原作を補完するディテールが多く書きこまれている。たとえば白い翼の意味をもつヴェラシーラの名づけ親がサユリであること。ウィルタ解放戦線のアジトに侵入した浩紀が、岡部に銃を突きつけられた危機的状況を拓也が救うこと。アーミーカレッジの施設からサユリを連れだした拓也が富澤《とみざわ》教授と対峙すること等々。このほか多くの場面で、原作には描かれていない物語の間隙《かんげき》を埋める試みがなされている。

もう一つ、加納が本書で行っているのは、原作の設定や構成や物語内容を大きく更新し、新たなプロットや趣向を付け加えたことである。「夏の章」で、同じ中学のクラスメートとして浩紀と拓也が出会い、航空模型を制作する作業を通して「最高のコンビ」としてお互いを認めあう関係に到るまでのシーンには、多くの紙幅が費されている。「塔の章」の「11」の節では、アニメ版のエンディングの後日譚《たん》が置かれる。宮沢賢治《みやざわけんじ》の作品世界を表象装置として大胆に組み入れたことも、加納の発案であろう。

中でも重要なのが「眠りの章」で描かれる、浩紀とクラスメートの水野理佳《みずのりか》をめぐる一連のシーンだ（新海誠の『小説 秒速5センチメートル』には、社会人になった主人公タカキの恋人となる水野理紗という名前の女性が登場する。一文字違いの名前は、私たちの想像力を大いに刺激する）。原作では理佳の登場シーンは限られているが（原作アニメでは彼女の名前は明示されない）、ノベライズ版では理佳が第四のキャラクターと言えるほど大きな役割を担う登場人物に変更されている。

サユリを失うことで人生の目的を喪失した浩紀は、郷里を離れ、東京の高校に通う。学校と寮を往復し、学業に注力することのほかは毎日をやり過ごして生きる浩紀の前に現われたのが理佳である。あるできごとをきっかけに、二人は深くかかわり合うようになる。しかしその関係は「友達以上恋人未満」に留まる。夢の中に現われるサユリに囚《とら》われる浩紀は、理佳に心を開くことができない。独り苦悩し孤絶する浩紀に理佳は絶望する。サユリと理佳は浩紀の感情の「映し手」である。彼らの不思議な三角関係は、村上春樹《むらかみはるき》の『ノルウェイの森』における「僕」と直子《なおこ》と緑《みどり》の関係を想起させる。壁に囲まれた異世界に幽閉されている内向的な性格のサユリは直子であり、キュートでアグレッシブな態度の奥に寂しさを抱えこんだ理佳は緑である。この作品は、「十六年前のあの年の、あの特別な夏の記憶」を想起する三十一歳になった浩紀の視点で語り始められる。かつてのできごとを一人称視点で回顧するナラティヴ・フォームもまた、『ノルウェイの森』に準じている。

原作では三人称に一人称を混在させたカメラアイが導入されたが、本書では「ぼく」＝浩紀の一人称の視点に統一される。「眠りの章」の「7」の節に「それが、ぼくがこの文章を書いている理由だ」との一文がある。本書は浩紀によって書かれた手記の体裁を採る。メタフィクションの構成を採ることで、なぜ浩紀がこのような物語を書かなければならなかったのかということ自体が一つの物語となる。そうした物語の提示の仕方に、原作アニメに対する加納の「批評」が読みとれる。クリティカルなフィクションとして、本書は原作と拮抗《きっこう》する立ち位置にある。

本書のピークは、サユリとの約束を実現するために、ヴェラシーラに彼女を乗せた浩紀が塔に向かうシーンである。塔とサユリは一体化しており、塔の破壊はサユリの生命活動を脅かしかねない。拓也の「沢渡を救うのか、世界を救うのかだ」という言葉で端的に表現されるジレンマは、「沢渡を救い、同時に世界を救う」勇気ある選択と行動によって解消される。ここにまた新たなジレンマが出現する。眠りから覚めることで、サユリの浩紀への思いのすべてがかき消えてしまう。目覚めとともに、それまで浩紀に抱いていた特別な感情は消え去ってしまう。夢の中の孤絶した、しかし浩紀と一体化できた平行世界からこちら側に戻ってくることと引き換えに、サユリはかけがえのない記憶を手放す。

説話的な構造にあてはめれば、物語のラストで「眠り姫」たるサユリを目覚めさせるのは、王子様役を割り振られた浩紀のキスであるべきはずだ。王子のキスによって覚醒《かくせい》し、幸せな結婚に到るロマンチック・ラブ・イデオロギーが本作では拒絶される。かくして、約束を果たすことで約束の場所は失われる。ここにも、何かを得るためには別の何かを手放さなければならないとするジレンマが指摘できる。原作とは異なるエンディングが用意された本書においても、

「約束の場所をなくした世界」で生きる浩紀とサユリの葛藤《かっとう》と決断が主題化される。喪失とは、浩紀とサユリの選択と行動の結果もたらされた「資産」のようなものである。

本書のラストにおいて、「資産としての喪失」を抱えてどのように生きていくのか、という主題が前景化してくる。真の「目覚め」に向けて決断するサユリの選択も、サユリの選択を受け容れる浩紀も、高校時代三年間の日記を送りつけた後、浩紀の前に姿を現さない拓也の行動もすべて、彼らがその後の人生を主体的に生きていくために必要な傷みを伴う決断であった。

その決断の果てに小さくささやかな希望の萌芽《ほうが》がある。「希望」とは喪失の果てに、選択の果てに、決断の果てにたちあがってくる「何か」の別称である。その意味において、『雲のむこう、約束の場所』は希望の物語といえるのである。

本書は、二〇〇六年一月に小社より刊行された単行本『雲のむこう、約束の場所』を改題のうえ、文庫化したものです。

また、宮沢賢治作品の引用はすべて『【新】校本 宮澤賢治全集』(筑摩書房)によりました。

小説《しょうせつ》 雲《くも》のむこう、約束《やくそく》の場所《ばしょ》

新海《しんかい》 誠《まこと》＝原作　加納新太《かのうあらた》＝著

平成30年 6月25日　初版発行

発行者●郡司 聡

発行●株式会社KADOKAWA
〒102-8177　東京都千代田区富士見2-13-3
電話 0570-002-301（ナビダイヤル）

角川文庫 20983

印刷所●株式会社暁印刷　製本所●株式会社ビルディング・ブックセンター

表紙画●和田三造

ISBN978-4-04-102636-6　C0193

角川文庫発刊に際して

角川源義

第二次世界大戦の敗北は、軍事力の敗北であった以上に、私たちの若い文化力の敗退であった。私たちの文化が戦争に対して如何に無力であり、単なるあだ花に過ぎなかったかを、私たちは身を以て体験し痛感した。西洋近代文化の摂取にとって、明治以後八十年の歳月は決して短かすぎたとは言えない。にもかかわらず、近代文化の伝統を確立し、自由な批判と柔軟な良識に富む文化層として自らを形成することに私たちは失敗して来た。そしてこれは、各層への文化の普及滲透を任務とする出版人の責任でもあった。

一九四五年以来、私たちは再び振出しに戻り、第一歩から踏み出すことを余儀なくされた。これは大きな不幸ではあるが、反面、これまでの混沌・未熟・歪曲の中にあった我が国の文化に秩序と確たる基礎を齎らすためには絶好の機会でもある。角川書店は、このような祖国の文化的危機にあたり、微力をも顧みず再建の礎石たるべき抱負と決意とをもって出発したが、ここに創立以来の念願を果すべく角川文庫を発刊する。これまで刊行されたあらゆる全集叢書文庫類の長所と短所とを検討し、古今東西の不朽の典籍を、良心的編集のもとに、廉価に、そして書架にふさわしい美本として、多くのひとびとに提供しようとする。しかし私たちは徒らに百科全書的な知識のジレッタントを作ることを目的とせず、あくまで祖国の文化に秩序と再建への道を示し、この文庫を角川書店の栄ある事業として、今後永久に継続発展せしめ、学芸と教養との殿堂として大成せんことを期したい。多くの読書子の愛情ある忠言と支持とによって、この希望と抱負とを完遂せしめられんことを願う。

一九四九年五月三日